詩經圖譜

國風

（春秋）孔子／編　（南宋）朱熹／集傳
［日］岡元鳳／纂輯　［日］橘國雄／繪
刁子曦／誦讀　朱祈樺／配樂

金城出版社
GOLD WALL PRESS
·北京·

圖書在版編目（CIP）數據

詩經圖譜．國風 /（春秋）孔子編；（南宋）朱熹集傳；（日）岡元鳳纂輯；（日）橘國雄繪；刁子曦誦讀；朱祈樺配樂．-- 北京：金城出版社有限公司，2022.3

ISBN 978-7-5155-2288-3

Ⅰ．①詩… Ⅱ．①孔… ②朱… ③岡… ④橘… ⑤刁… ⑥朱… Ⅲ．①《詩經》－詩歌研究 Ⅳ．① I207.222

中國版本圖書館 CIP 數據核字 (2021) 第 257313 號

詩經圖譜（國風）

作　　者　(春秋) 孔子 編　(南宋) 朱熹 集傳
　　　　　［日］岡元鳳 纂輯　［日］橘國雄 繪
　　　　　刁子曦 誦讀　朱祈樺 配樂

責任编輯　歐陽雲

責任校對　楊　超

責任印製　李仕杰

装幀設計　飛鳥 裝幀設計 1581 0133 062

開　　本　710 毫米 ×1000 毫米　1/32

印　　張　16

字　　數　140 千字

版　　次　2022 年 3 月第 1 版

印　　次　2022 年 3 月第 1 次印刷

印　　刷　天津旭丰源印刷有限公司

書　　號　ISBN 978-7-5155-2288-3

定　　價　98.00 圓（全二冊）

出版發行　金城出版社有限公司 北京市朝陽區利澤東二路 3 號
　　　　　郵編：100102

發 行 部　(010) 84254364

編 輯 部　(010) 64214534

総 編 室　(010) 64228516

網　　址　http://www.jccb.com.cn

電子郵箱　jinchengchuban@163.com

法律顧問　北京市安理律師事務所　（電話）18911105819

出版説明

本書為木刻古籍《詩經》和《毛詩品物圖考》的合編本。《詩經》選用朱熹增注叶韻之和刻本為底本；《毛詩品物圖考》（下簡稱《圖考》）是十八世紀日本漢學家纂辑、繪畫的一部名物注釋專書，對《詩經》中所涉的二百余種動植物進行了考證並繪圖。

本次重編將《圖考》名物繪圖插入對應詩篇之後，以便讀者對照閱讀。為體現朱熹强調熟讀原文，『即文求意，音韻相叶，好吟謳諷誦，易見道理』的讀《詩》主張，還加入了誦讀音頻二維碼。

目錄

詩集傳序

或有問於予曰：詩何爲而作也？

予應之曰：人生而靜，天之性也。感於物而動，性之欲也。夫既有欲矣，則不能無思。既有思矣，則不能無言。既有言矣，則言之所不能盡，而發於咨嗟咏歎之餘者，必有自然之音響節族而不能已焉。此詩之所以作也。

曰：然則其所以教者何也？

詩集傳序

或有問於予曰詩何爲而作也予應之曰人生而靜天之性也感於物而動性之欲也夫既有欲矣則不能無思既有思矣則不能無言既有言矣則言之所不能盡而發於咨嗟詠歎之餘者必有自然之音響節族而不能已焉此詩之所以作也曰然則

曰：詩者人心之感物，而形於言之餘也。心之所感有邪正，故言之所形有是非。惟聖人在上，則其所感者無不正，而其言皆足以爲教。其或感之之雜，而所發不能無可擇者，則上之人必思所以自反，而因有以勸懲之。是亦所以爲教也。昔周盛時，上自郊廟朝廷，而下達於鄉黨閭巷，其言粹然無不出於正者。聖人固已協之聲律，而用之鄉人，用之邦國，以化天下。

其所以教者何也曰詩者人心之感物而形於言之餘也心之所感有邪正故言之所形有是非惟聖人在上則其所感者無不正而其言皆足以爲教其或感之之雜而所發不能無可擇者則上之人必思所以自反而因有以勸懲之是亦所以爲教也昔周盛時上自郊廟朝廷而下達於鄉

至於列國之詩，則天子巡守亦必陳而觀之，以行黜陟之典，降自昭穆而後，寖以陵夷。至於東遷，而遂廢不講矣。孔子生於其時，既不得位，無以行勸懲黜陟之政，於是特舉其籍而討論之，去其重複，正其紛亂，而其善之不足以爲法，惡之不足以爲戒者，則亦刊而去之，以從簡約，示久遠，使夫學者，即是而有以考其得失，善者師之，而惡者改焉。是以其

黨閭巷其言粹然無不出於正者聖人固已協之聲律而用之鄉人用之邦國以化天下至於列國之詩則天子巡守亦必陳而觀之以行黜陟之典降自昭穆而後寖以陵夷至於東遷而遂廢不講矣孔子生於其時既不得位無以行帝王勸懲黜陟之政於是特舉其籍而討論之去其重複

政雖不足以行於一時，而其教實被於萬世。是則詩之所以爲教者然也。

曰：然則國風雅頌之體，其不同若是何也？

曰：吾聞之。凡詩之所謂風者，多出於里巷歌謡之作，所謂男女相與詠歌，各言其情者也。惟周南召南，親被文王之化以成德，而人皆有以得其性情之正。故其發於言者，樂而不過於淫，哀而不及於傷。是以二篇獨爲風詩之正經。自邶而下，則

正其紛亂而其善之不足以爲法惡
之不足以爲戒者則亦刊而去之以
從簡約示久遠使夫學者卽是而有
以考其得失善者師之而惡者改焉
是以其政雖不足以行於一時而其
教實被於萬世是則詩之所以爲教
者然也曰然則國風雅頌之體其不
同若是何也曰吾聞之凡詩之所謂

其國之治亂不同，人之賢否亦異，其所感而發者，有邪正是非之不齊。而所謂先王之風者，於此焉變矣。若夫雅頌之篇，則皆成周之世，朝廷郊廟樂歌之詞，其語和而莊，其義寬而密。其作者，往往聖人之徒。固所以爲萬世法程，而不可易者也。至於雅之變者，亦皆一時賢人君子，閔時病俗之所爲，而聖人取之。其忠厚惻怛之心，陳善閉邪之意，猶非後世能言之士，所能及之。

風者多出於里巷歌謠之作所謂男女相與詠歌各言其情者也唯周南召南親被文王之化以成德而人皆有以得其性情之正故其發於言者樂而不過於淫哀而不及於傷是以二篇獨爲風詩之正經自邶而下則其國之治亂不同人之賢否亦異其所感而發者有邪正是非之不齊而

此詩之爲經，所以人事浹於下，天道備於上，而無一理之不具也。

曰：然則其學之也，當奈何？

曰：本之二南，以求其端，參之列國，以盡其變，正之於雅，以大其規，和之於頌，以要其止。此學詩之大旨也。於是乎，章句以綱之，訓詁以紀之，諷詠以昌之，涵濡以體之，察之情性隱微之間，審之言行樞機之始，則修身及家，平均天下之道，

所謂先王之風者於此焉變矣若夫雅頌之篇則皆成周之世朝廷郊廟樂歌之詞其語和而莊其義寬而密其作者往往聖人之徒固所以爲萬世法程而不可易者也至於雅之變者亦皆一時賢人君子閔時病俗之所爲而聖人取之其忠厚惻怛之心陳善閉邪之意猶非後世能言之士

所能及之此詩之爲經所以人事浹
於下天道備於上而無一理之不具
也曰然則其學之也當奈何曰本之
二南以求其端參之列國以盡其變
正之於雅以大其規和之於頌以要
其止此學詩之大旨也於是乎章句
以綱之訓詁以紀之諷詠以昌之涵
濡以體之察之情性隱微之閒審之

其亦不待他求，而得之於此矣。問者唯唯而退。余時方輯詩傳。因悉次是語，以冠其篇云。

淳熙四年丁酉冬十月戊子新安朱熹書

言行樞機之始則修身及家平均天
下之道其亦不待他求而得之於此
矣問者唯唯而退余時方輯詩傳因
悉次是語以冠其篇云淳熙四年丁
酉冬十月戊子新安朱熹書

國風

周南

關雎

關關雎鳩，在河之洲。
窈窕淑女，君子好逑。
參差荇菜，左右流之。
窈窕淑女，寤寐求之。
求之不得，寤寐思服。
悠哉悠哉，輾轉反側。
參差荇菜，左右采之。
窈窕淑女，琴瑟友之。
參差荇菜，左右芼之。
窈窕淑女，鐘鼓樂之。

國風一

周南一之一

關關雎鳩（雎七余反）在河之洲窈窕淑女（窈烏了反 窕徒了反）君子好逑（逑音求）
○參差荇菜（參初金反 差初宜反 荇行孟反）左右流之窈窕淑女寤寐求之求之不得（得叶蒲北反）寤寐思服悠哉悠哉輾轉反側（輾哲善反）
○參差荇菜左右采之（采叶此禮反）窈窕淑女琴瑟友之（友叶羽己反）參差荇菜左右芼之（芼莫報反 叶音邈）窈窕淑女鐘鼓樂之（樂音洛）

關雎三章一章四句二章章八句

關關雎鳩

傳雎鳩王雎也鳥摯而有別集傳水鳥也狀類鳧鷖今江淮閒有之生有定偶而不相亂偶常並遊而不相狎故毛傳以爲摯而有別○摯與鷙通雎鳩鷙鳥也翱翔水上扇魚攫而食之大小如鴟

參差荇菜

傳荇接余也集傳根生水底莖如釵股上青下白葉紫赤圓徑寸餘浮在水面○顏氏家訓今荇菜是水有之黃華似蓴按此方荇葉圓而稍羨又不若蓴之尖也彼中書多言蓴似荇而圓蓋土產之異也

葛覃

葛之覃兮，施于中谷，維葉萋萋。黃鳥于飛，集于灌木，其鳴喈喈。

葛之覃兮，施于中谷，維葉莫莫。是刈是濩，爲絺爲綌，服之無斁。

言告師氏，言告言歸。薄污我私，薄澣我衣。害澣害否，歸寧父母。

關雎三章一章四句二章章八句

葛之覃兮（覃延也）施于中谷（施以豉反移也）維葉萋萋黃鳥于飛集于灌木其鳴喈喈（叶居奚反）○葛之覃兮施于中谷維葉莫莫是刈是濩（刈魚廢反斬也濩胡郭反煮也）爲絺爲綌（絺耻知反綌去逆反叶去略反）服之無斁（音亦叶弋灼反厭也）○言告師氏（言辭也）言告言歸薄污我私（薄猶少也污去其污也）薄澣我衣（澣戶管反濯也）害澣害否（害戶葛反何也否方九反）歸寧父母（莫後反）

葛覃三章章六句

采采卷耳不盈頃筐（頃音傾）嗟我懷人（懷思也）寘彼周行（寘舍也行

黄鳥于飛

傳黄鳥搏黍也集傳黄鳥鸝也○黄鳥鶯即黄鸝一名摶黍一名倉庚一名商倉一名鵹黄一名鸝鶬一名楚雀一名黄袍一名金衣公子吾國黄鳥希見南海山中有之大于紫寓窖頭背黄緑腹淡白有眉黑色國中古來通以報春代充黄鳥取其音圓活亦可賞

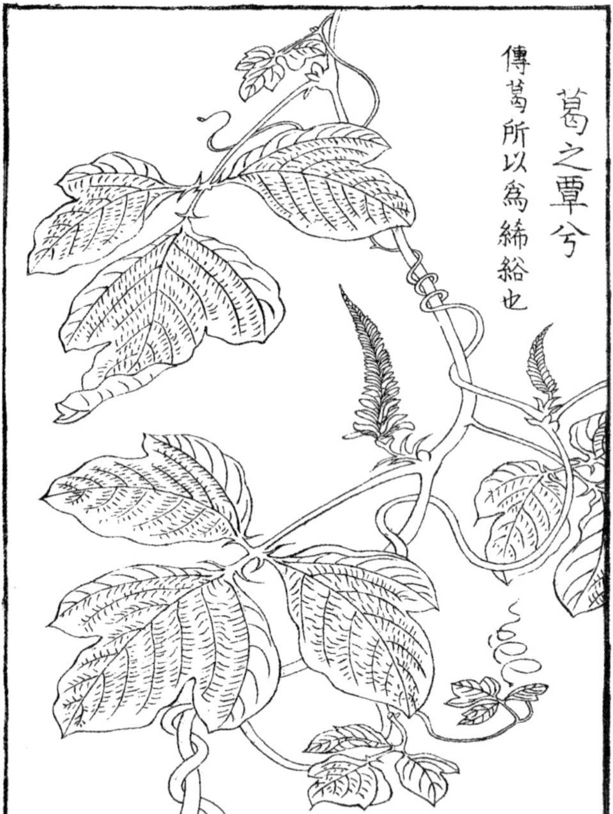
葛之覃兮
傳葛所以爲絺綌也

卷耳

采采卷耳，不盈頃筐。嗟我懷人，寘彼周行。

陟彼崔嵬，我馬虺隤。我姑酌彼金罍，維以不永懷。

陟彼高岡，我馬玄黃。我姑酌彼兕觥，維以不永傷。

陟彼砠矣，我馬瘏矣，我僕痡矣，云何吁矣。

樛木

南有樛木，葛藟纍之。樂只君子，福履綏之。

南有樛木，葛藟荒之。樂只君子，福履將之。

南有樛木，葛藟縈之。樂只君子，福履成之。

（叶户郎反）○陟彼崔嵬（崔徂回反　嵬五回反）我馬虺隤（虺呼回反　隤音頹）我姑酌彼金罍（姑且也）維以不永懷（永長也　懷叶胡隈反）○陟彼高岡我馬玄黃我姑酌彼兕觥（兕徐履反　觥古横反　叶古黃反）維以不永傷○陟彼砠矣（砠七餘反）我馬瘏矣（瘏音塗　病也）我僕痡矣（痡音敷　病也）云何吁矣（吁香于反　憂嘆也）

卷耳四章章四句

南有樛木（樛居虯反）葛藟纍之（藟力軌反　纍力追反　猶繫也）樂只君子（樂音洛　只之氏反　助語辭）福履綏之（綏安也）○南有樛木葛藟荒之（荒奄也）樂只君子福履將之（將猶扶助也）○南有樛木葛藟縈之（縈烏營反　旋也）樂只君子福履成之

采采卷耳

傳卷耳苓耳也集傳枲耳葉如鼠耳叢生如盤

葛藟纍之

集傳藟葛類○毛氏無解乃知葛藟是一類不應解爲别物

我馬虺隤

詩中所出色稱亦多辨解詳之

螽斯

螽斯羽，詵詵兮。宜爾子孫，振振兮。

螽斯羽，薨薨兮。宜爾子孫，繩繩兮。

螽斯羽，揖揖兮。宜爾子孫，蟄蟄兮。

桃夭

桃之夭夭，灼灼其華。之子于歸，宜其室家。

桃之夭夭，有蕡其實。之子于歸，宜其家室。

桃之夭夭，其葉蓁蓁。之子于歸，宜其家人。

樛木三章章四句

螽斯羽（螽音終）詵詵兮（詵所巾反）宜爾子孫振振兮（振音真）○螽斯羽薨薨兮宜爾子孫繩繩兮○螽斯羽揖揖兮（揖側立反）宜爾子孫蟄蟄兮（蟄直立反）

螽斯三章章四句

桃之夭夭（夭於驕反）灼灼其華（華芳無呼瓜二反）之子于歸（謂嫁曰歸）宜其室家（家古胡古牙二反）○桃之夭夭有蕡其實（蕡浮雲反）之子于歸宜其家室○桃之夭夭其葉蓁蓁（蓁側巾反）之子于歸宜其家人。

螽斯羽詵詵兮

傳螽斯蚣蝑也集傳蝗屬長而青長角長股能以股相切作聲一生九十九子○爾雅蜇螽蚣蝑蜇音斯邢昺云蜇螽周南作螽斯七月作斯螽惟字異文倒其實一也一名蚣蝑一名蜙蠑一名蝽蟓螽總名斯語詞註家以爲蚣蝑則今吉里吉里斯也

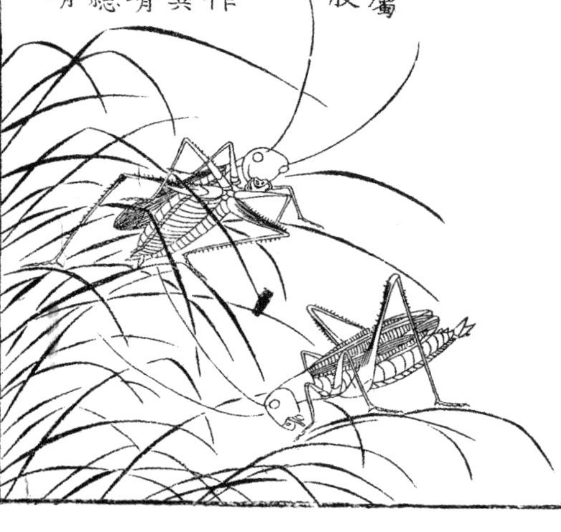

桃之夭夭

傳桃有華之盛者集傳華紅實可食

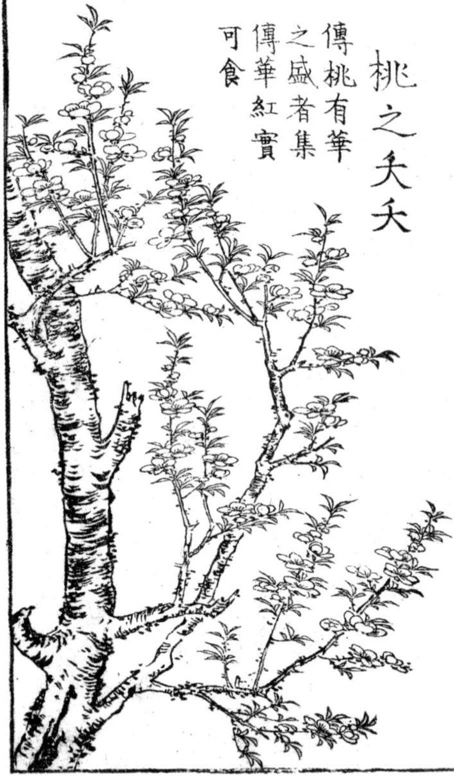

兔罝

肅肅兔罝，椓之丁丁。赳赳武夫，公侯干城。
肅肅兔罝，施于中逵。赳赳武夫，公侯好仇。
肅肅兔罝，施于中林。赳赳武夫，公侯腹心。

芣苢

采采芣苢，薄言采之。采采芣苢，薄言有之。
采采芣苢，薄言掇之。采采芣苢，薄言捋之。
采采芣苢，薄言袺之。采采芣苢，薄言襭之。

桃夭三章章四句

肅肅兔罝（子斜反。又子余反。與夫叶）椓之丁丁（陟耕反）赳赳武夫公侯干城○肅肅兔罝施于中逵赳赳武夫公侯好仇（叶渠之反）○肅肅兔罝施于中林赳赳武夫公侯腹心

兔罝三章章四句

采采芣苢（芣音浮 苢音以）薄言采之（采叶此禮反）采采芣苢薄言有之（有叶羽已反）○采采芣苢薄言掇之（掇都奪反。拾也）采采芣苢薄言捋之（捋力活反）○采采芣苢薄言袺之（袺音結）采采芣苢薄言襭之（襭戶結反）

采采芣苢

傳芣苢馬舄馬舄車前也集傳大葉長穗好生道旁

漢廣

南有喬木，不可休息。
漢有游女，不可求思。
漢之廣矣，不可泳思。
江之永矣，不可方思。

翹翹錯薪，言刈其楚。
之子于歸，言秣其馬。
漢之廣矣，不可泳思。
江之永矣，不可方思。

翹翹錯薪，言刈其蔞。
之子于歸，言秣其駒。
漢之廣矣，不可泳思。
江之永矣，不可方思。

芣苢三章章四句

南有喬木不可休息（韓詩作思）漢有游女不可求思（語辭也）漢之廣矣（廣叶古曠反）不可泳思（泳叶于誑反，潛行也）江之永矣（永叶弋亮反，長也）不可方思（方叶甫妄反，桴也）○翹翹錯薪（翹祈遙反）言刈其楚之子于歸言秣其馬（秣飼也，馬叶滿補反）漢之廣矣不可泳思江之永矣不可方思○翹翹錯薪言刈其蔞（音閭）之子于歸言秣其駒漢之廣矣不可泳思江之永矣不可方思

漢廣三章章八句

遵彼汝墳（遵循也）伐其條枚（叶莫悲反）未見君子惄如調飢（惄乃歷反）

言刈其楚

箋楚雜薪之中尤翹翹者集傳荆屬○孔疏薪雖皆高楚尤翹翹而高也李時珍云牡荆其生成叢而疎爽故又謂之楚亨保中來漢種今多有之其葉頗似參故俗呼參樹形狀如時珍所說

言刈其蔞

傳蔞草中之翹翹然集傳蔞蔞蒿也葉似艾青白色長數寸生水澤中○集傳依陸疏數寸下當補入高丈餘三字蔞蒿和謂之沼蒿又名伊吹艾江州伊吹山多生

汝墳

遵彼汝墳，伐其條枚。未見君子，惄如調飢。

遵彼汝墳，伐其條肄。既見君子，不我遐棄。

魴魚赬尾，王室如燬。雖則如燬，父母孔邇。

麟之趾

麟之趾，振振公子。于嗟麟兮。

麟之定，振振公姓。于嗟麟兮。

麟之角，振振公族。于嗟麟兮。

（調，張留反）○遵彼汝墳伐其條肄（以自反）既見君子不我遐棄

○魴（符方反）魚赬（敕貞反）尾王室如燬（音毁，焚也）雖則如燬父母孔

邇（孔，甚；邇，近也）

汝墳三章章四句

麟之趾（足也）振振公子（振，之日真反；子，叶奬里反）于嗟麟兮（于，音吁）○麟之定（都佞反，頟也）

振振公姓于嗟麟兮○麟之角（叶盧谷反）振振公族

于嗟麟兮

麟之趾三章章三句

周南一之二

魴魚赬尾

集傳魴身廣而薄少力細鱗○魴一名鯿陸疏魴魚廣而薄肥恬而少力細鱗魚之美者埤雅細鱗縮項闊腹其簣方其厚褊故曰魴亦曰鯿正字通小頭縮項闊腹穹脊細鱗色青白腹内甚腴舊說埋捺葛子

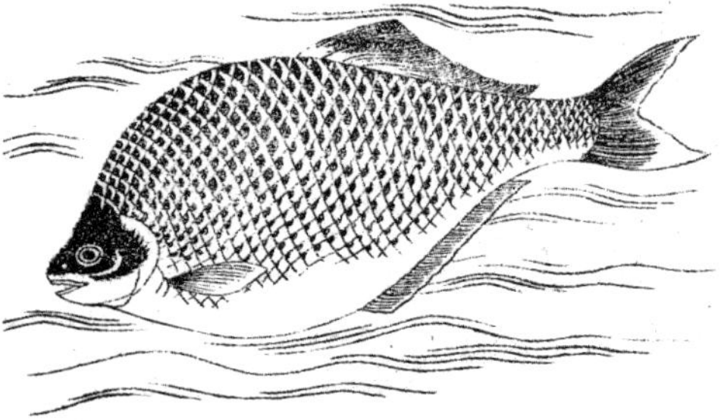

麟之趾

集傳麟麕身牛尾馬蹄毛蟲之長也

召南

鵲巢

維鵲有巢，維鳩居之。
之子于歸，百兩御之。
維鵲有巢，維鳩方之。
之子于歸，百兩將之。
維鵲有巢，維鳩盈之。
之子于歸，百兩成之。

采蘩

于以采蘩，于沼于沚。
于以用之，公侯之事。
于以采蘩，于澗之中。
于以用之，公侯之宮。
被之僮僮，夙夜在公。
被之祁祁，薄言還歸。

維鵲有巢維鳩居之（居叶姬御反）之子于歸百兩御之（兩如字又音亮 御五嫁反 叶魚據反 迎也）○維鵲有巢維鳩方之（方有之也）之子于歸百兩將之（將送也）○維鵲有巢維鳩盈之（盈滿也）之子于歸百兩成之

鵲巢三章章四句

于以采蘩（于於也）于沼于沚（沼池也 沚渚也）于以用之公侯之事（叶上止反）○于以采蘩于澗之中于以用之公侯之宮○被之僮僮（被皮寄反 僮音同）夙夜在公被之祁祁薄言還歸（還音旋）

采蘩三章章四句

維鵲有巢

集傳鵲善爲巢其巢最爲完固○西海諸州多有之大如慈烏長尾尖嘴尾翮黑白相雜

維鳩居之

傳鳩鳲鳩秸鞠也集傳鳩性拙不能爲巢或有居鵲之成巢者○按毛氏以秸鞠解之蓋大抵諸鳩拙于爲巢故禽經云拙者莫如鳩不能爲巢此鳩不必指一種秸鞠見下鳩古云也埋法秃對異園法秃今人偏呼綠色者爲也埋法秃是青鵻也鴿爲

于以采蘩

傳蘩皤蒿也集傳白蒿也○邢昺云皤猶白也白蒿此云蒿華刺髮髮哥或以出佐渡州白艾爲蘩按蘩蘩衍易生之草因以得名白艾在他州難茂生爲不實當

草蟲

喓喓草蟲，趯趯阜螽。
未見君子，憂心忡忡。
亦既見止，亦既覯止，
我心則降。

陟彼南山，言采其蕨。
未見君子，憂心惙惙。
亦既見止，亦既覯止，
我心則說。

陟彼南山，言采其薇。
未見君子，我心傷悲。
亦既見止，亦既覯止，
我心則夷。

采蘋

于以采蘋，南澗之濱。
于以采藻，于彼行潦。

于以盛之，維筐及筥。
于以湘之，維錡及釜。

于以奠之，宗室牖下。
誰其尸之，有齊季女。

喓喓草蟲（喓於遥反）趯趯阜螽（趯他歷反）未見君子憂心忡忡（敕中反）亦既見止亦既覯止（覯古候反）我心則降（戶江反叶乎攻反）○陟彼南山言采其蕨未見君子憂心惙惙（張劣反）亦既見止亦既覯止我心則說（音悅）○陟彼南山言采其薇未見君子我心傷悲亦既見止亦既覯止我心則夷（平也）

草蟲三章章七句

于以采蘋南澗之濱于以采藻于彼行潦（音老）○于以盛之（盛音成）維筐及筥（居呂反）于以湘之（湘息羊反也）維錡及釜（錡宜綺反釜音父）○于以奠之（奠音電也）宗室牖下（叶後五反）誰其尸之（尸主也）有齊

喓喓草蟲

傳草蟲常羊也集傳蝗屬奇音青色○草蟲爾雅草螽郎是也陸云好在茅草中

趯趯阜螽

傳阜螽蠜也箋草蟲鳴阜螽躍而從之異種同類○陳藏器云阜螽如蝗東人呼爲舴艋有毒有黑斑者此云法他法他嚴緝阜螽蛗螽爲一物爾雅有明解不可混矣

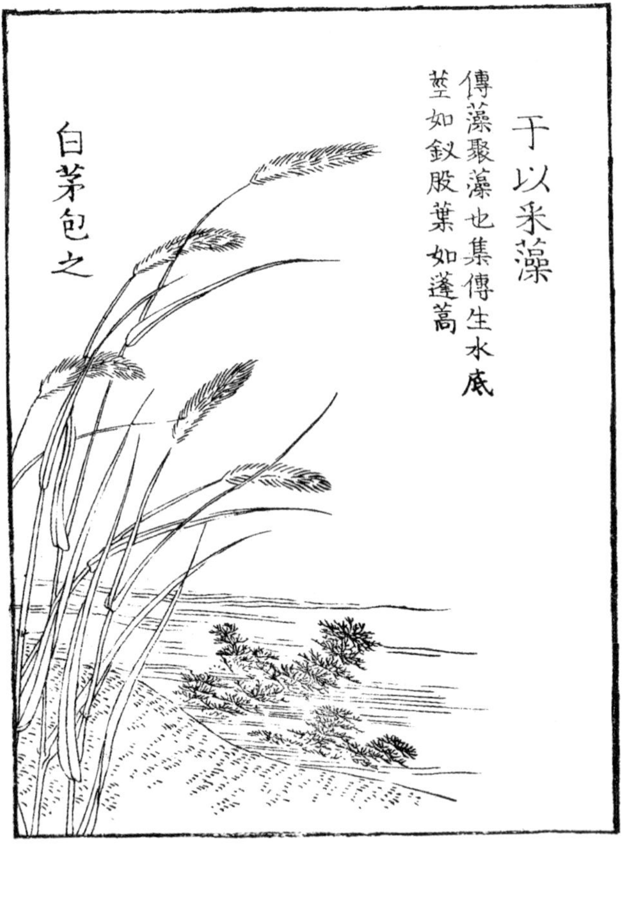
于以采藻
傳藻聚藻也集傳生水底
莖如釵股葉如蓬蒿
白茅包之

言采其蕨

傳蕨鼈也集傳初生無葉時可食

言采其薇

傳薇菜也集傳似蕨而差大有芒而苦山間人食之謂之迷蕨

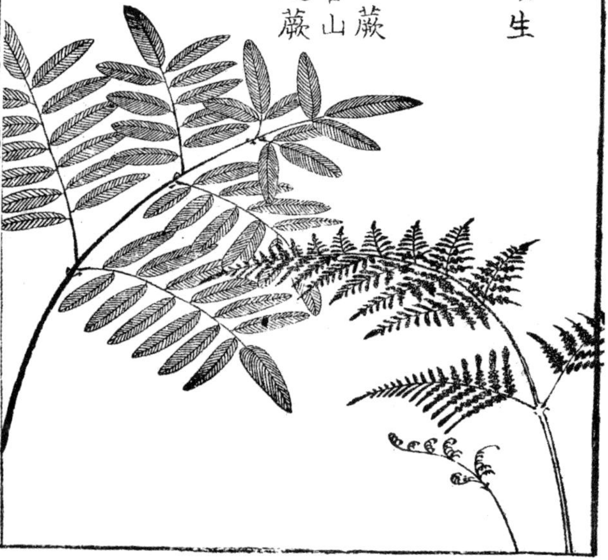

于以采蘋

傳蘋大蓱也集傳水上浮萍也江東人謂之薸○毛氏與爾雅萍蓱其大者蘋其說相合朱傳誤以小萍爲大萍說者不一羅願謂四葉菜爲蘋李時珍亦和之蘋浮生水上者四葉菜托根水底非萍之屬陳藏器云蘋葉圓闊寸許葉下有一點如水沫一名芣菜此說爲得芣菜此方亦呼水鼈

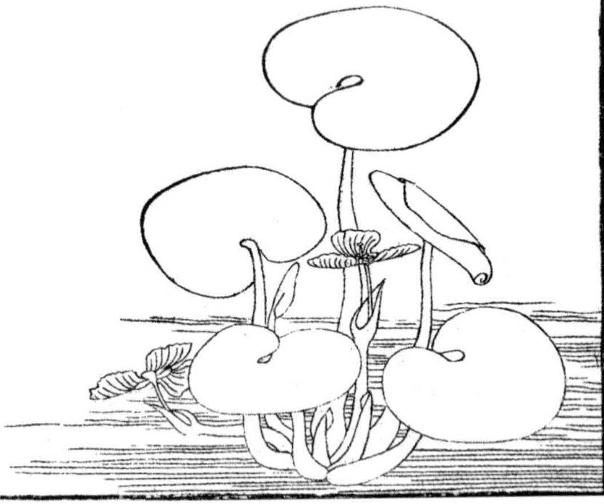

羅願所說蘋四葉菜即田字草

甘棠

蔽芾甘棠，勿翦勿伐，
召伯所茇。
蔽芾甘棠，勿翦勿敗，
召伯所憩。
蔽芾甘棠，勿翦勿拜，
召伯所說。

行露

厭浥行露，豈不夙夜，
謂行多露。
誰謂雀無角，何以穿我屋。
誰謂女無家，何以速我獄。
雖速我獄，室家不足。
誰謂鼠無牙，何以穿我墉。
誰謂女無家，何以速我訟。
雖速我訟，亦不女從。

季女（齊側皆反敬也）

采蘋三章章四句

蔽芾甘棠（芾非貴反）勿翦勿伐召伯所茇（蒲曷反草舍也）○蔽芾甘棠勿翦勿敗（叶蒲寐反折也）召伯所憩（起例反息也）○蔽芾甘棠勿翦勿拜（叶變制反屈也）召伯所說（始銳反舍也）

甘棠三章章三句

厭（於葉反）浥（於及反）行露豈不夙夜（叶羊茹反）謂行多露（行道也）○誰謂雀無角（叶盧谷反）何以穿我屋誰謂女無家（叶音谷）何以速我獄（魚欲反）雖速我獄室家不足○誰謂鼠無牙（叶五紅反）何以

蔽芾甘棠

傳甘棠杜也集傳杜梨也白者爲棠赤者爲杜○棠梨野梨也此云毅利莫䕶又云革他柰施山中處處有之樹似梨而小葉有圛者斜者三义者實如小楝子有赤白味不佳

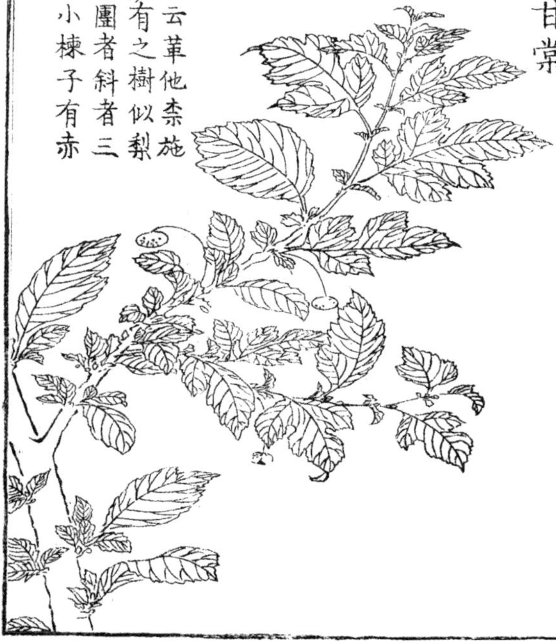

誰謂雀無角

古今注雀一名家賓

誰謂鼠無牙

集傳鼠蟲之可賤惡者○典籍便覽鼠一名家兎

羔羊

羔羊之皮，素絲五紽。退食自公，委蛇委蛇。

羔羊之革，素絲五緎。委蛇委蛇，自公退食。

羔羊之縫，素絲五總。委蛇委蛇，退食自公。

穿我墉誰謂女無家（叶谷空反）何以速我訟（叶祥容反）雖速我訟亦不女從

行露三章一章三句二章章六句

羔羊之皮（叶蒲何反）素絲五紽（徒何反）退食自公委蛇委蛇（委於危反蛇音移叶唐何反）○羔羊之革（革叶訖力反）素絲五緎（音域）委蛇委蛇自公退食○羔羊之縫（符龍反）素絲五總（子公反）委蛇委蛇退食自公

羔羊三章章四句

殷其靁（殷音隱）在南山之陽何斯違斯（違去也）莫敢或遑（暇也）

羔羊之皮

傳小曰羔大曰羊○伐木既有肥羜羜未成羊也苕之華牂羊羵首牂羊牝羊也生民先生如達達小羊也取羝以軷羝牡羊也○羊生海島者爲綿羊剪毛作氈此云索異那哥埋

殷其靁

殷其靁，在南山之陽。
何斯違斯，莫敢或遑。
振振君子，歸哉歸哉。

殷其靁，在南山之側。
何斯違斯，莫敢遑息。
振振君子，歸哉歸哉。

殷其靁，在南山之下。
何斯違斯，莫或遑處。
振振君子，歸哉歸哉。

摽有梅

摽有梅，其實七兮。
求我庶士，迨其吉兮。

摽有梅，其實三兮。
求我庶士，迨其今兮。

摽有梅，頃筐塈之。
求我庶士，迨其謂之。

振振君子（振音真）歸哉歸哉○殷其靁在南山之側（叶莊力反）何斯違斯莫敢遑息（止也）振振君子歸哉歸哉○殷其靁在南山之下（叶後五反）何斯違斯莫或遑處（尺煮反）振振君子歸哉歸哉

殷其靁三章章六句

摽有梅（摽婢小反落也）其實七兮求我庶士迨其吉兮（迨及也）○摽有梅其實三兮（三叶疏簪反）求我庶士迨其今兮○摽有梅頃筐塈之（頃音傾塈許既反取也）求我庶士迨其謂之

摽有梅三章章四句

標有梅

集傳華白實似杏而酢○陸疏廣要爾雅凡三釋梅俱非吳下佳品一云梅枏蓋交讓木也一云時英梅蓋雀梅似梅而小者也一云机繫梅蓋机樹狀如梅子似小柰者也銕脚道人和雪嚥之寒香沁入肺腑者廼是標有梅之梅爾雅未有釋文真一尺事

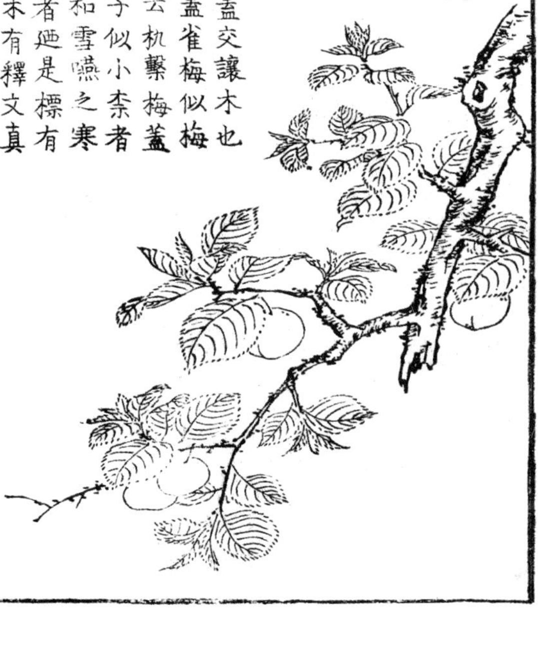

小星

嘒彼小星，三五在東。
肅肅宵征，夙夜在公，
寔命不同。

嘒彼小星，維參與昴。
肅肅宵征，抱衾與裯，
寔命不猶。

江有汜

江有汜，之子歸，不我以。
不我以，其後也悔。

江有渚，之子歸，不我與。
不我與，其後也處。

江有沱，之子歸，不我過。
不我過，其嘯也歌。

嘒彼小星(嘒呼惠反)三五在東肅肅宵征(宵夜征行也)夙夜在公肅肅

寔命不同(寔與實同)○嘒彼小星維參與昴(參所金反昴叶力救反)

宵征抱衾與裯(直留反)寔命不猶(同也)

小星二章章五句

江有汜(音祀叶羊里反)之子歸不我以不我以其後也悔(叶虎洧反)

○江有渚之子歸不我與(猶以也)不我與其後也處(安也)

○江有沱(徒何反)之子歸不我過(音戈)不我過其嘯也歌

江有汜三章章五句

野有死麕(俱倫反與春叶)白茅包之(包叶補苟反)有女懷春吉士誘

野有死麕

野有死麕，白茅包之。
有女懷春，吉士誘之。
林有樸樕，野有死鹿。
白茅純束，有女如玉。
舒而脫脫兮，無感我帨兮，無使尨也吠。

何彼襛矣

何彼襛矣，唐棣之華。
曷不肅雝，王姬之車。
何彼襛矣，華如桃李。
平王之孫，齊侯之子。
其釣維何，維絲伊緡。
齊侯之子，平王之孫。

之○林有樸樕（樸蒲木反 樕音速）野有死鹿白茅純束（純徒尊反）有女如玉○舒而脫脫兮（舒遲緩也 脫敕外反）無感我帨兮（感動也 帨始銳反 巾也）無使尨也吠（尨美邦反 犬也 吠符廢反）

野有死麕三章二章章四句一章三句

何彼襛矣（襛如容反 與雝叶 盛也）唐棣之華（棣徒帝反 華芳無 胡瓜二反）曷不肅雝王姬之車（叶斤於 尺奢二反）○何彼襛矣華如桃李平王之孫齊侯之子（叶獎里反）○其釣維何維絲伊緡齊侯之子平王之孫（叶須倫反）

何彼襛矣三章章四句

野有死麕

集傳麕獐也鹿屬無角○還並驅從兩肩七月獻豣于公肩豣字同麕有力者凡獐類多麕爲總名稻氏云此方無獐水藩嘗致自朝鮮放之於野是以常山有獐焉

林有樸樕

傳樸樕小木也○郭璞云樸屬叢生者爲枹毛傳謂是也

無使尨也吠

傳尨狗也集傳犬也○盧令令田犬也駟鐵載獫歇驕皆田大名長喙曰獫短喙曰歇驕

唐棣之華

傳唐棣移也集傳似白楊○名物疏唐棣常棣是二種爾雅云唐棣移本草謂之扶移木一名高飛一名獨搖自是楊類雖得棣名而實非棣也

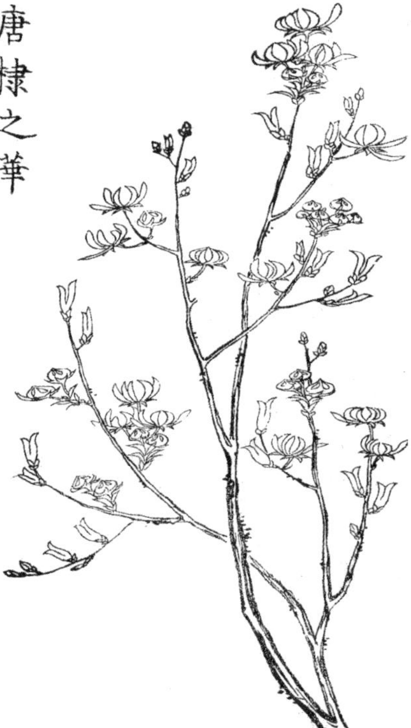

騶虞

彼茁者葭，壹發五豝。

于嗟乎騶虞。

彼茁者蓬，壹發五豵。

于嗟乎騶虞。

邶風

柏舟

汎彼柏舟，亦汎其流。

耿耿不寐，如有隱憂。

微我無酒，以敖以遊。

我心匪鑒，不可以茹。

亦有兄弟，不可以據。

薄言往愬，逢彼之怒。

我心匪石，不可轉也。

我心匪席，不可卷也。

威儀棣棣，不可選也。

彼茁者葭（葭音加。蘆也）壹發五豝（百加反）于嗟乎騶虞（叶音牙）

○彼茁者蓬 壹發五豵（子公反）于嗟乎騶虞（叶五紅反）

騶虞二章章三句

邶一之三

汎彼柏舟（汎孚劔反）亦汎其流 耿耿不寐（耿古幸反）如有隱憂 微我無酒（微猶非也）以敖以遊（敖五羔反）○我心匪鑒（鏡也）不可以茹（如預反。度也）亦有兄弟 不可以據（依也）薄言往愬（告也）逢彼之怒 ○我心匪石 不可轉也 我心匪席 不可卷也（卷眷勉反）威儀棣棣 不可選也（選簡擇也）○憂心悄悄（七小反）慍于群小憂心悄悄，慍于羣小。
覯閔既多，受侮不少。
靜言思之，寤辟有摽。
日居月諸，胡迭而微。
心之憂矣，如匪澣衣。
靜言思之，不能奮飛。

綠衣

綠兮衣兮，綠衣黃裏。
心之憂矣，曷維其已。
綠兮衣兮，綠衣黃裳。
心之憂矣，曷維其亡。
綠兮絲兮，女所治兮。
我思古人，俾無訧兮。
絺兮綌兮，凄其以風。
我思古人，實獲我心。

覯閔既多（覯古豆反見也閔病也）受侮不少靜言思之寤辟有摽（辟避亦反拊心也摽符小反）○日居月諸胡迭而微（迭待結反更也微虧也）心之憂矣如匪澣衣（澣戶管反）靜言思之不能奮飛

柏舟五章章六句

綠兮衣兮綠衣黃裏心之憂矣曷維其已（已止也）○綠兮衣兮綠衣黃裳心之憂矣曷維其亡（亡之言忘也）○綠兮絲兮女所治兮（女音汝）我思古人俾無訧兮（俾使也訧音尤過也叶于其反）○絺兮綌兮凄其以風（凄七西反風叶孚愔反）我思古人實獲我心

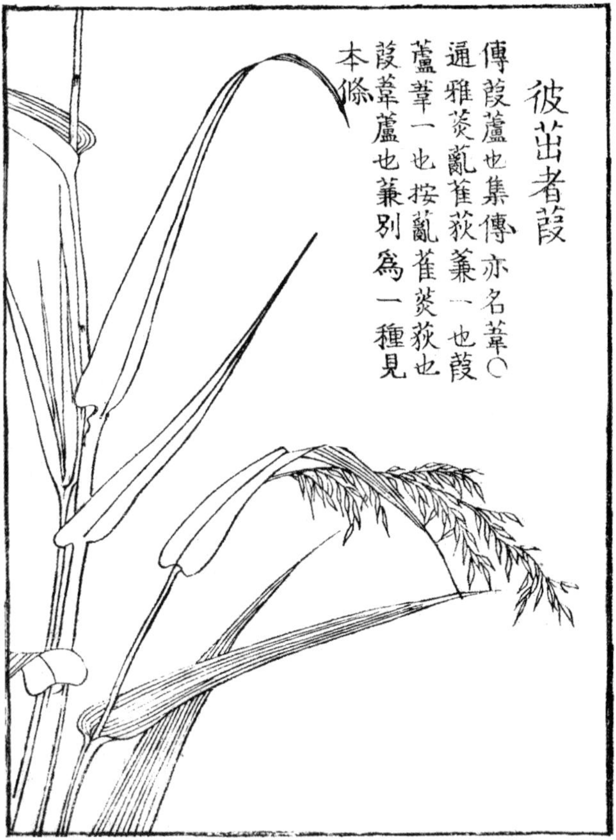

彼茁者葭

傳葭蘆也集傳亦名葦○通雅菼亂萑荻蒹一也葭蘆葦一也按亂萑菼荻也葭葦蘆也蒹別爲一種見本條

彼茁者蓬

傳蓬草名也集傳其華如柳絮聚而飛如亂髮也○蓬生水澤葉如瞿麥花如初綻野菊後作絮而飛所謂飛蓬也

壹發五豝　壹發五豵

傳豕牝曰豝一歲曰豵箋生三曰豵集傳豝牡豕也一歲曰豵亦小豕也〇潛室陳氏曰毛傳云豕牝曰豝集傳牡字恐當作牝

于嗟乎騶虞

傳騶虞義獸也白虎黑文不食生物有至信之德則應之〇正字通騶虞或作騶吾騶牙吾牙字雖與虞異其爲騶虞一也字彙分騶虞騶牙爲二獸泥

燕燕

燕燕于飛，差池其羽。
之子于歸，遠送于野。
瞻望弗及，泣涕如雨。
燕燕于飛，頡之頏之。
之子于歸，遠于將之。
瞻望弗及，佇立以泣。
燕燕于飛，下上其音。
之子于歸，遠送于南。
瞻望弗及，實勞我心。
仲氏任只，其心塞淵。
終溫且惠，淑慎其身。
先君之思，以勗寡人。

綠衣四章章四句

燕燕于飛差池其羽(差初宜反)之子于歸(叶上與反)遠送于野(叶上與反)瞻望弗及泣涕如雨○燕燕于飛頡之頏之(頡戶結反 頏戶郎反)之子于歸遠于將之(將送也)瞻望弗及佇立以泣○燕燕于飛下上其音(上時掌反)之子于歸遠送于南(叶尼心反)瞻望弗及實勞我心○仲氏任只(任而今反 只音紙)其心塞淵(叶一均反)終溫且惠(溫和惠順也)淑慎其身(淑善也)先君之思以勗寡人(勗勉也)

燕燕四章章六句

日居月諸照臨下土乃如之人兮逝不古處(逝發語辭 處昌呂反)

燕燕于飛

傳燕燕鳦也集傳謂之燕燕者重言之也○身輕小胸紫而多聲名越燕斑黑臆白而聲大名胡燕

日月

日居月諸，照臨下土。乃如之人兮，逝不古處。胡能有定，寧不我顧。

日居月諸，下土是冒。乃如之人兮，逝不相好。胡能有定，寧不我報。

日居月諸，出自東方。乃如之人兮，德音無良。胡能有定，俾也可忘。

日居月諸，東方自出。父兮母兮，畜我不卒。胡能有定，報我不述。

終風

終風且暴，顧我則笑。謔浪笑敖，中心是悼。

胡能有定（胡何也）寧不我顧（顧何也 叶果五反）○日居月諸下土是冒（冒覆也）乃如之人兮逝不相好（叶呼報反）胡能有定寧不我報○日居月諸出自東方乃如之人兮德音無良胡能有定俾也可忘○日居月諸東方自出父兮母兮畜我不卒（畜養卒終也）胡能有定報我不述（述循也）

日月四章章六句

終風且暴（暴疾也）顧我則笑（叶音燥）謔浪笑敖（謔許約反 敖五報反）中心是悼○終風且霾（亡皆反 叶音貍）惠然肯來（叶如字又陵之反）莫往莫來悠悠我思（叶新才新齎二反）○終風且曀（於計反）不日有曀（有又也）寤言不

終風且霾，惠然肯來。
莫往莫來，悠悠我思。
終風且曀，不日有曀。
寤言不寐，願言則嚏。
曀曀其陰，虺虺其靁。
寤言不寐，願言則懷。

擊鼓
擊鼓其鏜，踊躍用兵。
土國城漕，我獨南行。
從孫子仲，平陳與宋。
不我以歸，憂心有忡。
爰居爰處，爰喪其馬。
于以求之，于林之下。
死生契闊，與子成說。
執子之手，與子偕老。
于嗟闊兮，不我活兮。
于嗟洵兮，不我信兮。

寐願言則嚏（願，思也。嚏，都麗反，劫嚏也）○曀曀其陰虺虺其靁寤言

不寐願言則懷（叶胡隈反，思也）

終風四章章四句

擊鼓其鏜（吐當反）踊躍用兵（叶晡芒反）土國城漕我獨南行（叶戶郎反）

從孫子仲平陳與宋（平，和也）不我以歸（以，猶與也）憂心有忡（敕中反，叶敕衆反）

○爰居爰處（爰，於也）爰喪其馬（喪，息浪反。馬，叶滿補反）于以求之

于林之下（叶後五反）○死生契闊（契，苦結反。闊，叶苦劣反）與子成說執子

之手與子偕老（叶魯吼反）○于嗟闊兮（于，音吁。闊，叶苦劣反）不我活兮（活，叶戶劣反，生也）

于嗟洵兮（洵，音荀，信也）不我信兮（信，與伸同，叶師人反）

凱風

凱風自南，吹彼棘心。
棘心夭夭，母氏劬勞。

凱風自南，吹彼棘薪。
母氏聖善，我無令人。

爰有寒泉，在浚之下。
有子七人，母氏勞苦。

睍睆黄鳥，載好其音。
有子七人，莫慰母心。

擊鼓五章章四句

凱風自南吹彼棘心（叶尼心反）棘心夭夭（於驕反）母氏劬勞（叶音僚）○凱風自南吹彼棘薪母氏聖善我無令人○爰有寒泉在浚之下（叶後五反）有子七人母氏勞苦○睍睆黄鳥（睍胡顯反 睆華板反）載好其音有子七人莫慰母心

凱風四章章四句

雄雉于飛泄泄其羽（泄移世反）我之懷矣（懷思也）自詒伊阻（詒遺 阻隔也）○雄雉于飛下上其音（上時掌反）展矣君子（展誠也）實勞我心○瞻彼日月悠悠我思（叶新齋反）道之云遠曷云能來

吹彼棘心

傳棘難長養者集傳小木叢生多刺難長園有棘傳棘棗也〇嚴緝李氏曰南風長養萬物物情喜樂故曰凱風棘酸棗也山陰陸氏曰棘性堅彊貴風之長養者四時纂要曰四月棗葉生凱風之時也魏風云園有棘棘酸棗也於果爲下又釋木棗注引孟子趙岐注云膩棘小棗所謂酸棗也朱氏集解云樲棘小棗非美材也

雄雉

雄雉于飛，泄泄其羽。
我之懷矣，自詒伊阻。
雄雉于飛，下上其音。
展矣君子，實勞我心。
瞻彼日月，悠悠我思。
道之云遠，曷云能來。
百爾君子，不知德行。
不忮不求，何用不臧。

匏有苦葉

匏有苦葉，濟有深涉。
深則厲，淺則揭。
有瀰濟盈，有鷕雉鳴。
濟盈不濡軌，雉鳴求其牡。
雝雝鳴鴈，旭日始旦。
士如歸妻，迨冰未泮。
招招舟子，人涉卬否。

叶陵之反也

○百爾君子（百猶凡也）不知德行（下孟反叶戶郎反）不忮不求（忮之豉反害也求貪也）

何用不臧（善也）

雄雉四章章四句

匏有苦葉濟有深涉深則厲淺則揭（揭去例反）○有瀰濟盈（瀰彌爾反）有鷕雉鳴（鷕以小反）濟盈不濡軌（居洧反叶居有反）雉鳴求其牡

○雝雝鳴鴈（叶魚肝反）旭日始旦（旭許玉反）士如歸妻迨冰未泮

○招招舟子（招照遙反子叶獎里反）人涉卬否（卬五郎反我也否叶補美反）人涉卬否卬須我友（須待也友叶羽軌反）

匏有苦葉四章章四句

雄雉于飛

集傳雉野雞雄者有冠長尾身有文采善鬬

匏有苦葉

傳匏謂之瓠瓠葉苦不可食也集傳匏瓠也匏之苦者不可食特可佩以渡水而已○埤雅長而瘦小曰瓠短頸大腹曰匏按匏苦瓠甘本是兩種只以味定之不可以形狀分別也

雝雝鳴雁

集傳雁似鵝畏寒秋南春北

谷風

習習谷風，以陰以雨。黽勉同心，不宜有怒。
采葑采菲，無以下體。德音莫違，及爾同死。
行道遲遲，中心有違。不遠伊邇，薄送我畿。
誰謂荼苦，其甘如薺。宴爾新昏，如兄如弟。
涇以渭濁，湜湜其沚。宴爾新昏，不我屑以。
毋逝我梁，毋發我笱。我躬不閱，遑恤我後。
就其深矣，方之舟之。就其淺矣，泳之游之。
何有何亡，黽勉求之。凡民有喪，匍匐救之。

習習谷風以陰以雨黽勉同心（黽莫尹反）不宜有怒（叶暖五反）采葑采菲（葑孚容反 菲妃鬼反）無以下體德音莫違及爾同死（叶想止反）行道遲遲中心有違不遠伊邇薄送我畿（畿音祈）誰謂荼苦（荼音徒）其甘如薺（薺音泚）宴爾新昏（宴樂也）如兄如弟（叶待禮反）涇以渭濁湜湜其沚（湜音殖 沚音止 小渚也）宴爾新昏不我屑以（屑潔也 以與也）毋逝我梁（逝之也）毋發我笱（笱古口反）我躬不閱（閱容也）遑恤我後（後胡口反）○就其深矣方之舟之（方桴也）就其淺矣泳之游之何有何亡黽勉求之凡民有喪匍匐救之（匍音蒲 匐蒲北反）（游叶上文救 叶居尤反）○不我能慉（慉許六反 養也）反以我爲讎既阻我德（阻却也）

不我能慉，反以我爲讎。
既阻我德，賈用不售。
昔育恐育鞫，及爾顛覆。
既生既育，比予于毒。
我有旨蓄，亦以御冬。
宴爾新昏，以我御窮。
有洸有潰，既詒我肄。
不念昔者，伊余來塈。

式微

式微式微，胡不歸。
微君之故，胡爲乎中露。
式微式微，胡不歸。
微君之躬，胡爲乎泥中。

賈用不售（賈音古，售市救反，叶市周反） 昔育恐育鞫（居六反，窮也） 及爾顛覆（芳服反）
既生既育比予于毒 ○我有旨蓄（旨美也，蓄敕六反） 亦以御冬
（御魚呂反，當也，下同） 宴爾新昏以我御窮有洸有潰（洸音光，潰戶對反） 既詒我
肄（羊至反，勞也） 不念昔者伊余來塈（息也）

谷風六章章八句

式微式微（式發語辭，微猶衰也） 胡不歸微君之故（微猶非也） 胡爲乎中露
○式微式微胡不歸微君之躬胡爲乎泥中

式微二章章四句

旄丘之葛兮（葛叶居謁反） 何誕之節兮（誕徒旱反，闊也） 叔兮伯兮（伯叶音逼）

采葑采菲 葑

傳葑須也菲芴也箋此二菜者蔓菁與葍之類也皆上下可食然而其根有美時有惡時采之者不可以根惡時并棄其葉集傳葑蔓菁也菲似葍莖麤葉厚而長有毛○爾雅須蕵蕪註似羊蹄葉細酢可食然則須今思各莫拔姑也集傳從鄗氏云蔓菁則今葍不賴也二說不同

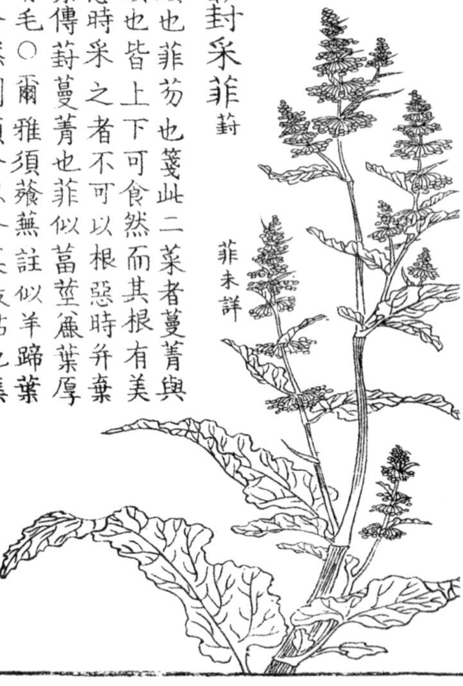

誰謂荼苦

傳荼苦菜也集傳苦菜蓼屬也○爾雅疏此味苦可食之菜易緯通卦驗玄圖云苦菜生於寒秋經冬歷春乃成月令孟夏苦菜秀是也嚴緝經有二荼一曰苦菜二曰委葉三曰英荼此苦及唐采苦采苦緜菫荼如飴皆苦菜也良耜以薅荼蓼委葉也鄭有女如荼英荼也鴟鴞予所捋荼傳云荻苕疏云亂之秀穗亦英荼之類集傳蓼屬恐與良耜荼蓼混

其甘如薺

集傳薺甘菜

隰有苓

傳苓大苦集傳苓一名大苦葉似地黃即今甘草也○集傳從爾雅註而形狀不類藥中甘草沈存中乃謂黃藥也郭必別有所指

自牧歸荑

傳荑茅之始生也○茅春生芽如針謂之茅針

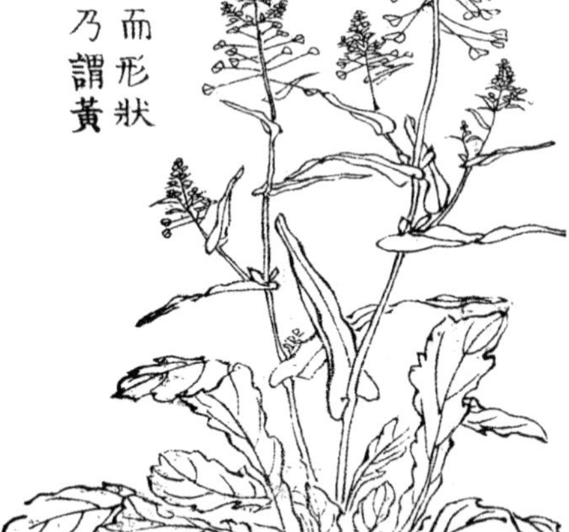

旄丘

旄丘之葛兮，何誕之節兮。
叔兮伯兮，何多日也。
何其處也，必有與也。
何其久也，必有以也。
狐裘蒙戎，匪車不東。
叔兮伯兮，靡所與同。
瑣兮尾兮，流離之子。
叔兮伯兮，褎如充耳。

簡兮

簡兮簡兮，方將萬舞。
日之方中，在前上處。
碩人俁俁，公庭萬舞。
有力如虎，執轡如組。
左手執籥，右手秉翟。
赫如渥赭，公言錫爵。
山有榛，隰有苓。
云誰之思，西方美人。
彼美人兮，西方之人兮。

何多日也○何其處也必有與也何其久也（久叶舉里反）必有以也（以，他故也）○狐裘蒙戎匪車不東叔兮伯兮靡所與同○瑣兮尾兮（瑣，素果反）流離之子（子，叶獎里反）叔兮伯兮褎如充耳（褎，由救反）

旄丘四章章四句

簡兮簡兮方將萬舞日之方中在前上處○碩人俁俁（疑矩反）公庭萬舞有力如虎執轡如組（組，音祖）○左手執籥（餘若反）右手秉翟（亭歷反，叶直角反）赫如渥赭（渥，於角反；赭，音者，叶陟畧反）公言錫爵○山有榛（側巾反）隰有苓（音零）云誰之思西方美人彼

流離之子

傳流離鳥也少好長醜○集傳以爲漂散之義非鳥名按楊升菴文集引尹子曰詩詠流離史書梟鏡流離鳥名少好長醜蓋毛鄭舊說也爾雅鳥少美長醜爲鶹鷅郭云鶹鷅猶流離陸疏自關而西謂梟爲流離流離之爲鳥不可改也

有力如虎

山有榛

集傳榛似栗而小○爾雅翼禮記鄭玄註言關中甚多此果關中秦地也榛之從秦蓋取此意榛子從朝鮮來此方亦多有之

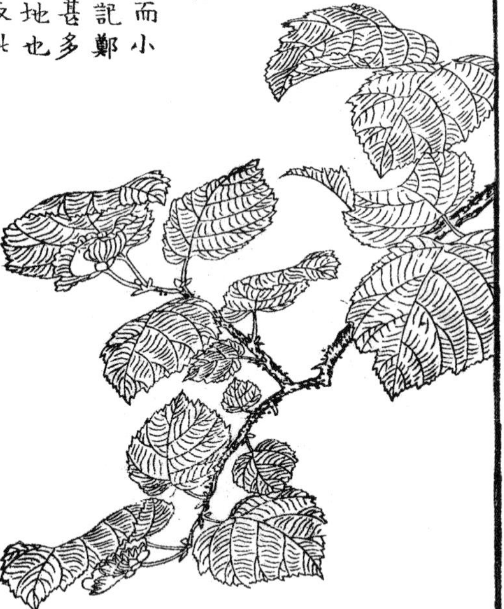

泉水

毖彼泉水，亦流于淇。有懷于衛，靡日不思。
孌彼諸姬，聊與之謀。

出宿于泲，飲餞于禰。女子有行，遠父母兄弟。
問我諸姑，遂及伯姊。

出宿于干，飲餞于言。載脂載舝，還車言邁。
遄臻于衛，不瑕有害。

我思肥泉，茲之永歎。思須與漕，我心悠悠。
駕言出遊，以寫我憂。

美人兮西方之人兮

簡兮四章三章章四句一章六句

毖彼泉水（毖音祕）亦流于淇有懷于衛靡日不思（叶新齎反）孌彼諸姬（孌力轉反）聊與之謀（叶謨悲反）○出宿于泲（子禮反）飲餞于禰（餞音踐禰乃禮反）女子有行遠父母兄弟（遠于萬反弟待禮反）問我諸姑遂及伯姊（叶獎禮反）○出宿于干（叶居焉反）飲餞于言載脂載舝（胡瞎反叶下介反）還車言邁（還音旋回旋也）遄臻于衛（遄市專反疾也臻至也）不瑕有害（瑕何通用）○我思肥泉茲之永歎（叶它涓反）思須與漕（叶徂侯反）我心悠悠駕言出遊以寫我憂（寫除也）

北門

出自北門，憂心殷殷。終窶且貧，莫知我艱。已焉哉，天實爲之，謂之何哉。

王事適我，政事一埤益我。我入自外，室人交徧讁我。已焉哉，天實爲之，謂之何哉。

王事敦我，政事一埤遺我。我入自外，室人交徧摧我。已焉哉，天實爲之，謂之何哉。

泉水四章章六句

出自北門憂心殷殷終窶且貧莫知我艱已焉哉天實爲之謂之何哉○王事適我政事一埤益我我入自外室人交徧讁我已焉哉天實爲之謂之何哉○王事敦我政事一埤遺我我入自外室人交徧摧我已焉哉天實爲之謂之何哉

北門三章章七句

北風其涼雨雪其雱惠而好我攜手同

北風

北風其涼，雨雪其雱。
惠而好我，攜手同行。
其虛其邪，既亟只且。

北風其喈，雨雪其霏。
惠而好我，攜手同歸。
其虛其邪，既亟只且。

莫赤匪狐，莫黑匪烏。
惠而好我，攜手同車。
其虛其邪，既亟只且。

靜女

靜女其姝，俟我於城隅。
愛而不見，搔首踟躕。

靜女其孌，貽我彤管。
彤管有煒，說懌女美。

自牧歸荑，洵美且異。
匪女之爲美，美人之貽。

行（叶户郎反，去也）其虛其邪（音徐，緩也）既亟只且（亟，急也；只，音紙；且，子餘反；只且，助語辭）○北風其喈（音皆，叶居奚反）雨雪其霏（芳菲反）惠而好我攜手同歸其虛其邪既亟只且○莫赤匪狐莫黑匪烏惠而好我攜手同車其虛其邪既亟只且

北風三章章六句

靜女其姝（赤朱反）俟我於城隅愛而不見搔首踟躕（搔，蘇刀反；踟，直知反；躕，直誅反）○靜女其孌貽我彤管（彤，徒冬反；管，叶古兖反）彤管有煒（于鬼反）說懌女美（說，音悅；懌，音亦）○自牧歸荑（徒兮、徒計二反；歸，貽也）洵美且異（洵，信也；異，異曳二音）匪女之爲美（女，音汝）美人之貽（叶與異）

莫赤匪狐

集傳狐獸名似犬黃赤色

莫黑匪烏

集傳烏鵶黑色皆不祥之物人所惡見者也○烏之雌雄相似而難辨因樹屋書影云烏其翼左掩右者爲雄右掩左者爲雌一說焚其毛置水中沈者爲雄浮者爲雌此說見本草弘景謂恐止是鵲未詳其然

新臺

新臺有泚，河水瀰瀰。
燕婉之求，籧篨不鮮。

新臺有洒，河水浼浼。
燕婉之求，籧篨不殄。

魚網之設，鴻則離之。
燕婉之求，得此戚施。

二子乘舟

二子乘舟，汎汎其景。
願言思子，中心養養。

二子乘舟，汎汎其逝。
願言思子，不瑕有害。

靜女三章章四句

新臺有泚（此禮反，鮮明也）河水瀰瀰（莫爾反）燕婉之求籧篨不鮮（籧音渠，篨音除，鮮斯淺反，叶想止反，少也）○新臺有洒（七罪反，叶先典反，高峻也）河水浼浼（每罪反，叶美辨反）燕婉之求籧篨不殄（絕也）○魚網之設鴻則離之（離麗也）燕婉之求得此戚施

新臺三章章四句

二子乘舟汎汎其景（汎芳劍反，景古影字，叶舉兩反）願言思子中心養養（以兩反）○二子乘舟汎汎其逝（逝字本與害叶，往也）願言思子不瑕有害（不瑕，疑辭）

鴻則離之

鴻雁于飛傳大曰鴻小曰雁集傳鴻雁之大者○鴻好食菱實故俗呼肥施古乙

鄘風

柏舟

汎彼柏舟，在彼中河。髧彼兩髦，實維我儀。之死矢靡他。母也天只，不諒人只。

汎彼柏舟，在彼河側。髧彼兩髦，實維我特。之死矢靡慝。母也天只，不諒人只。

牆有茨

牆有茨，不可埽也。中冓之言，不可道也。所可道也，言之醜也。

牆有茨，不可襄也。中冓之言，不可詳也。所可詳也，言之長也。

牆有茨，不可束也。中冓之言，不可讀也。

二子乘舟二章章四句

鄘一之四

汎彼柏舟在彼中河髧（徒坎反）彼兩髦（音毛）實維我儀（叶牛何反）之（至）死矢（誓）靡（無）他（湯何反）也母也天（叶鐵因反）只（音紙，語助也）不諒（信）人只也○汎彼柏舟在彼河側髧彼兩髦實維我特之死矢靡慝（他得反，邪也）母也天只不諒人只

柏舟二章章七句

牆有茨不可埽（叶蘇后反）也中冓（古侯反）之言不可道（叶徒厚反）也所可道也言之醜（惡也）也○牆有茨不可襄（除也）也

君子偕老

君子偕老，副笄六珈。
委委佗佗，如山如河，
象服是宜。
子之不淑，云如之何。

玼兮玼兮，其之翟也。
鬒髮如雲，不屑髢也。
玉之瑱也，象之揥也，
揚且之皙也。
胡然而天也，胡然而帝也。
瑳兮瑳兮，其之展也。
蒙彼縐絺，是紲袢也。
子之清揚，揚且之顏也。
展如之人兮，邦之媛也。

中冓之言不可詳也所可詳也言之長也○牆有茨不可束也中冓之言不可讀也所可讀也言之辱也（辱猶醜也）

牆有茨三章章六句

君子偕老副笄六珈（副音福 珈音加 叶居河反） 委委佗佗（委於危反 佗待河反）如山如河象服是宜（叶牛何反）子之不淑（善也） 云如之何○玼兮玼兮（玼音此）其之翟也（翟叶去聲）鬒髮如雲（鬒真忍反）不屑髢也（屑先結反 絜也 髢徒帝反）玉之瑱也（瑱吐殿反）象之揥也（揥敕帝反）揚且之皙也（且子餘反 助語 皙星曆反 叶征例反）胡然而天也胡然而帝也○瑳兮瑳兮（瑳七我反）其之

汎彼栢舟

傳栢木所以宜爲舟也○羣芳譜栢一名椈樹聳直皮薄肌膩三月開細瑣花結實成毬狀如小鈴多瓣九月熟霜後瓣裂中有子大如麥芬香可愛種類非一入藥惟取葉扁而側生者名側栢此方栢亦多種類扁栢爲貴園林多植之

牆有茨

傳茨蒺藜也集傳蔓生細葉子有三角刺人

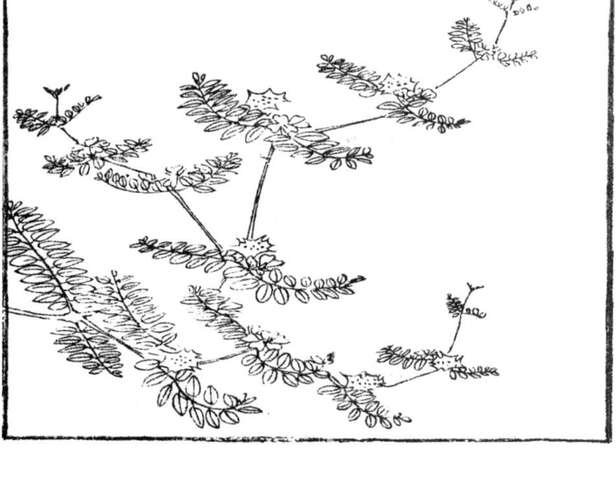

象之揥也

集傳象象骨也〇中國無象出交廣及西域吾國享保中廣南獻象記傳至今

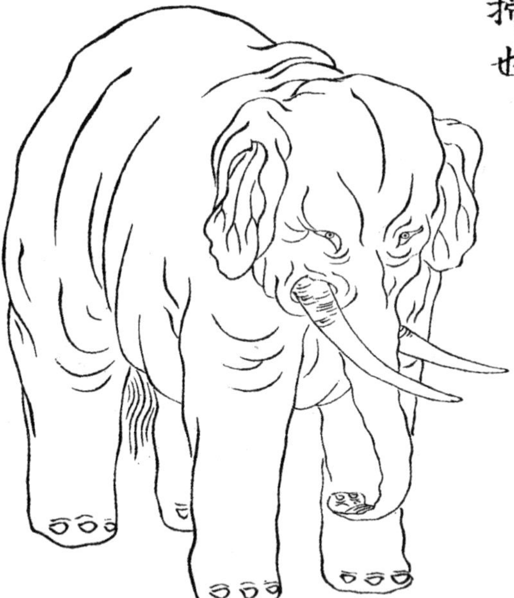

桑中
爰采唐矣，沬之鄉矣。
云誰之思，美孟姜矣。
期我乎桑中，要我乎
上宮，送我乎淇之上矣。
爰采麥矣，沬之北矣。
云誰之思，美孟弋矣。
期我乎桑中，要我乎
上宮，送我乎淇之上矣。
爰采葑矣，沬之東矣。
云誰之思，美孟庸矣。
期我乎桑中，要我乎
上宮，送我乎淇之上矣。

展也（展陟戰反）蒙彼縐絺（蒙覆也縐側救反）是紲袢也（紲息列反袢薄慢反叶汾乾反）子之清揚且之顔也（顔叶魚堅反）展如之人兮（展誠也）邦之媛也（媛于眷反叶于權反）

君子偕老三章一章七句一章九句一章八句

爰采唐矣（沬音妹）沬之鄉矣云誰之思美孟姜矣期我乎桑中（叶諸良反）要我乎上宮（要於遙反猶迎也宮叶居王反）送我乎淇之上矣（上叶辰羊反）○爰采麥矣（麥叶訖力反）沬之北矣云誰之思美孟弋矣期我乎桑中要我乎上宮（叶居王反）送我乎淇之上

爰采唐矣

傳唐蒙菜名集傳唐蒙菜也一名菟絲○唐爾雅唐蒙女蘿女蘿菟絲孫炎分三名郭璞別四名其異在唐與蒙也邢昺云詩直言唐而傳云唐蒙也是以蒙解唐也則四名爲得頍弁女蘿是松蘿即與唐異

爰采麥矣

集傳麥穀名秋種夏熟者

言采其䖟

傳䖟貝母也集傳主療鬱結之疾○貝母今多有之名捌紫由栗莖葉俱如百合花類鋼鈴蘭心根聚貝子

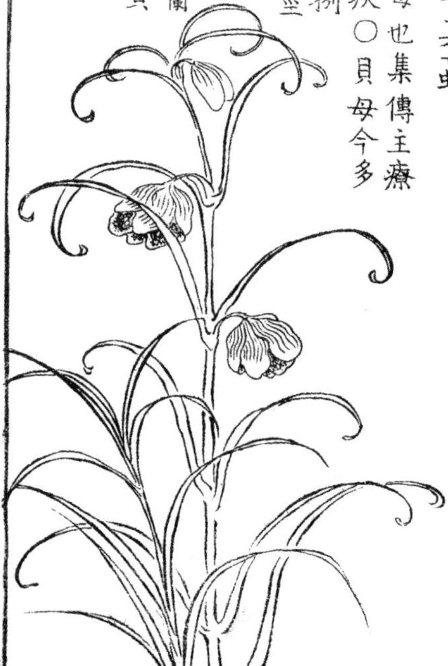

鶉之奔奔

鶉之奔奔，鵲之彊彊。
人之無良，我以爲兄。
鵲之彊彊，鶉之奔奔。
人之無良，我以爲君。

定之方中

定之方中，作于楚宮。
揆之以日，作于楚室。
樹之榛栗，椅桐梓漆，
爰伐琴瑟。
升彼虛矣，以望楚矣。
望楚與堂，景山與京。
降觀于桑，卜云其吉，
終然允臧。
靈雨既零，命彼倌人。
星言夙駕，說于桑田。
匪直也人，秉心塞淵，

矣○爰采葑矣（葑音風）沬之東矣云誰之思美孟庸矣
期我乎桑中要我乎上宮送我乎淇之上矣

桑中三章章七句

鶉之奔奔（鶉音純）鵲之彊彊（彊音姜）人之無良（良善也）我以爲兄（叶虛王反）○鵲之彊彊鶉之奔奔（叶逋珉反）人之無良我以爲君

鶉之奔奔二章章四句

定之方中（定丁佞反）作于楚宮揆之以日（揆音葵度也）作于楚室
樹之榛栗椅桐梓漆（椅於宜反）爰伐琴瑟（瑟叶…也）○升彼虛矣（虛起居反叶起呂反）以望楚矣望楚與堂景山與京（叶居良反高丘也）降觀于

蝃蝀
蝃蝀在東，莫之敢指。女子有行，遠父母兄弟。
朝隮于西，崇朝其雨。女子有行，遠兄弟父母。
乃如之人也，懷昏姻也。大無信也，不知命也。

桑卜云其吉終然允臧（允信臧善也）○靈雨既零（零落也）命彼倌人（倌音官）星言夙駕説于桑田（説始鋭反舍止也田叶徒因反）匪直也人秉心塞淵（秉操也淵叶一均反）騋牝三千（騋音來千叶倉新反）

定之方中三章章七句

蝃蝀在東（蝃丁計反蝀都動反）莫之敢指女子有行遠父母兄弟（遠于萬反弟叶待里反）○朝隮于西（隮子西反）崇朝其雨女子有行遠兄弟父母（母叶滿補反）○乃如之人也懷昏姻也大無信也（信叶斯人反）不知命也（命叶彌并反）

蝃蝀三章章四句

鶉之奔奔

集傳鶉鷂屬○本草鶉大如雞雛頭細而無尾有斑點雄者足高雌者足卑無斑者爲鷂有斑者爲鶉此方未見無斑者

樹之榛栗

集傳榛栗二木其實榛小栗大○陸疏云倭韓國諸島上栗大如雞子倭中栗丹波出者爲佳大如雞蛋味美

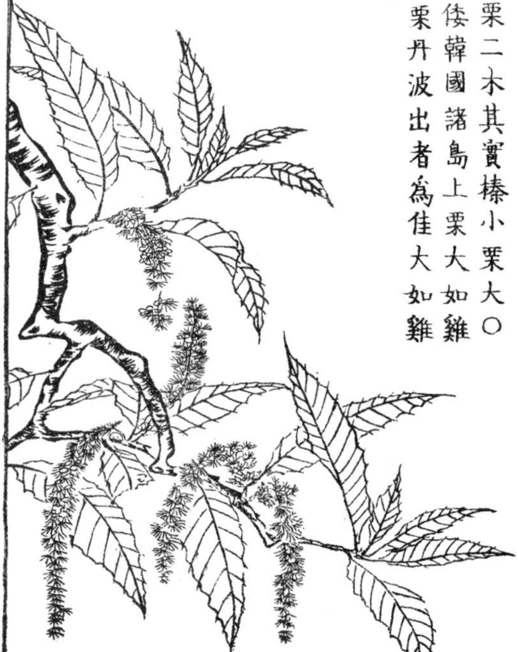

椅桐梓漆 椅

傳椅梓屬集傳椅梓實桐皮○埤雅椅即是梓梓即是楸蓋楸之疏理而白色者爲梓梓實桐皮曰椅其實兩木大類同而小別也按椅梓同類而小異在古不甚分別故爾雅同釋詩人則分稱無有一定巳此方椅謂之異異己里梓謂之挨革迷革施華楸謂之己索索儌

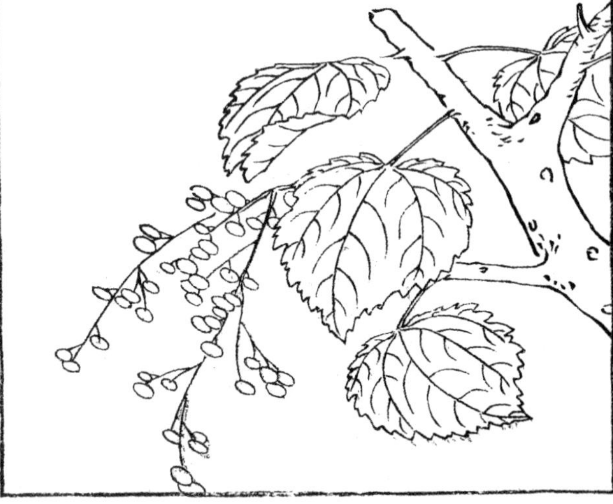

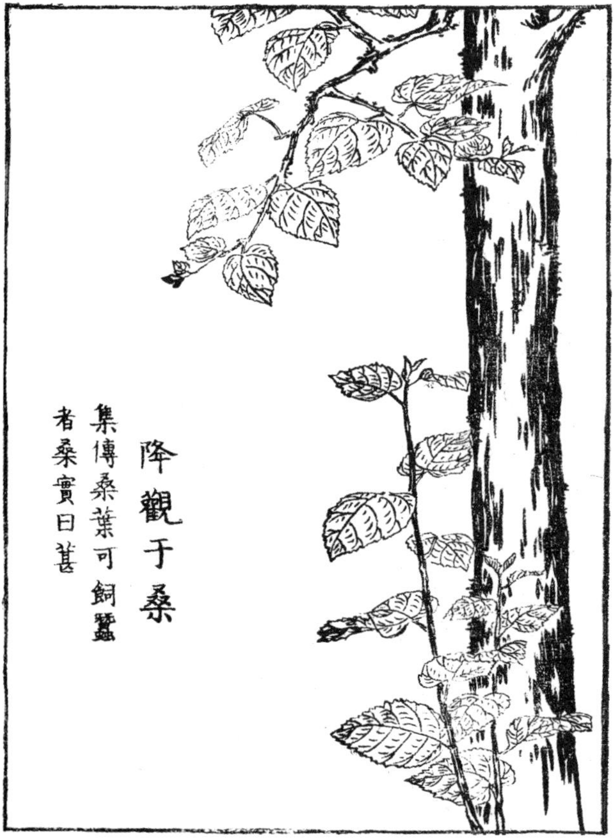
降觀于桑
集傳桑葉可飼蠶
者桑實曰葚

相鼠

相鼠有皮，人而無儀。
人而無儀，不死何爲。

相鼠有齒，人而無止。
人而無止，不死何俟。

相鼠有體，人而無禮。
人而無禮，胡不遄死。

干旄

孑孑干旄，在浚之郊。
素絲紕之，良馬四之。
彼姝者子，何以畀之。

孑孑干旟，在浚之都。
素絲組之，良馬五之。
彼姝者子，何以予之。

孑孑干旌，在浚之城。
素絲祝之，良馬六之。
彼姝者子，何以告之。

相鼠有皮（相息亮反視也 皮叶蒲何反）人而無儀（叶牛何反）人而無儀不死何爲（叶吾何反）○相鼠有齒人而無止（止容止也）人而無止不死何俟（叶羽已反又音始待也）○相鼠有體人而無禮人而無禮胡不遄死（遄速也 死叶想止反）

相鼠三章章四句

孑孑干旄（孑居熱反）在浚之郊（浚蘇俊反 郊叶音高）素絲紕之（紕符至反 織組也）良馬四之彼姝者子（姝赤朱反美也）何以畀之（畀必寐反與也）○孑孑干旟在浚之都素絲組之（組音祖）良馬五之彼姝者子何以予之（予音與）○孑孑干旌在浚之城素絲祝之（祝織也）良馬

載馳

載馳載驅，歸唁衛侯。
驅馬悠悠，言至於漕。
大夫跋涉，我心則憂。

既不我嘉，不能旋反。
視爾不臧，我思不遠。
既不我嘉，不能旋濟。
視爾不臧，我思不閟。

陟彼阿丘，言采其蝱。
女子善懷，亦各有行。
許人尤之，衆穉且狂。

我行其野，芃芃其麥。
控于大邦，誰因誰極。
大夫君子，無我有尤。
百爾所思，不如我所之。

六之彼姝者子何以告之（告，姑沃反）

干旄三章章六句

載馳載驅（載，則也。驅，叶祛尤反）歸唁衛侯（唁，弔失國曰唁）驅馬悠悠言至於
漕（叶徂侯反）大夫跋涉（跋，蒲末反）我心則憂○既不我嘉（嘉，善也）不能
旋反視爾不臧（臧，善也）我思不遠（遠，猶忘也）既不我嘉不能旋
濟視爾不臧我思不閟（閟，閉也，止也）○陟彼阿丘言采其蝱
（蝱，音盲，叶謨郎反）女子善懷（善懷，多憂思也）亦各有行（叶戶郎反，道也）許人尤之（尤，過也）
衆穉且狂（穉，直吏反）○我行其野芃芃其麥（芃，蒲紅反。麥，叶訖力反）控于
大邦（控，苦貢反，持而告之也）誰因誰極（極，至也）大夫君子無我有尤（叶于其反）

淇奥

瞻彼淇奥，綠竹猗猗。有匪君子，如切如磋，如琢如磨。瑟兮僩兮，赫兮咺兮。有匪君子，終不可諼兮。

瞻彼淇奥，綠竹青青。有匪君子，充耳琇瑩，會弁如星。瑟兮僩兮，赫兮咺兮。有匪君子，終不可諼兮。

瞻彼淇奥，綠竹如簀。有匪君子，如金如錫，如圭如璧。寬兮綽兮，猗重較兮。善戲謔兮，不爲虐兮。

百爾所思（叶新齋反）不如我所之

載馳四章二章章六句二章章八句

衛一之五

瞻彼淇奥（於六反）綠竹猗猗（於宜反叶於何反）有匪君子（匪斐通）如切如磋（七何反）如琢如磨瑟兮僩（遐版反）兮赫兮咺（喧晚反）兮有匪君子終不可諼兮（諼况元反叶况遠反忘也）○瞻彼淇奥綠竹青青（子丁反）有匪君子充耳琇瑩（音營）會（古外反）弁如星瑟兮僩兮赫兮咺兮有匪君子終不可諼兮○瞻彼淇奥綠竹如簀（音責叶則歷反棧也）有匪君子如金如錫如圭如璧寬兮綽

綠竹猗猗

傳綠王芻也竹萹竹也集傳綠色也淇上多竹漢世猶然所謂淇園之竹是也○綠竹之解集傳爲勝但毛氏舊說不可不存焉

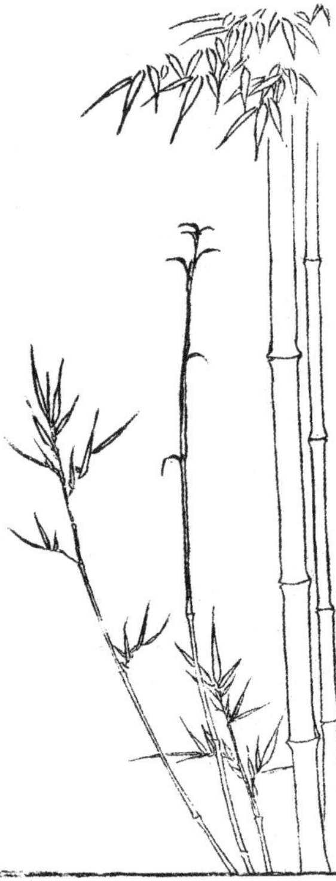

考槃

考槃在澗，碩人之寬。
獨寐寤言，永矢弗諼。
考槃在阿，碩人之薖。
獨寐寤歌，永矢弗過。
考槃在陸，碩人之軸。
獨寐寤宿，永矢弗告。

兮猗重較兮（猗於綺反 重直龍反 較古岳反）善戲謔兮（謔香略反）不爲虐兮

淇奥三章章九句

考槃在澗（考成也 澗叶居賢反）碩人之寬（寬叶區權反 廣也）獨寐寤言永矢弗諼（諼況元反 永長 矢誓 諼忘也）○考槃在阿碩人之薖（薖苦禾反）獨寐寤歌永矢弗過（過古禾反）○考槃在陸碩人之軸獨寐寤宿永矢弗告（告姑沃反）

考槃三章章四句

碩人其頎（頎其機反）衣錦褧衣（衣於既反 褧苦迥反）齊侯之子衛侯之妻東宮之妹邢侯之姨譚公維私（私息夷反）○手如柔荑（荑徒兮反）

碩人

碩人其頎，衣錦褧衣。
齊侯之子，衛侯之妻，
東宮之妹，邢侯之姨，
譚公維私。

手如柔荑。膚如凝脂。
領如蝤蠐。齒如瓠犀。
螓首蛾眉。
巧笑倩兮。美目盼兮。

碩人敖敖，說于農郊。
四牡有驕，朱幩鑣鑣，
翟茀以朝。
大夫夙退，無使君勞。

河水洋洋，北流活活。
施罛濊濊，鱣鮪發發，
葭菼揭揭。
庶姜孽孽，庶士有朅。

膚如凝脂領如蝤蠐（領頸也蝤似脩反蠐音齊）齒如瓠犀（瓠戶故反）螓首蛾眉（螓音秦蛾我波反）巧笑倩兮（倩七薦反）美目盼兮（盼敷莧反叶匹莧反）○碩人敖敖（敖五刀反）說于農郊（說始銳反舍也郊叶音高）四牡有驕（起橋反叶音高）朱幩鑣鑣（幩符云反鑣表驕反叶音摽）翟茀以朝（茀音弗朝直遙反叶直豪反）大夫夙退無使君勞○河水洋洋北流活活（古闊反叶戶劣反）施罛濊濊（施設也罛音孤濊呼活反叶許月反）鱣鮪發發（鱣直連反鮪于軌反發補末反叶方月反）葭菼揭揭（葭音加菼他覽反揭居謁反）庶姜孽孽（魚謁反）庶士有朅（欺列反）

碩人四章章七句

氓之蚩蚩（氓民也蚩尺之反）抱布貿絲（貿莫豆反買也絲叶新齊反）匪來貿絲來即

領如蝤蠐

傳蝤蠐蝎蟲也集傳木蟲之白而長者○蝤蠐一名蝎一名木蠹蟲一名蛣蝠生腐木中名物疏云蝎自蝤蠐之異名非蠆尾之蠍

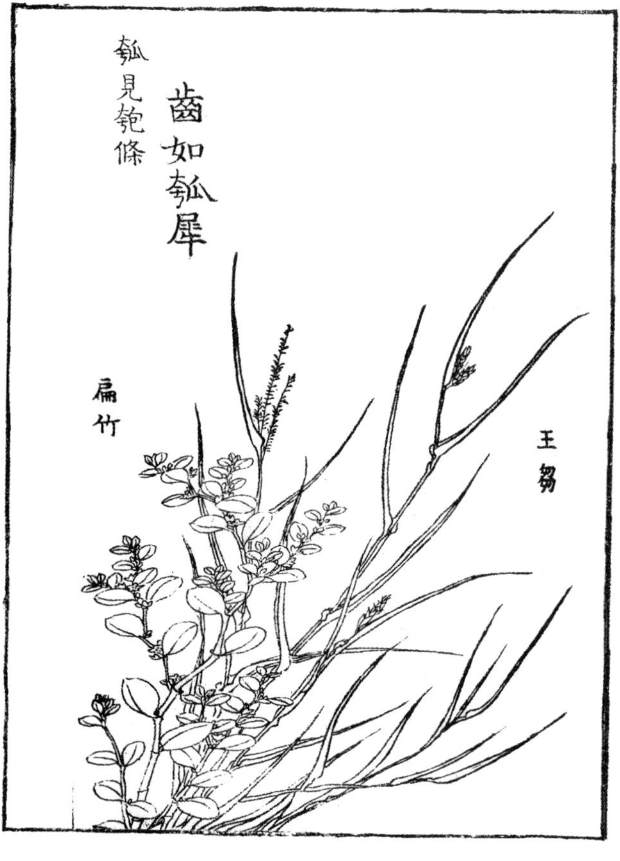
齒如瓠犀
瓠見匏條
扁竹
王芻

螓首蛾眉

傳螓首顙廣而方箋螓謂蜻蜻也集傳螓如蟬而小其額廣而方正蛾蠶蛾也○螓此云過幾設密爾雅翼螓蠦螓之小而緑色者螓首卽角犀豐盈之謂也韻會蛾似黃蝶而小其眉句曲如畫

螓 蛾

鱣 鮪 發 發

傳鱣䱇也集傳鱣魚似龍黄色鋭頭口在頷下背上腹下皆有甲大者千餘斤傳鮪鮥也集傳鮪似鱣而小色青黑○孔疏鱣大魚似鱏而短鼻口在頷下體有邪行甲無鱗肉黄大者長二三丈江東呼爲黄魚陸疏鮪似鱣而青黑頭小而尖似鐵兜鍪口在頷下鮪鱣屬或爲施娓者非是

氓

氓之蚩蚩，抱布貿絲。匪來貿絲，來即我謀。送子涉淇，至于頓丘。匪我愆期，子無良媒。將子無怒，秋以爲期。

乘彼垝垣，以望復關。不見復關，泣涕漣漣。既見復關，載笑載言。爾卜爾筮，體無咎言。以爾車來，以我賄遷。

桑之未落，其葉沃若。于嗟鳩兮，無食桑葚。于嗟女兮，無與士耽。士之耽兮，猶可說也。女之耽兮，不可說也。

桑之落矣，其黃而隕。自我徂爾，三歲食貧。淇水湯湯，漸車帷裳。女也不爽，士貳其行。士也罔極，二三其德。

我謀（叶謨悲反）送子涉淇至于頓丘（叶祛奇反）匪我愆期（愆過也）子無良媒（叶謨悲反）將子無怒（將七羊反願也請也）秋以爲期○乘彼垝垣（垝俱毀反垣音袁）以望復關（叶圭員反）不見復關泣涕漣漣（音連）既見復關載笑載言爾卜爾筮體無咎言以爾車來以我賄遷（賄呼罪反財也遷徙也）○桑之未落其葉沃若于嗟鳩兮（于音吁）無食桑葚（葚音甚叶知林反）于嗟女兮無與士耽（叶持林反）士之耽兮猶可說也（說音脫解也）女之耽兮不可說也○桑之落矣其黃而隕（叶于貧反落也）自我徂爾（徂往也）三歲食貧淇水湯湯（音傷）漸車帷裳（漸子廉反漬也）女也不爽（叶師莊反差也）士貳其行（下孟反叶戶郎反）士也

三歲爲婦，靡室勞矣。
夙興夜寐，靡有朝矣。
言既遂矣，至于暴矣。
兄弟不知，咥其笑矣。
靜言思之，躬自悼矣。
及爾偕老，老使我怨。
淇則有岸，隰則有泮。
總角之宴，言笑晏晏。
信誓旦旦，不思其反。
反是不思，亦已焉哉。

竹竿
籊籊竹竿，以釣于淇。
豈不爾思，遠莫致之。
泉源在左，淇水在右。
女子有行，遠兄弟父母。
淇水在右，泉源在左。
巧笑之瑳，佩玉之儺。
淇水滺滺，檜楫松舟。
駕言出遊，以寫我憂。

罔極（至也）○二三其德○三歲爲婦靡室勞矣（勞苦也）夙興夜寐（夙早也興起也）靡有朝矣（朝叶直豪反）言既遂矣至于暴矣兄弟不知咥其笑矣（咥許意反笑叶音燥）靜言思之躬自悼矣○及爾偕老（偕俱也）老使我怨淇則有岸（叶魚戰反）隰則有泮（泮音畔叶四見反涯也）總角之宴言笑晏晏（叶伊佃反）信誓旦旦（叶得絹反）不思其反反是不思（叶新齋反）亦已焉哉（叶將黎反）

氓六章章十句

籊籊竹竿（籊他歷反）以釣于淇豈不爾思遠莫致之○泉源在左淇水在右（叶羽軌反）女子有行遠兄弟父母（遠于萬反 母叶滿彼反）

于嗟鳩兮無食桑葚

傳鳩鶻鳩也食葚甚過則醉而傷其性集傳似山雀而小短尾青黑色多聲○小宛鳴鳩一物鸒鳩也嚴緝辨五鳩其說可從李時珍云今夏月出一種糠鳩微帶紅色小而成羣好食桑椹及半夏苗即此也

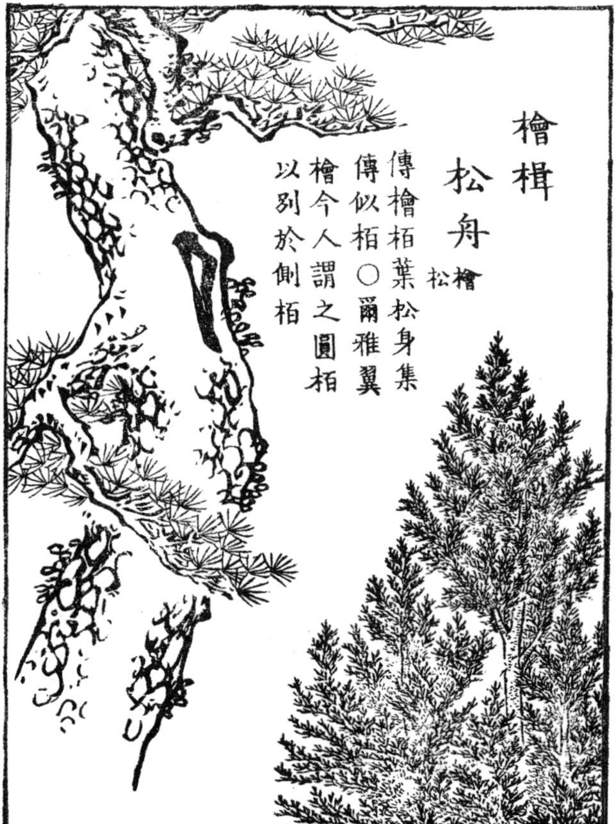

檜楫
松舟 檜松
傳檜柏葉松身集
傳似柏○爾雅翼
檜今人謂之圓柏
以別於側柏

芄蘭

芄蘭之支，童子佩觿。
雖則佩觿，能不我知。
容兮遂兮，垂帶悸兮。

芄蘭之葉，童子佩韘。
雖則佩韘，能不我甲。
容兮遂兮，垂帶悸兮。

河廣

誰謂河廣，一葦杭之。
誰謂宋遠，跂予望之。
誰謂河廣，曾不容刀。
誰謂宋遠，曾不崇朝。

反

○淇水在右泉源在左巧笑之瑳（七可反） 佩玉之儺

（乃可反）○淇水滺滺（音由） 檜楫松舟駕言出遊以寫我憂

竹竿四章章四句

芄蘭之支（芄音丸 支同枝） 童子佩觿（許規反） 雖則佩觿能不我知

容兮遂兮垂帶悸兮（悸其季反） ○芄蘭之葉童子佩韘（失涉反 決

也） 雖則佩韘能不我甲（叶古狎反） 容兮遂兮垂帶悸兮

芄蘭二章章六句

誰謂河廣一葦杭之（葦韋鬼反 杭户郎反 度也） 誰謂宋遠跂予望之

（跂丘豉反 望叶武方反） ○誰謂河廣曾不容刀（音彫） 誰謂宋遠曾不

伯兮

伯兮朅兮，邦之桀兮。
伯也執殳，爲王前驅。
自伯之東，首如飛蓬。
豈無膏沐，誰適爲容。
其雨其雨，杲杲出日。
願言思伯，甘心首疾。
焉得諼草，言樹之背。
願言思伯，使我心痗。

崇朝（崇終也）

河廣二章章四句

伯兮朅（朅丘列反）兮邦之桀兮伯也執殳（市朱反）爲王前驅（驅丘偶反）

○自伯之東首如飛蓬豈無膏沐誰適爲容（適都歷反主也）

○其雨其雨杲杲出日（杲古老反）願言思伯甘心首疾○

焉得諼草（焉於虔反 諼況袁反）言樹之背（音佩北堂也）願言思伯使我心痗（呼內反病也）

伯兮四章章四句

有狐綏綏在彼淇梁心之憂矣之子無裳○有狐

葭菼揭揭

傳菼薍也集傳亦謂之荻
○孔疏初生者爲菼長大
爲薍成則爲萑

芄蘭之支

傳芄蘭草也集傳一名蘿
藦蔓生斷之有白汁可啖

一葦杭之 見葭

集傳葦蒹葭之屬

焉得諼草

傳諼草令人忘憂集傳諼草合歡食之令人忘憂者○集傳因諼草以及合歡不以合歡解諼草合歡樹名諼又作萱

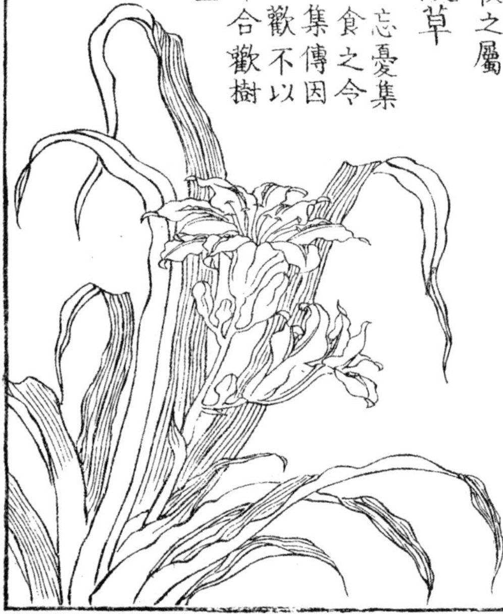

有狐

有狐綏綏，在彼淇梁。
心之憂矣，之子無裳。
有狐綏綏，在彼淇厲。
心之憂矣，之子無帶。
有狐綏綏，在彼淇側。
心之憂矣，之子無服。

木瓜

投我以木瓜，報之以瓊琚。
匪報也，永以爲好也。
投我以木桃，報之以瓊瑤。
匪報也，永以爲好也。
投我以木李，報之以瓊玖。
匪報也，永以爲好也。

綏綏在彼淇厲心之憂矣之子無帶（叶丁計反）○有狐綏綏在彼淇側心之憂矣之子無服（叶蒲北反）

有狐三章章四句

投我以木瓜（叶攻乎反）報之以瓊琚（音居）匪報也永以爲好也（好，呼報反）○投我以木桃報之以瓊瑤匪報也永以爲好也○投我以木李報之以瓊玖（音久，叶舉里反）匪報也永以爲好也

木瓜三章章四句

王一之六

投我以木瓜

傳木瓜楙木也可食之木集傳實如小瓜酢可食〇圖經木瓜其木狀似柰其花生於春末而深紅色其實大者如瓜小者如拳爾雅謂之楙亭保中來漢種官園在焉

投我以木桃　投我以木李

辨解云木桃木李直是桃李木字無意義蔡度說可從

黍離

彼黍離離，彼稷之苗。
行邁靡靡，中心搖搖。
知我者，謂我心憂，
不知我者，謂我何求。
悠悠蒼天，此何人哉。

彼黍離離，彼稷之穗。
行邁靡靡，中心如醉。
知我者，謂我心憂，
不知我者，謂我何求。
悠悠蒼天，此何人哉。

彼黍離離，彼稷之實。
行邁靡靡，中心如噎。
知我者，謂我心憂，
不知我者，謂我何求。
悠悠蒼天，此何人哉。

彼黍離離彼稷之苗行邁靡靡（[illegible]邁行）中心搖搖知我者謂我心憂不知我者謂我何求悠悠蒼天（叶鐵因反）此何人哉○彼黍離離彼稷之穗（音遂）行邁靡靡中心如醉知我者謂我心憂不知我者謂我何求悠悠蒼天此何人哉○彼黍離離彼稷之實行邁靡靡中心如噎（於結反叶於悉反）知我者謂我心憂不知我者謂我何求悠悠蒼天此何人哉

黍離三章章十句

君子于役不知其期曷至哉（叶將黎反）雞棲于塒（音時）日之

彼黍離離彼稷之穗

黍 稷

集傳黍穀名苗似蘆高丈餘穗黑色實圓重稷亦穀也一名穄似黍而小或曰粟也○粘者爲黍不粘爲稷如稻之有粳糯黍亦名秫以爲酒稷爲飯稷古者明祀用之禮稷曰明粢左傳粢食不鑿是也

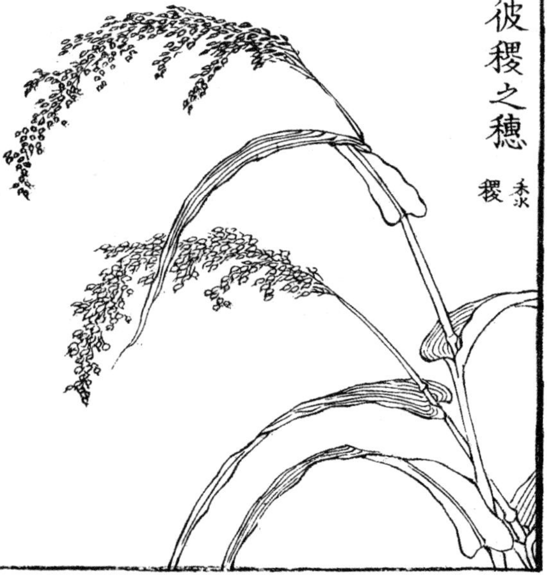

君子于役

君子于役，不知其期，
曷至哉。
雞棲于塒，日之夕矣，
羊牛下來。
君子于役，如之何勿思。

君子于役，不日不月，
曷其有佸。
雞棲于桀，日之夕矣，
羊牛下括。
君子于役，苟無飢渴。

君子陽陽

君子陽陽，左執簧，
右招我由房。
其樂只且。

君子陶陶，左執翿，
右招我由敖。
其樂只且。

夕矣羊牛下來（叶陵之反）君子于役如之何勿思（叶新齎反）○君子于役不日不月曷其有佸（戶括反叶戶劣反會也）雞棲于桀（杙也）日之夕矣牛羊下括（古活反叶古劣反至也）君子于役苟無飢渴（叶巨列反）

君子于役二章章八句

君子陽陽左執簧（音黃）右招我由房（[illegible]也）其樂只且（樂音洛 且子餘反 只且語助辭）○君子陶陶左執翿（徒刀反）右招我由敖（五刀反）其樂只且

君子陽陽二章章四句

鷄棲于塒

說文知時畜也

揚之水

揚之水，不流束薪。
彼其之子，不與我戍申。
懷哉懷哉，曷月予還歸哉。

揚之水，不流束楚。
彼其之子，不與我戍甫。
懷哉懷哉，曷月予還歸哉。

揚之水，不流束蒲。
彼其之子，不與我戍許。
懷哉懷哉，曷月予還歸哉。

中谷有蓷

中谷有蓷，暵其乾矣。
有女仳離，嘅其嘆矣。
嘅其嘆矣，遇人之艱難矣。

揚之水不流束薪彼其之子（其音記）不與我戍申（戍守也）
懷哉懷哉（懷叶胡威反思也）曷月予還歸哉（曷何也 還音旋）○揚之水不
流束楚彼其之子不與我戍甫懷哉懷哉曷月予
還歸哉○揚之水不流束蒲（叶滂古反）彼其之子不與我
戍許懷哉懷哉曷月予還歸哉

揚之水三章章六句

中谷有蓷（叶雷反）暵其乾矣（暵呼但反燥也）有女仳離（仳匹指反）嘅其嘆
矣（嘅口愛反 嘆叶土丹反）嘅其嘆矣遇人之艱難矣○中谷有蓷暵
其修矣（脩叶式竹反長也）有女仳離條其歗矣（歗叶息六反）條其歗矣

中谷有蓷，暵其修矣。有女仳離，條其歗矣。條其歗矣，遇人之不淑矣。

中谷有蓷，暵其濕矣。有女仳離，啜其泣矣。啜其泣矣，何嗟及矣。

兔爰

有兔爰爰，雉離于羅。我生之初，尚無爲。我生之後，逢此百罹。尚寐無吪。

有兔爰爰，雉離于罦。我生之初，尚無造。我生之後，逢此百憂。尚寐無覺。

有兔爰爰，雉離于罿。我生之初，尚無庸。我生之後，逢此百凶。尚寐無聰。

遇人之不淑矣○中谷有蓷暵其濕矣有女仳離啜其泣矣（啜張劣反）啜其泣矣何嗟及矣

中谷有蓷三章章六句

有兔爰爰雉離于羅（離麗也）我生之初尚無爲（爲叶吾禾反，尚猶也）我生之後逢此百罹（叶良何反）尚寐無吪（尚庶幾也，吪動也）○有兔爰爰雉離于罦（音孚，叶步廟反）我生之初尚無造我生之後逢此百憂（叶一笑反）尚寐無覺（居孝反，叶居笑反，寤也）○有兔爰爰雉離于罿我生之初尚無庸我生之後逢此百凶尚寐無聰（聞也）（音衝）

不流束蒲

傳蒲草也箋蒲蒲柳集傳春秋傳云董澤之蒲杜氏云蒲楊柳可以爲箭者是也○孔疏箋以首章言薪下言蒲楚則蒲楚是薪之木名不宜爲草故易傳以蒲爲柳陸璣疏云蒲柳有兩種皮正青者曰小楊其一種皮紅者曰大楊其葉皆長廣似柳葉皆可以爲箭幹故春秋傳曰董澤之蒲可勝既乎今又以爲箕鑵之楊也

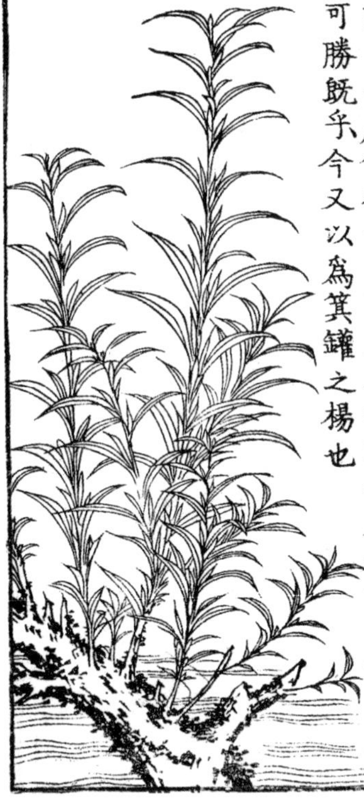

中谷有蓷

傳蓷鵻也集傳葉似萑方莖白華華生節間卽今益母草也○萑當作茬孔疏引爾雅註誤茬作萑集傳亦訛耳郭註本作茬埤雅亦同

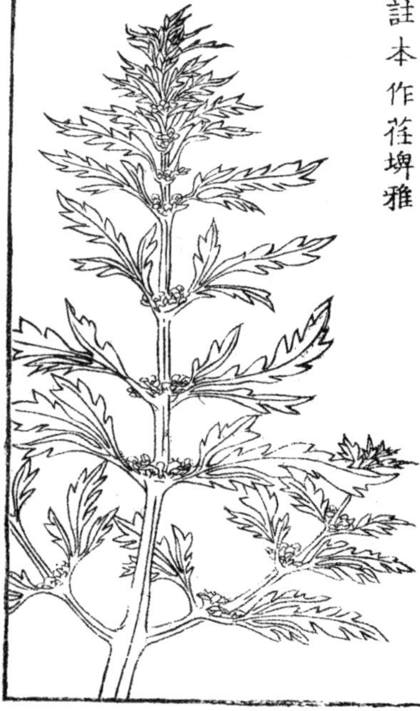

有兔爰爰

葛藟

緜緜葛藟，在河之滸。
終遠兄弟，謂他人父。
謂他人父，亦莫我顧。

緜緜葛藟，在河之涘。
終遠兄弟，謂他人母。
謂他人母，亦莫我有。

緜緜葛藟，在河之漘。
終遠兄弟，謂他人昆。
謂他人昆，亦莫我聞。

采葛

彼采葛兮。
一日不見，如三月兮。

彼采蕭兮。
一日不見，如三秋兮。

彼采艾兮。
一日不見，如三歲兮。

兔爰三章章七句

緜緜葛藟（力軌反）在河之滸（呼五反）終遠兄弟（遠，于萬反）謂他人父（夫矩反）謂他人父亦莫我顧（叶果五反）○緜緜葛藟在河之涘（音俟，叶矣、始二音）終遠兄弟謂他人母（叶滿彼反）謂他人母亦莫我有（叶羽已反）○緜緜葛藟在河之漘（順春反）終遠兄弟謂他人昆（叶古勻反。昆，兄也）謂他人昆亦莫我聞（叶微勻反）

葛藟三章章六句

彼采葛兮（葛，叶居謁反）一日不見如三月兮○彼采蕭兮（蕭，叶疎鳩反）一日不見如三秋兮○彼采艾兮一日不見

大車

大車檻檻，毳衣如菼。
豈不爾思，畏子不敢。

大車啍啍，毳衣如璊。
豈不爾思，畏子不奔。

穀則異室，死則同穴。
謂予不信，有如皦日。

丘中有麻

丘中有麻，彼留子嗟。
彼留子嗟，將其來施施。

丘中有麥，彼留子國。
彼留子國，將其來食。

丘中有李，彼留之子。
彼留之子，貽我佩玖。

如三歲兮（歲本與艾叶）

采葛三章章三句

大車檻檻毳衣如菼（毳尺銳反　菼吐敢反）豈不爾思畏子不敢○

大車啍啍（他敦反）毳衣如璊（音門）豈不爾思畏子不奔○

穀（穀生也）則異室死則同穴（叶戶橘反　壙也）謂予不信有如皦日（皦古了反）

大車三章章四句

丘中有麻彼留子嗟（嗟時遮反）彼留子嗟將其來施施（將七羊反　顧也　施叶）○

丘中有麥（音默）彼留子國彼留子國將其來食

彼采蕭兮

集傳蕭荻也白葉莖麤科生有香氣○埤雅今俗謂之牛尾蒿

彼采艾兮

傳艾所以療疾集傳蕭屬乾之可灸

丘中有麻

集傳麻穀名子可食皮可績爲布者

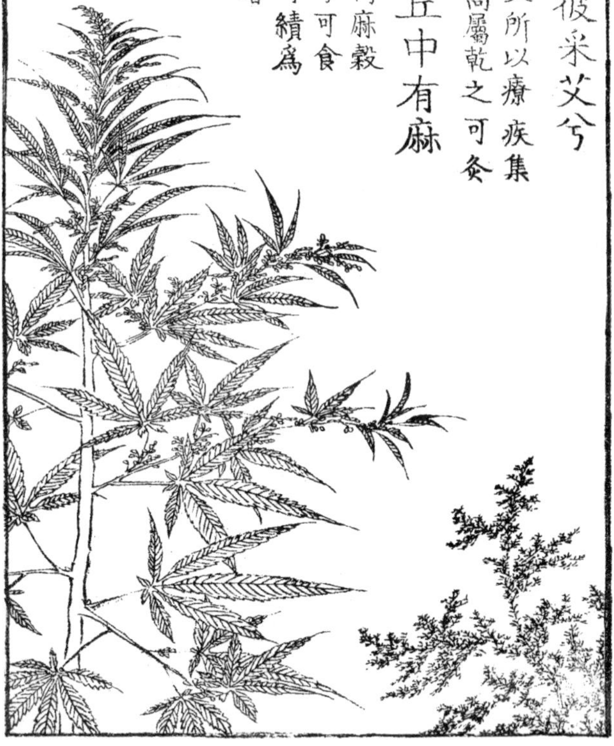

鄭風

緇衣
緇衣之宜兮，敝予又改爲兮。
適子之館兮，還予授子之粲兮。
緇衣之好兮，敝予又改造兮。
適子之館兮，還予授子之粲兮。
緇衣之蓆兮，敝予又改作兮。
適子之館兮，還予授子之粲兮。

○丘中有李彼留之子（子叶獎里反）彼留之子貽我佩玖（玖叶舉里反）

丘中有麻三章章四句

鄭一之七

緇衣之宜兮（宜稱也）敝予又改爲兮（改更也）適子之館兮（館叶古玩反舍也）還予授子之粲兮○緇衣之好兮（好猶宜也）敝予又改造兮（造叶在早反）適子之館兮還予授子之粲兮緇衣之蓆兮（蓆叶祥龠反大也）敝予又改作兮適子之館兮還予授子之粲兮

緇衣三章章四句

將仲子
將仲子兮，無踰我里，
無折我樹杞。
豈敢愛之，畏我父母。
仲可懷也，父母之言，
亦可畏也。

將仲子兮，無踰我墻，
無折我樹桑。
豈敢愛之，畏我諸兄。
仲可懷也，諸兄之言，
亦可畏也。

將仲子兮，無踰我園，
無折我樹檀。
豈敢愛之，畏人之多言。
仲可懷也，人之多言，
亦可畏也。

將仲子兮（將七羊反請也）無踰我里無折我樹杞（折之舌反）豈敢愛之畏我父母（叶滿彼反）仲可懷也（懷叶胡威反）父母之言亦可畏也（畏叶於非反）○將仲子兮無踰我牆（垣也）無折我樹桑豈敢愛之畏我諸兄（叶虚陽反）仲可懷也諸兄之言亦可畏也○將仲子兮無踰我園無折我樹檀（叶徒沿反）豈敢愛之畏人之多言仲可懷也人之多言亦可畏也

將仲子三章章八句

叔于田（叶地因反取禽也）巷無居人豈無居人不如叔也洵美且仁（洵叶其眩反信也）○叔于狩（叶始九反）巷無飲酒豈無飲酒不如

無折我樹杞

集傳杞柳屬也生水傍樹如柳葉麁而白色理微赤○嚴緝詩有三杞鄭風無折我樹杞柳屬也小雅南山有杞在彼杞棘山木也集于苞杞言采其杞隰有杞桋枸杞也

無折我樹檀

傳檀彊韌之木集傳檀皮青

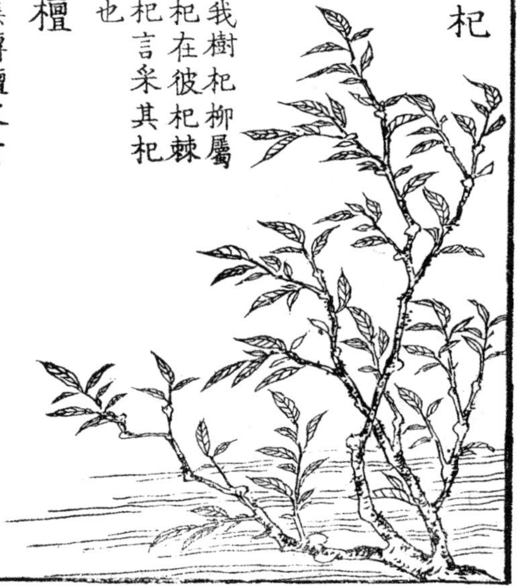

叔于田

叔于田，巷無居人。
豈無居人，不如叔也，
洵美且仁。
叔于狩，巷無飲酒。
豈無飲酒，不如叔也，
洵美且好。
叔適野，巷無服馬。
豈無服馬，不如叔也，
洵美且武。

大叔于田

叔于田，乘乘馬，執轡
如組，兩驂如舞。
叔在藪，火烈具舉。
襢裼暴虎，獻于公所。
將叔無狃，戒其傷女。

叔也洵美且好（叶許厚反）○叔適野（適之也野叶上與反）巷無服馬（服乘也馬叶滿補反）
豈無服馬不如叔也洵美且武

叔于田三章章五句

叔于田乘乘馬（下乘繩證反馬叶滿補反）執轡如組（音祖）兩驂如舞叔
在藪（素口反叶素苦反）火烈具舉（具俱也）襢裼暴虎（襢音但裼素歷反）獻于公所
將叔無狃（將七羊反狃女九反叶女古反）戒其傷女（音汝）○叔于田乘乘黃
兩服上襄兩驂鴈行（戶郎反）叔在藪火烈具揚（起也）叔善
射忌（音記語助辭）又良御忌（御叶魚駕反）抑磬控忌（抑語助辭磬苦定反控口貢反）抑縱
送忌○叔于田乘乘鴇（音保叶補苟反）兩服齊首兩驂如手

叔于田，乘乘黄，兩服上襄，兩驂鴈行。
叔在藪，火烈具揚。
叔善射忌，又良御忌，
抑磬控忌，抑縱送忌。
叔于田，乘乘鴇，兩服齊首，兩驂如手。
叔在藪，火烈具阜。
叔馬慢忌，叔發罕忌，
抑釋掤忌，抑鬯弓忌。

清人

清人在彭，駟介旁旁，
二矛重英，河上乎翱翔。
清人在消，駟介麃麃，
二矛重喬，河上乎逍遙。
清人在軸，駟介陶陶，
左旋右抽，中軍作好。

叔在藪火烈具阜（叶符有反，盛也） 叔馬慢忌（慢叶黄半反，遲也） 叔發罕忌（罕叶虚肝反，希也） 抑釋掤忌（釋解也，掤音冰） 抑鬯弓忌（鬯勑亮反，與韔同，弓囊也，弓叶姑弘反）

大叔于田三章章十句

清人在彭（彭叶普良反） 駟介旁旁（補彭反，叶補岡反） 二矛重英（重直龍反，英叶於良反） 河上乎翱翔 ○清人在消 駟介麃麃（表驕反） 二矛重喬 河上乎逍遙（逍音消，遙音摇） ○清人在軸（叶音冑） 駟介陶陶（叶徒侯反） 左旋右抽（叶敕救反，抽拔也） 中軍作好（叶許侯反）

清人三章章四句

羔裘如濡（叶而朱、而由二反） 洵直且侯（洵信，直順也，侯叶洪姑、洪鉤二反，美也） 彼其之子（其音記，語

羔裘

羔裘如濡，洵直且侯。
彼其之子，舍命不渝。
羔裘豹飾，孔武有力。
彼其之子，邦之司直。
羔裘晏兮，三英粲兮。
彼其之子，邦之彥兮。

遵大路

遵大路兮，摻執子之袪兮。
無我惡兮，不寁故也。
遵大路兮，摻執子之手兮。
無我魗兮，不寁好也。

辭舍命不渝（舍音赦處也渝叶容朱容周二反變也）○羔裘豹飾孔武有力（孔甚也）
彼其之子邦之司直○羔裘晏兮（晏鮮盛也）三英粲兮（粲光明也）
彼其之子邦之彥兮（彥叶魚旰反）
羔裘三章章四句
遵大路兮（遵循也）摻執子之袪兮（摻所覽反擥也袪叶起據反袂也）無我惡兮
（惡烏路反）不寁故也（寁市坎反速也故舊也）○遵大路兮摻執子之手兮
無我魗兮（魗市由反叶齒九反與醜同）不寁好也（好情好也）
遵大路二章章四句
女曰雞鳴士曰昧旦子興視夜明星有爛將翱將

女曰雞鳴

女曰雞鳴，士曰昧旦。
子興視夜，明星有爛。
將翱將翔，弋鳧與鴈。
弋言加之，與子宜之。
宜言飲酒，與子偕老。
琴瑟在御，莫不靜好。
知子之來之，雜佩以贈之。
知子之順之，雜佩以問之。
知子之好之，雜佩以報之。

有女同車

有女同車，顏如舜華。
將翱將翔，佩玉瓊琚。
彼美孟姜，洵美且都。
有女同行，顏如舜英。
將翺將翔，佩玉將將。
彼美孟姜，德音不忘。

翺弋鳧與鴈（鳧音符）○弋言加之（加叶居之居何二反中也）與子宜之（宜叶魚奇反）

（魚何二反）宜言飲酒與子偕老（叶呂吼反）琴瑟在御莫不靜好（叶許厚反）

○知子之來之（來叶六直反）雜佩以贈之（贈叶音則送也）知子之順之（順愛也）雜佩以問之（問遺也）知子之好之（好呼報反）雜佩以報之

女曰雞鳴三章章六句

有女同車顏如舜華（叶芳無反）將翺將翔佩玉瓊琚彼美孟姜洵美且都（洵信　都閑雅也）○有女同行（叶戶郎反）顏如舜英（叶於良反）將翺將翔佩玉將將（七羊反）彼美孟姜德音不忘

有女同車二章章六句

弋鳧與雁

集傳鳧水鳥如鴨青色背上有文○爾雅鳧雁醜其足蹼其踵企郭云脚指間有幕蹼屬相著飛即伸其脚跟企直

顏如舜華

傳舜木槿也集傳樹如李其花朝生暮落○埤雅槿一名舜蓋瞬之義取諸此花史等書舜爲槿中一種非古義也

山有扶蘇

傳扶蘇扶胥小木也○孔疏釋木無文傳言扶胥小木者毛當有以知之未詳

山有扶蘇

山有扶蘇，隰有荷華。

不見子都，乃見狂且。

山有橋松，隰有游龍。

不見子充，乃見狡童。

蘀兮

蘀兮蘀兮，風其吹女。

叔兮伯兮，倡予和女。

蘀兮蘀兮，風其漂女。

叔兮伯兮，倡予要女。

狡童

彼狡童兮，不與我言兮。

維子之故，使我不能

餐兮。

彼狡童兮，不與我食兮。

維子之故，使我不能

山有扶蘇隰有荷華（叶芳無反）不見子都乃見狂且（子餘反 語辭也）

○山有橋松隰有游龍不見子充乃見狡童

山有扶蘇二章章四句

蘀兮蘀兮（蘀他落反）風其吹女（音汝）叔兮伯兮倡予和女（倡昌亮反）

○蘀兮蘀兮風其漂女（漂匹遙反 飄同）叔兮伯兮倡予（和胡臥反 叶胡圭反）

要女（要於遙反 成也）

蘀兮二章章四句

彼狡童兮不與我言兮維子之故使我不能餐兮

（餐七丹反 叶七宣反）○彼狡童兮不與我食兮維子之故使我不

隰有荷華

傳荷華扶蕖也

其華菡萏

隰有游龍

傳龍紅草也集傳一名馬蓼葉大而色白生水澤中高丈餘〇别錄云紅生水旁如馬蓼而大稻氏云按紅草墨記草俱名馬蓼陶云馬蓼卽墨記草也

褰裳

子惠思我，褰裳涉溱。
子不我思，豈無他人。
狂童之狂也且。
子惠思我，褰裳涉洧。
子不我思，豈無他士。
狂童之狂也且。

丰

子之丰兮，俟我乎巷兮。
悔予不送兮。
子之昌兮，俟我乎堂兮。
悔予不將兮。
衣錦褧衣，裳錦褧裳。
叔兮伯兮，駕予與行。
裳錦褧裳，衣錦褧衣。
叔兮伯兮，駕予與歸。

能息兮(息安也)

狡童二章章四句

子惠思我(惠愛也)褰裳涉溱(側巾反)子不我思豈無他人狂童之狂也且(子餘反語辭)○子惠思我褰裳涉洧(叶于己反)子不我思豈無他士(鉏里反)狂童之狂也且

褰裳二章章五句

子之丰兮(丰芳容反叶芳用反)俟我乎巷兮(叶胡貢反)悔予不送兮○子之昌兮俟我乎堂兮悔予不將兮(將送也)○衣錦褧衣(上衣於既反褧苦迥反)裳錦褧裳叔兮伯兮駕予與行(叶戶郎反)裳錦

東門之墠

東門之墠，茹藘在阪。其室則邇，其人甚遠。

東門之栗，有踐家室。豈不爾思，子不我即。

風雨

風雨淒淒，雞鳴喈喈。既見君子，云胡不夷。

風雨瀟瀟，雞鳴膠膠。既見君子，云胡不瘳。

風雨如晦，雞鳴不已。既見君子，云胡不喜。

褧裳衣錦褧衣叔兮伯兮駕予與歸（謂嫁曰歸）

丰四章二章章三句二章章四句

東門之墠（音善叶上演反）茹藘在阪（茹音如藘力於反阪音反叶孚臠反）其室則邇其人甚遠○東門之栗有踐家室豈不爾思子不我卽（就也）

東門之墠二章章四句

風雨淒淒（七西反）雞鳴喈喈（音皆叶居奚反）既見君子云胡不夷（平也）○風雨瀟瀟雞鳴膠膠（叶音驕）既見君子云胡不瘳（叶憐蕭反）○風雨如晦（叶呼洧反晦昏也）雞鳴不已（止也）既見君子云胡

茹藘在阪

傳茹藘茅蒐也集傳一名茜可以染絳○茜一作蒨方莖蔓生葉似棗每節四五葉對生至秋開花結實如小椒

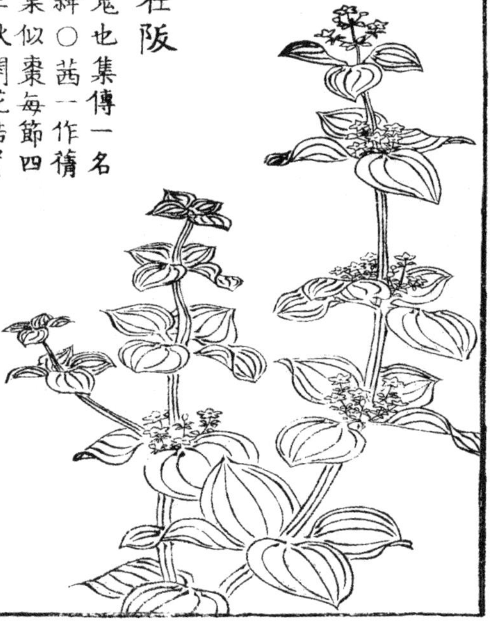

子衿

青青子衿，悠悠我心。
縱我不往，子寧不嗣音。
青青子佩，悠悠我思。
縱我不往，子寧不來。
挑兮達兮，在城闕兮。
一日不見，如三月兮。

揚之水

揚之水，不流束楚。
終鮮兄弟，維予與女。
無信人之言，人實迋女。
揚之水，不流束薪。
終鮮兄弟，維予二人。
無信人之言，人實不信。

不喜

風雨三章章四句

青青子衿(音金)悠悠我心縱我不往子寧不嗣音○青青子佩(叶蒲眉反)悠悠我思(叶新齋反)縱我不往子寧不來(叶陵之反)○挑兮達兮(挑他刀反 達他末反 叶他悅反)在城闕兮一日不見如三月兮

子衿三章章四句

揚之水不流束楚終鮮兄弟(鮮息淺反)維予與女(女音汝)無信人之言人實迋女(迋居望反 與注同)○揚之水不流束薪終鮮

兄弟維予二人無信人之言人實不信（叶斯人反）

揚之水二章章六句

出其東門有女如雲雖則如雲匪我思存（叶[illegible]反）縞衣綦巾（縞古老反　綦巨基反）聊樂我員（樂音洛　員音云　反與云同　語辭）○出其闉闍（闉音因　闍音都）有女如荼（荼音徒）雖則如荼匪我思且（且子餘反）縞衣茹藘聊可與娛（樂也）

出其東門二章章六句

野有蔓草零露溥兮（溥徒端反　叶上兗反）有美一人清揚婉兮邂逅相遇適我願兮（願五遠反）○野有蔓草零露瀼瀼有美

出其東門

出其東門，有女如雲。
雖則如雲，匪我思存。
縞衣綦巾，聊樂我員。
出其闉闍，有女如荼。
雖則如荼，匪我思且。
縞衣茹藘，聊可與娛。

野有蔓草

野有蔓草，零露溥兮。
有美一人，清揚婉兮。
邂逅相遇，適我願兮。
野有蔓草，零露瀼瀼。
有美一人，婉如清揚。
邂逅相遇，與子偕臧。

溱洧

溱與洧，方渙渙兮。
士與女，方秉蕳兮。
女曰觀乎，士曰既且，
且往觀乎。
洧之外，洵訏且樂。
維士與女，伊其相謔，
贈之以勺藥。

溱與洧，瀏其清矣。
士與女，殷其盈兮。
女曰觀乎，士曰既且，
且往觀乎。
洧之外，洵訏且樂。
維士與女，伊其將謔，
贈之以勺藥。

一人婉如清揚邂逅相遇與子偕臧

野有蔓草二章章六句

溱與洧方渙渙兮（渙叶于元反）士與女方秉蕳兮（蕳古顏反 叶古賢反）女曰觀乎士曰既且（子餘反）且往觀乎洧之外洵訏且樂（洵信也訏況于反大也樂音洛）維士與女伊其相謔贈之以勺藥○溱與洧瀏其清矣（瀏音留）士與女殷其盈矣女曰觀乎士曰既且且往觀乎洧之外洵訏且樂維士與女伊其將謔（將當作相聲之誤也）贈之以勺藥

溱洧二章章十二句

方秉蕑兮

傳蕑蘭也集傳其莖葉似澤蘭廣而長節節中赤高四五尺○陸疏蕑即蘭香草也春秋傳曰刈蘭而卒楚辭云紉秋蘭孔子曰蘭當爲王者香草皆是也

齊風

雞鳴

雞既鳴矣，朝既盈矣。匪雞則鳴，蒼蠅之聲。

東方明矣，朝既昌矣。匪東方則明，月出之光。

蟲飛薨薨，甘與子同夢。會且歸矣，無庶予子憎。

還

子之還兮，遭我乎峱之閒兮。並驅從兩肩兮，揖我謂我儇兮。

子之茂兮，遭我乎峱之道兮。並驅從兩牡兮，揖我謂我好兮。

齊一之八

雞既鳴矣朝既盈矣（朝音潮）匪雞則鳴蒼蠅之聲○東方明矣（明叶謨郎反）朝既昌矣（昌盛也）匪東方則明月出之光○蟲飛薨薨甘與子同夢（甘樂也夢叶莫滕反）會且歸矣無庶予子憎

雞鳴三章章四句

子之還兮（還音旋）遭我乎峱之閒兮（峱乃刀反閒叶居賢反）並驅從兩肩兮（從逐也）揖我謂我儇兮（儇許全反利也）○子之茂兮（茂叶莫口反美也）遭我乎峱之道兮（道叶徒厚反）並驅從兩牡兮揖我謂我好

並驅從兩狼兮，揖我謂我臧兮。

子之昌兮，遭我乎猺之陽兮。

著

俟我於著乎而，充耳以素乎而，尚之以瓊華乎而。

俟我於庭乎而，充耳以青乎而，尚之以瓊瑩乎而。

俟我於堂乎而，充耳以黃乎而，尚之以瓊英乎而。

兮（兮叶許厚反）○子之昌兮（昌盛也）遭我乎猺之陽兮並驅從兩狼兮揖我謂我臧兮（臧善也）

還三章章四句

俟我於著乎而（著直據反叶直居反）充耳以素乎而（素叶孫租反）尚之以瓊華乎而（尚加也華叶芳無反）○俟我於庭乎而充耳以青乎而尚之以瓊瑩乎而（瑩音縈）○俟我於堂乎而充耳以黃乎而尚之以瓊英乎而（英叶於良反）

著三章章三句

東方之日兮彼姝者子（姝赤朱反）在我室兮在我室兮履

蒼蠅之聲

傳蒼蠅之聲有似遠雞之鳴○古義天將曙而蒼蠅始有聲

並驅從兩狼兮

集傳狼似犬銳頭白頰高前廣後○陸佃云狼大如狗青色作聲諸竅皆沸善逐獸里語曰狼卜食狼將遠逐食必先倒立以卜所向故獵師遇狼所嚮獸輒喜狼之所在也

東方之日
東方之日兮。
彼姝者子，在我室兮。
在我室兮，履我卽兮。
東方之月兮。
彼姝者子，在我闥兮。
在我闥兮，履我發兮。

東方未明
東方未明，顛倒衣裳。
顛之倒之，自公召之。
東方未晞，顛倒裳衣。
倒之顛之，自公令之。
折柳樊圃，狂夫瞿瞿。
不能辰夜，不夙則莫。

我卽兮（履音裏。卽，就也。）○東方之月兮，彼姝者子，在我闥兮。（闥叶它悅反）在我闥兮，履我發兮。（發叶方月反）

東方之日二章，章五句

東方未明（叶讀郎反），顛倒衣裳。（倒，都老反）顛之倒之（倒叶都妙反），自公召之。○東方未晞（明之始升也），顛倒裳衣。倒之顛之（顛叶典因反），自公令之。（令，力證反，叶力呈反）○折柳樊圃（折音哲。樊，藩也。圃叶博故反），狂夫瞿瞿。（俱具反）不能辰夜（叶羊茹反），不夙則莫。（音暮）

東方未明三章，章四句

南山崔崔（叶子雖反），雄狐綏綏。魯道有蕩（平易也），齊子由歸。（由，從也）

南山

南山崔崔，雄狐綏綏。
魯道有蕩，齊子由歸。
既曰歸止，曷又懷止。

葛屨五兩，冠緌雙止。
魯道有蕩，齊子庸止。
既曰庸止，曷又從止。

蓺麻如之何，衡從其畝。
取妻如之何，必告父母。
既曰告止，曷又鞠止。

析薪如之何，匪斧不克。
取妻如之何，匪媒不得。
既曰得止，曷又極止。

既曰歸止曷又懷止（懷叶胡威反，思也。止語辭）○葛屨五兩（如字，又音亮）冠緌雙止（緌如誰反。雙叶所終反）魯道有蕩齊子庸止（庸用也）既曰庸止曷又從止○蓺麻如之何（蓺樹也）衡從其畝（衡音横，從子容反。畝莫後反）取妻如之何（取七喻反）必告父母（告工毒反。母莫後反）既曰告止曷又鞠止（鞠居六反，窮也）○析薪如之何匪斧不克（能也）取妻如之何匪媒不得既曰得止曷又極止（極窮也）

南山四章章六句

無田甫田（上田音佃）維莠驕驕（莠羊九反。驕叶音高）無思遠人勞心忉忉（音刀）○無田甫田維莠桀桀無思遠人勞心怛怛（叶旦悅反）

甫田

無田甫田，維莠驕驕。

無思遠人，勞心忉忉。

無田甫田，維莠桀桀。

無思遠人，勞心怛怛。

婉兮孌兮，總角丱兮。

未幾見兮，突而弁兮。

盧令

盧令令，其人美且仁。

盧重環，其人美且鬈。

盧重鋂，其人美且偲。

敝笱

敝笱在梁，其魚魴鰥。

齊子歸止，其從如雲。

○婉兮孌兮（孌，龍眷反）總角丱兮（丱，古患反，叶古縣反）未幾見兮（幾，居豈反）突而弁兮

甫田三章章四句

盧令令（音零）其人美且仁○盧重環（重，直龍反）其人美且鬈（音權）○盧重鋂（音梅）其人美且偲（七才反）

盧令三章章二句

敝笱在梁其魚魴鰥（古頑反，叶古倫反）齊子歸止其從如雲（從，才用反）

○敝笱在梁其魚魴鱮（才呂反）齊子歸止其從如雨

○敝笱在梁其魚唯唯（維癸反）齊子歸止其從如水

敝笱在梁，其魚魴鱮。
齊子歸止，其從如雨。
敝笱在梁，其魚唯唯。
齊子歸止，其從如水。

載驅

載驅薄薄，簟茀朱鞹。
魯道有蕩，齊子發夕。
四驪濟濟，垂轡濔濔。
魯道有蕩，齊子豈弟。
汶水湯湯，行人彭彭。
魯道有蕩，齊子翱翔。
汶水滔滔，行人儦儦。
魯道有蕩，齊子遊遨。

敝笱三章章四句

載驅薄薄(旁各反)簟茀朱鞹(苦郭反)魯道有蕩齊子發夕(叶祥龠反)○四驪(驪力馳反)濟濟(濟子禮反)垂轡濔濔(乃禮反)魯道有蕩齊子豈弟(豈開改反 弟叶待禮反)○汶水湯湯(汶音問 湯失章反)行人彭彭(必亡反)魯道有蕩齊子翱翔○汶水滔滔(叶刀反)行人儦儦(表驕反 叶音褒)魯道有蕩齊子遊敖

載驅四章章四句

猗嗟昌兮(猗嗟歎辭 昌盛也)頎而長兮(頎音祈)抑若揚兮美目揚兮(揚目之動也)巧趨蹌兮(蹌七羊反 叶七章反)射則臧兮(臧善也)○猗嗟名兮美目

折柳樊圃

傳柳柔脆之木集傳楊之下垂者○埤雅柔脆易生與楊同類縱橫顛倒植之皆生

維莠驕驕

集傳莠害苗之草也○爾雅翼莠者害稼之草說文但云禾粟下生莠而已先儒不適言何物韋昭解魯語云莠草似稷無實又韋曜問詩云甫田維莠今何物答曰今之狗尾也然後此物方顯今之狗尾草誠似稷而不結實無處不生

其魚魴鰥

傳鰥大魚箋魚子也○鰥未詳蓋魴鱮之類毛以爲大魚釋敝笱不可制之義耳非謂至大之魚也註家必引盈車之鰥成說非是

其魚魴鱮

傳魴鱮大魚箋似魴而弱鱗集傳鱮似魴厚而頭大或謂之鰱○埤雅鱮魚性旅行故字從與亦謂之鰱也失水即死弱魚也其頭尤大而肥者或謂之鱅

猗嗟

猗嗟昌兮，頎而長兮。
抑若揚兮，美目揚兮。
巧趨蹌兮，射則臧兮。

猗嗟名兮，美目清兮。
儀既成兮。終日射侯，不出正兮。
展我甥兮。

猗嗟孌兮，清揚婉兮。
舞則選兮，射則貫兮。
四矢反兮，以禦亂兮。

魏風

葛屨

糾糾葛屨，可以履霜。
摻摻女手，可以縫裳。
要之襋之，好人服之。

好人提提，宛然左辟，
佩其象揥。
維是褊心，是以爲刺。

清兮儀既成兮終日射侯（射音石）不出正兮（正音征）展我甥兮（展誠也　甥叶桑經反）○猗嗟孌兮（孌叶龍眷反）清揚婉兮（婉叶許願反）舞則選兮（選音撰）射則貫兮（貫叶扃縣反）四矢反兮（反復也）以禦亂兮（亂叶靈眷反）

猗嗟三章章六句

魏一之九

糾糾葛屨（糾吉黝反）可以履霜摻摻女手（摻所銜反）可以縫裳要之襋之（要音腰　襋紀力反）好人服之（服叶蒲北反）○好人提提（提徒兮反）宛然左辟（宛於阮反　辟毗意反）佩其象揥（揥勑帝反）維是褊心是以爲刺（刺叶音砌）

葛屨二章一章六句一章五句

汾沮洳

彼汾沮洳，言采其莫。
彼其之子，美無度。
美無度，殊異乎公路。
彼汾一方，言采其桑。
彼其之子，美如英。
美如英，殊異乎公行。
彼汾一曲，言采其藚。
彼其之子，美如玉。
美如玉，殊異乎公族。

園有桃

園有桃，其實之殽。
心之憂矣，我歌且謠。
不我知者，謂我士也驕。
彼人是哉，子曰何其。
心之憂矣，其誰知之。
其誰知之，蓋亦勿思。

彼汾沮洳(汾扶云反沮子預反洳如預反)言采其莫(音慕)彼其之子(其音記)美無度美無度殊異乎公路○彼汾一方言采其桑彼其之子美如英(叶於良反華也)美如英殊異乎公行(戶郎反)○彼汾一曲言采其藚(音續)彼其之子美如玉美如玉殊異乎公族

汾沮洳三章章六句

園有桃其實之殽(食也)心之憂矣我歌且謠(音遙)不知我者謂我士也驕彼人是哉(叶將黎反)子曰何其(音基語辭)心之憂矣其誰知之其誰知之蓋亦勿思(叶新齎反)○園有棘

園有棘，其實之食。
心之憂矣，聊以行國。
不我知者，謂我士也罔極。
彼人是哉，子曰何其。
心之憂矣，其誰知之。
其誰知之，蓋亦勿思。

陟岵

陟彼岵兮，瞻望父兮。
父曰嗟，予子行役，
夙夜無已。
上慎旃哉，猶來無止。

陟彼屺兮，瞻望母兮。
母曰嗟，予季行役，
夙夜無寐。
上慎旃哉，猶來無棄。

陟彼岡兮，瞻望兄兮。
兄曰嗟，予弟行役，
夙夜必偕。
上慎旃哉，猶來無死。

其實之食心之憂矣聊以行國（叶于逼反）不知我者謂我士也罔極（至也）彼人是哉子曰何其心之憂矣其誰知之其誰知之蓋亦勿思

園有桃二章章十二句

陟彼岵兮（岵音户）瞻望父兮父曰嗟予子行役夙夜無已上慎旃哉（上猶尚也　旃之也）猶來無止○陟彼屺兮（屺音起）瞻望母兮（母叶滿彼反）母曰嗟予季行役夙夜無寐上慎旃哉猶來無棄○陟彼岡兮瞻望兄兮（兄叶虛王反）兄曰嗟予弟行役夙夜必偕（叶舉里反）上慎旃哉猶來無死（叶想止反）

十畝之閒

十畝之閒兮，桑者閑閑兮。
行與子還兮。
十畝之外兮，桑者泄泄兮。
行與子逝兮。

伐檀

坎坎伐檀兮，寘之河之
干兮，河水清且漣猗。
不稼不穡，胡取禾三百
廛兮。
不狩不獵，胡瞻爾庭
有縣貆兮。
彼君子兮，不素餐兮。
坎坎伐輻兮，寘之河之
側兮，河水清且直猗。
不稼不穡，胡取禾
三百億兮。
不狩不獵，胡瞻爾庭
有縣特兮。
彼君子兮，不素食兮。

陟岵三章章六句

十畝之閒兮（閒叶居賢反）桑者閑閑兮（閑叶胡田反）行與子還兮（行猶將也還音旋猶歸也）○十畝之外兮（外叶五墜反）桑者泄泄兮（泄以世反）行與子逝兮

十畝之閒二章章三句

坎坎伐檀兮（檀叶徒沿反）寘之河之干兮（寘與置同干叶居焉反厓也）河水清且漣猗（漣力廛反猗與兮同於宜反語詞也）不稼不穡胡取禾三百廛兮（胡何也廛直連反）不狩不獵胡瞻爾庭有縣貆兮（縣音玄貆音暄）彼君子兮不素餐兮（餐七丹反叶七宣反）○坎坎伐輻兮（輻音福叶筆力反）寘之河之側兮

坎坎伐輪兮，寘之河之漘兮，河水清且淪猗。不稼不穡，胡取禾三百囷兮。不狩不獵，胡瞻爾庭有縣鶉兮。彼君子兮，不素飧兮。

碩鼠

碩鼠碩鼠，無食我黍。三歲貫女，莫我肯顧。逝將去女，適彼樂土。樂土樂土，爰得我所。

碩鼠碩鼠，無食我麥。三歲貫女，莫我肯德。逝將去女，適彼樂國。樂國樂國，爰得我直。

碩鼠碩鼠，無食我苗。三歲貫女，莫我肯勞。逝將去女，適彼樂郊。樂郊樂郊，誰之永號。

（億叶莊力反）河水清且直猗不稼不穡胡取禾三百億兮
不狩不獵胡瞻爾庭有縣特兮彼君子兮不素食
兮○坎坎伐輪兮寘之河之漘兮（漘順倫反）河水清且淪
猗不稼不穡胡取禾三百囷兮（囷丘倫反）不狩不獵胡瞻
爾庭有縣鶉兮（鶉音純）彼君子兮不素飧兮（飧音孫叶素倫反）

伐檀三章章九句

碩鼠碩鼠無食我黍三歲貫女（貫古患反習也女音汝）莫我肯顧
（顧叶果五反念也）逝將去女（逝往也）適彼樂土（樂音洛）樂土樂土爰得我
所（爰於也）○碩鼠碩鼠無食我麥（叶訖力反）三歲貫女莫我肯

言采其莫

傳莫菜也集傳似柳葉厚而長有毛刺可爲羹○未詳

言采其藚

傳藚水舃也集傳葉如車前草○集傳依陸璣以爲澤瀉鄭夾漈云藚狀似麻黃亦謂之續斷其節拔可復續生沙阪稻氏云今俗呼杉菜是也

有縣貆兮

箋貉子曰貆集傳貆貉類

一之日于貉

傳于貉謂取狐貍皮也集傳貉狐狸也○狐狸貉本自三種貉似貍銳頭尖鼻斑色善睡埤雅云詩一之日云云言往祭表貉因取狐貍之皮爲裘故傳曰取狐貍皮也直曰貉狐貍也覺牽混難說

蟋蟀

蟋蟀在堂，歲聿其莫。今我不樂，日月其除。無已大康，職思其居。好樂無荒，良士瞿瞿。

蟋蟀在堂，歲聿其逝。今我不樂，日月其邁。無已大康，職思其外。好樂無荒，良士蹶蹶。

蟋蟀在堂，役車其休。今我不樂，日月其慆。無已大康，職思其憂。好樂無荒，良士休休。

德逝將去女適彼樂國（叶于逼反）樂國樂國爰得我直（猶宜也）○碩鼠碩鼠無食我苗（叶音毛）三歲貫女莫我肯勞逝將去女適彼樂郊（叶音高）樂郊樂郊誰之永號（永長也　號戶毛反）

碩鼠三章章八句

唐一之十

蟋蟀在堂（蟋音悉　蟀所律反）歲聿其莫（聿允橘反　遂也　莫音暮　晚也）今我不樂日月其除（直慮反　去也）無已大康（大音泰）職思其居（叶音據）好樂無荒（好呼報反）良士瞿瞿（俱具反）○蟋蟀在堂歲聿其逝（去也）今我不樂日月其邁（叶力制反　去也）無已大康職思其外（叶五墜反）好樂無荒

蟋蟀在堂 古名

傳蟋蟀蛬也集傳蟲名似蝗而小正黑有光澤如漆有角翅或謂之促織○陸疏楚人謂之王孫幽州人謂之趨織里語曰趨織鳴嬾婦驚是也此方古名吉里吉里斯故與蚣蝑易混

山有樞

山有樞，隰有榆。
子有衣裳，弗曳弗婁。
子有車馬，弗馳弗驅。
宛其死矣，他人是愉。

山有栲，隰有杻。
子有廷內，弗洒弗埽。
子有鐘鼓，弗鼓弗考。
宛其死矣，他人是保。

山有漆，隰有栗。
子有酒食，何不日鼓瑟。
且以喜樂，且以永日。
宛其死矣，他人入室。

良士蹶蹶（居衛反）○蟋蟀在堂役車其休今我不樂日月其慆（吐刀反叶他侯反過也）無已大康職思其憂好樂無荒良士休休

蟋蟀三章章八句

山有樞（烏侯昌朱二反）隰有榆（以周以朱二反）子有衣裳弗曳弗婁（力侯力俱二反曳也）子有車馬弗馳弗驅（馳走也驅祛尤虧于二反策也）宛其死矣（宛於阮反）他人是愉（他侯以朱二反樂也）○山有栲（音考叶去九反）隰有杻（女九反）子有廷內弗洒弗埽（蘇后反）子有鐘鼓弗鼓弗考（叶去九反擊也）宛其死矣他人是保（叶補苟反居有也）○山有漆（音七）隰有栗子有酒食何不

山有樞

傳樞荎也集傳今刺榆也〇陸疏樞其針刺如柘其葉如榆陳藏器云江南有刺榆無大榆刺榆秋實

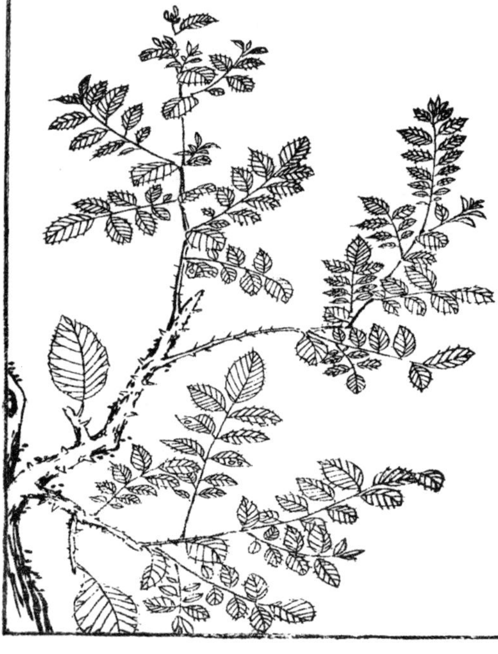

隰有榆

集傳榆白枌也○說約榆之類凡十餘種樞爲刺榆則榆正總名也釋木云榆白枌孫炎曰榆白者爲枌枌亦榆之一種陸璣釋榆云白枌也集傳因之非是

山有栲

傳栲山樗也集傳似樗色小白葉差狹

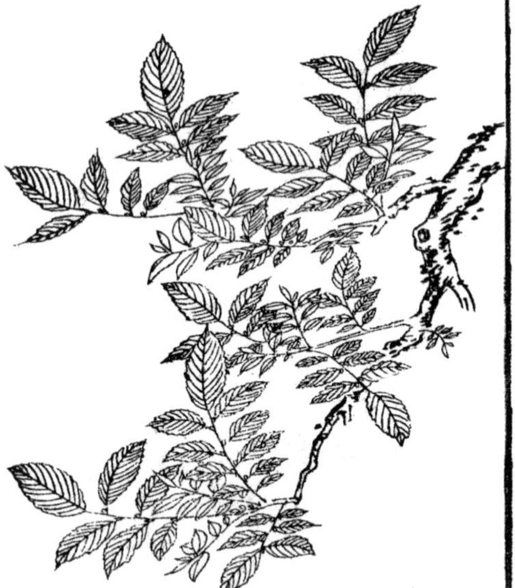

漆

集傳木有液黏黑可飾器物○嚴緝椅桐可爲琴瑟梓漆可供器用但言伐琴瑟者取成句耳

隰有杻

傳杻檍也集傳葉似杏而尖白色皮正赤其理多曲少直材可爲弓弩幹者也○按陸璣云杻枝葉茂好二月中葉疏華如楝而細蕊正白正名曰萬歲既取名于億萬此即女貞木實如鼠屎者此方云年事密貌地一云的刺紫跂已大和本草檍爲挨和已辨解爲總名共非

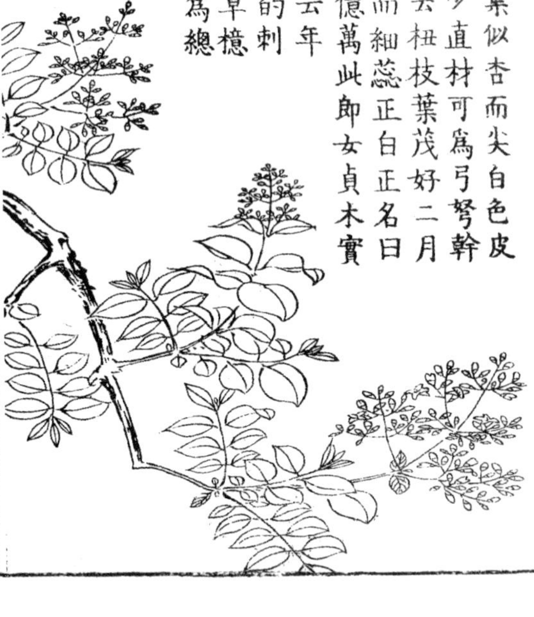

揚之水
揚之水，白石鑿鑿。
素衣朱襮，從子于沃。
既見君子，云何不樂。
揚之水，白石皓皓。
素衣朱繡，從子于鵠。
既見君子，云何其憂。
揚之水，白石粼粼。
我聞有命，不敢以告人。

日鼓瑟且以喜樂（音洛）且以永日宛其死矣他人入室

山有樞三章章八句

揚之水白石鑿鑿（子洛反）素衣朱襮（音博）從子于沃（叶鬱縛反）既見君子云何不樂（音洛）○揚之水白石皓皓（胡老反，叶胡暴反）素衣朱繡（先妙反）從子于鵠（叶居號反）既見君子云何其憂（笑反）○揚之水白石粼粼（利新反）我聞有命（叶彌并反）不敢以告人

揚之水三章二章章六句一章四句

椒聊之實蕃衍盈升彼其（音記）之子碩大無朋（[illegible]）椒

椒聊

椒聊之實，蕃衍盈升。
彼其之子，碩大無朋。
椒聊且，遠條且。

椒聊之實，蕃衍盈匊。
彼其之子，碩大且篤。
椒聊且，遠條且。

綢繆

綢繆束薪，三星在天。
今夕何夕，見此良人。
子兮子兮，如此良人何。

綢繆束芻，三星在隅。
今夕何夕，見此邂逅。
子兮子兮，如此邂逅何。

綢繆束楚，三星在戶。
今夕何夕，見此粲者。
子兮子兮，如此粲者何。

聊且（叶子餘反）遠條且◯椒聊之實蕃衍盈匊（九六反）彼其之子碩大且篤（叶篤）椒聊且遠條且

椒聊二章章六句

綢繆束薪（綢直留反 繆亡侯反）三星在天（叶鐵因反）今夕何夕見此良人子兮子兮如此良人何◯綢繆束芻（叶側九反）三星在隅（叶語口反）今夕何夕見此邂逅（邂戶解反 逅胡豆反 叶狼口反）子兮子兮如此邂逅何◯綢繆束楚三星在戶（叶侯古反）今夕何夕見此粲者（粲采旦反 美也）子兮子兮如此粲者何（叶奇與反）

綢繆三章章六句

椒聊之實

傳椒聊椒也箋椒之性芬香而少實集傳椒似茱萸有針刺其實味辛而香烈聊語助也○毛晉據爾雅朻者聊疑椒聊之聊非語辭可謂穿鑿矣

杕杜

有杕之杜，其葉湑湑。

獨行踽踽。

豈無他人，不如我同父。

嗟行之人，胡不比焉。

人無兄弟，胡不佽焉。

有杕之杜，其葉菁菁。

獨行睘睘。

豈無他人，不如我同姓。

嗟行之人，胡不比焉。

人無兄弟，胡不佽焉。

羔裘

羔裘豹祛，自我人居居。

豈無他人，維子之故。

羔裘豹褎，自我人究究。

豈無他人，維子之好。

有杕之杜（杕徒細反）其葉湑湑（私叙反）獨行踽踽（俱禹反）豈無他人不如我同父（扶雨反）嗟行之人胡不比焉（比毗志反輔也）人無兄弟胡不佽焉（佽七利反助也）○有杕之杜其葉菁菁（子零反）獨行睘睘（求螢反）豈無他人不如我同姓（叶桑經反）嗟行之人胡不比焉人無兄弟胡不佽焉

杕杜二章章四句

羔裘豹祛（起居起據二反袂也）自我人居居（毛傳居用也居斤於斤御二反）豈無他人維子之故（攻乎古慕二反）○羔裘豹褎（徐救反）自我人究究豈無他人維子之好（呼報反叶呼侯反）

有杕之杜

傳杜赤棠也○見甘棠

集于苞栩

傳栩杼也集傳柞櫟也其子爲皂斗殼可以染皂者是也○陸疏徐州人謂櫟爲杼或謂之爲栩其實爲皂栩櫟爲一物

鴇羽

肅肅鴇羽，集于苞栩。王事靡盬，不能蓺稷黍，父母何怙。悠悠蒼天，曷其有所。

肅肅鴇翼，集于苞棘。王事靡盬，不能蓺黍稷，父母何食。悠悠蒼天，曷其有極。

肅肅鴇行，集于苞桑。王事靡盬，不能蓺稻粱，父母何嘗。悠悠蒼天，曷其有常。

無衣

豈曰無衣七兮，不如子之衣，安且吉兮。

豈曰無衣六兮，不如子之衣，安且燠兮。

羔裘三章章四句

肅肅鴇羽集于苞栩（集止也 栩況禹反）王事靡盬（音古）不能蓺稷黍（蓺樹也）父母何怙（侯古反 恃也）悠悠蒼天曷其有所 肅肅鴇翼集于苞棘王事靡盬不能蓺黍稷父母何食悠悠蒼天曷其有極（已也）○肅肅鴇行（戶郎反）集于苞桑王事靡盬不能蓺稻粱父母何嘗（食也）悠悠蒼天曷其有常

鴇羽三章章七句

豈曰無衣七兮不如子之衣安且吉兮○豈曰無

肅肅鴇羽

傳鴇之性不樹止集傳似雁而大無後趾○一名獨豹毛有豹文故名孔疏鴇鳥連蹄性不樹止樹止則苦

不能蓺稻粱

稻 粱

集傳稻卽今南方所食稻米水生而色白者也粱粟類也有數色○稻一名稌秔糯之通稱粱統粟之名古者無粟名後世粟顯而粱隱矣

有杕之杜

有杕之杜，生于道左。
彼君子兮，噬肯適我。
中心好之，曷飲食之。
有杕之杜，生于道周。
彼君子兮，噬肯來遊。
中心好之，曷飲食之。

葛生

葛生蒙楚，蘞蔓于野。
予美亡此，誰與獨處。
葛生蒙棘，蘞蔓于域。
予美亡此，誰與獨息。
角枕粲兮，錦衾爛兮。
予美亡此，誰與獨旦。
夏之日，冬之夜，百歲之後，歸于其居。
冬之夜，夏之日，百歲之後，歸于其室。

衣六兮不如子之衣安且燠兮（燠於六反煖也）

無衣二章章三句

有杕之杜生于道左（東也）彼君子兮噬肯適我（噬音逝發語詞）中心好之曷飲食之（曷何也飲於鴆反食音嗣）○有杕之杜生于道周（曲也）彼君子兮噬肯來遊中心好之曷飲食之

有杕之杜二章章六句

葛生蒙楚蘞蔓于野（蘞音廉蔓延也野叶上與反）予美亡此誰與獨處○葛生蒙棘蘞蔓于域予美亡此誰與獨息（止也）○角枕粲兮錦衾爛兮予美亡此誰與獨旦○夏之

蘞蔓于野

集傳蘞草名似栝樓葉盛而細○陸疏其子正黑如燕薁不可食也毛晉云本草蘞有赤白黑三種疑此是黑蘞也卽烏蘞苗

采苓
采苓采苓，首陽之巔。
人之爲言，苟亦無信。
舍旃舍旃，苟亦無然。
人之爲言，胡得焉。

采苦采苦，首陽之下。
人之爲言，苟亦無與。
舍旃舍旃，苟亦無然。
人之爲言，胡得焉。

采葑采葑，首陽之東。
人之爲言，苟亦無從。
舍旃舍旃，苟亦無然。
人之爲言，胡得焉。

日冬之夜(叶羊茹反)百歲之後歸于其居(叶姬御反 墳墓也)○冬之夜

夏之日百歲之後(叶音戶)歸于其室(壙也)

葛生五章章四句

采苓采苓首陽之巔(叶典因反)人之爲言苟亦無信(叶斯人反)舍

旃舍旃(舍音捨 旃之然反)苟亦無然人之爲言胡得焉○采苦

采苦首陽之下(叶後五反)人之爲言苟亦無與(許也)舍旃舍

旃苟亦無然人之爲言胡得焉○采葑采葑(音風)首

陽之東人之爲言苟亦無從(聽也)舍旃舍旃苟亦無

然人之爲言胡得焉

采苦采苦 見茶

傳苦苦菜也集傳生山田及澤中得霜甜脆而美

蒹葭蒼蒼 蒹

傳蒹薕也集傳蒹似萑而細高數尺又謂之薕

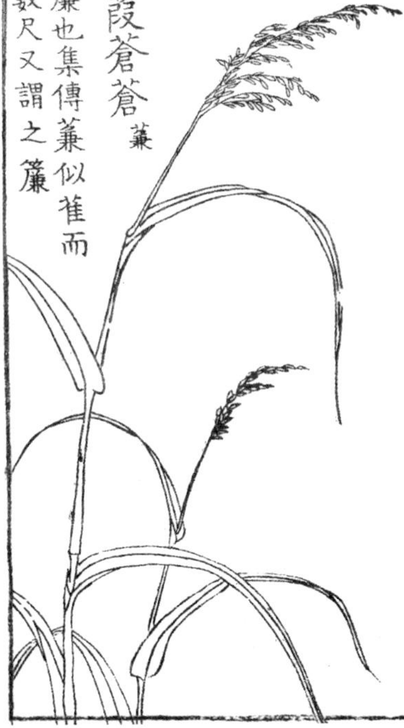

秦風

車鄰

有車鄰鄰，有馬白顛。
未見君子，寺人之令。
阪有漆，隰有栗。
既見君子，並坐鼓瑟。
今者不樂，逝者其耋。
阪有桑，隰有楊。
既見君子，並坐鼓簧。
今者不樂，逝者其亡。

駟驖

駟驖孔阜，六轡在手。
公之媚子，從公于狩。
奉時辰牡，辰牡孔碩。
公曰左之，舍拔則獲。
遊于北園，四馬既閑。
輶車鸞鑣，載獫歇驕。

采芑三章章八句

秦一之十一

有車鄰鄰有馬白顛(都田反叶典因反)未見君子寺人之令(力呈反使也)○阪有漆(阪音反)隰有栗既見君子竝坐鼓瑟今者不樂(音洛)逝者其耋(田結反叶地一反)○阪有桑隰有楊既見君子竝坐鼓簧今者不樂逝者其亡

車鄰三章一章四句二章章六句

駟驖孔阜(驖田結反孔甚阜符有反肥大也)六轡在手公之媚子(媚眉冀反)從公于狩(叶始九反)○奉時辰牡(時是辰時也)辰牡孔碩(叶常灼反肥大也)公曰左

隰有楊タチヤナギ

集傳楊柳之楊起者

有條

有梅

傳條稻集傳條山楸也皮葉白色亦白材理好宜爲車版

○爾雅稻山榎注今之山楸此與條柚之條不同

梅傳柟也○陸疏梅似豫章大木也名物疏陸璣所釋有

條條有梅自是柟木似豫章者豫章大樹可以爲棺舟者也

條梅二木共未詳

山有苞櫟

傳櫟木也

○見栩

小戎

小戎俴收，五楘梁輈。
游環脅驅，陰靷鋈續。
文茵暢轂，駕我騏馵。
言念君子，溫其如玉。
在其板屋，亂我心曲。

四牡孔阜，六轡在手。
騏駵是中，騧驪是驂。
龍盾之合，鋈以觼軜。
言念君子，溫其在邑。
方何爲期，胡然我念之。

俴駟孔羣，厹矛鋈錞。
蒙伐有苑，虎韔鏤膺。
交韔二弓，竹閉緄縢。
言念君子，載寢載興。
厭厭良人，秩秩德音。

之舍拔則獲（舍音捨 拔蒲末反 矢括也 獲叶黄郭反）○遊于北園四馬既閑（叶胡田反）

（調習也）輶車鸞鑣（輶音由 鑣彼驕反）載獫歇驕（獫力驗反 歇許竭反 驕許喬反）

駟驖三章章四句

小戎俴收（俴錢淺反）五楘梁輈（楘音木 輈陟留反）游環脅驅（叶俱懼反）陰靷鋈續（靷音胤 鋈音沃 續叶辭屨反又如字）文茵暢轂（茵音因 暢敕亮反）駕我騏馵（騏音其 馵之樹反又之錄反）言念君子溫其如玉在其板屋亂我心曲○四牡孔阜（叶扶有反）六轡在手騏駵是中（駵音留 中叶諸仍反）騧驪是驂（騧古花反 驂叶疏簪反）龍盾之合（盾順允反）鋈以觼軜（觼古穴反 軜音納）言念君子溫其在邑（叶於合反）方何爲期（方將也）胡然我念之○俴駟孔羣（[illegible]也）厹矛

厹矛鋈錞（厹音求 錞徒對反 叶朱倫反） 蒙伐有苑（叶音氳） 虎韔鏤膺（韔敕亮反 鏤音漏） 交韔二
弓（叶姑弘反） 竹閉緄縢（緄古本反 縢直登反） 言念君子載寢載興厭厭良
人（厭於鹽反） 秩秩德音（叶一陵反）

小戎三章章十句

蒹葭蒼蒼（蒹古恬反 葭音加） 白露爲霜所謂伊人（伊人猶言彼人也） 在水一
方遡洄從之（遡蘇路反 洄音回） 道阻且長遡游從之宛在水中
央○蒹葭淒淒白露未晞（叶乾也） 所謂伊人在水之湄
遡洄從之道阻且躋（叶升也） 遡游從之宛在水中坻（直尸反）
○蒹葭采采（叶此禮反） 白露未已（叶止也） 所謂伊人在水之涘

蒹葭

蒹葭蒼蒼，白露爲霜。
所謂伊人，在水一方。
遡洄從之，道阻且長。
遡游從之，宛在水中央。
蒹葭淒淒，白露未晞。
所謂伊人，在水之湄。
遡洄從之，道阻且躋。
遡游從之，宛在水中坻。
蒹葭采采，白露未已。
所謂伊人，在水之涘。
遡洄從之，道阻且右。
遡游從之，宛在水中沚。

終南

終南何有，有條有梅。君子至止，錦衣狐裘。顏如渥丹，其君也哉。

終南何有，有紀有堂。君子至止，黻衣繡裳，佩玉將將，壽考不忘。

（叶以始二音）遡洄從之道阻且右（叶羽軌反）遡游從之宛在水中

沚（音止）

蒹葭三章章八句

終南何有有條有梅（叶莫悲反）君子至止錦衣狐裘（叶渠之反）顏如渥丹（渥於角反）其君也哉（叶將黎反）○終南何有有紀有堂君子至止黻衣繡裳（黻音弗）佩玉將將（七羊反）壽考不忘

終南二章章六句

交交黃鳥止于棘誰從穆公子車奄息（奄居獻反）維此奄息百夫之特臨其穴（叶戶橘反）惴惴其慄（慄懼也）彼蒼者天

黃鳥

交交黃鳥，止于棘。
誰從穆公，子車奄息。
維此奄息，百夫之特。
臨其穴，惴惴其慄。
彼蒼者天，殲我良人。
如可贖兮，人百其身。

交交黃鳥，止于桑。
誰從穆公，子車仲行。
維此仲行，百夫之防。
臨其穴，惴惴其慄。
彼蒼者天，殲我良人。
如可贖兮，人百其身。

交交黃鳥，止于楚。
誰從穆公，子車鍼虎。
維此鍼虎，百夫之禦。
臨其穴，惴惴其慄。
彼蒼者天，殲我良人。
如可贖兮，人百其身。

（叶因反）殲我良人（殲子廉反，盡也）如可贖兮（贖，貿也）人百其身○交交黃鳥止于桑誰從穆公子車仲行（戶郎反）維此仲行百夫之防（當也）臨其穴惴惴其慄彼蒼者天殲我良人如可贖兮人百其身○交交黃鳥止于楚誰從穆公子車鍼虎（鍼，其廉反）維此鍼虎百夫之禦（禦，當也）臨其穴惴惴其慄彼蒼者天殲我良人如可贖兮人百其身

黃鳥三章章十二句

鴥彼晨風（鴥，伊橘反。風，叶孚愔反）鬱彼北林未見君子憂心欽欽如何如何忘我實多○山有苞櫟（櫟，盧狄反，叶歷各反）隰有六駮

晨風

鴥彼晨風，鬱彼北林。
未見君子，憂心欽欽。
如何如何，忘我實多。

山有苞櫟，隰有六駮。
未見君子，憂心靡樂。
如何如何，忘我實多。

山有苞棣，隰有樹檖。
未見君子，憂心如醉。
如何如何，忘我實多。

無衣

豈曰無衣，與子同袍。
王于興師，修我戈矛，
與子同仇。

豈曰無衣，與子同澤。
王于興師，修我矛戟，
與子偕作。

豈曰無衣，與子同裳。
王于興師，修我甲兵，
與子偕行。

（邦角反）未見君子憂心靡樂（音洛）如何如何忘我實多○山有苞棣隰有樹檖（音遂）未見君子憂心如醉如何如何忘我實多

晨風三章章六句

豈曰無衣與子同袍（抱毛反叶步謀反）王于興師修我戈矛與子同仇○豈曰無衣與子同澤（叶徒洛反）王于興師修我矛戟（叶訖約反）與子偕作○豈曰無衣與子同裳（叶[illegible]良反）王于興師修我甲兵（叶蒲茫反）與子偕行（叶戶郎反徃也）

無衣三章章五句

山有苞棣

傳棣唐棣也○按唐棣當是常棣傳云唐棣移常棣棣也正與爾雅合然則不得謂棣爲唐棣常棣見下

隰有樹檖

傳檖赤羅也集傳實似梨而小酢可食○埤雅檖木文細密如羅亦有華者俗謂之羅錦

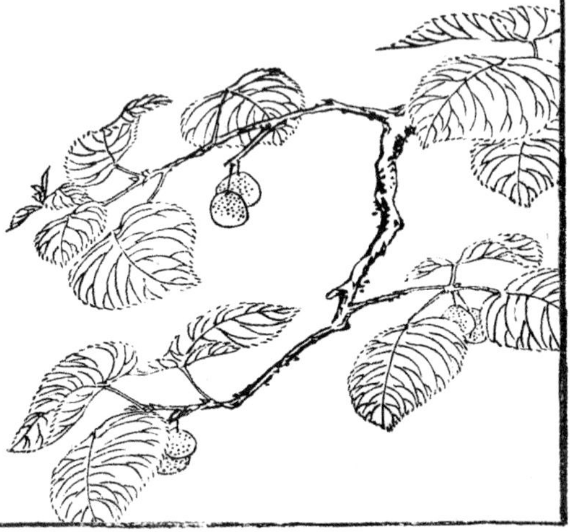

隰有六駮

傳駮如馬倨牙食虎豹集傳駮梓榆也其青皮白如駮○駮音同集傳依陸疏辨解云青皮當作皮青陸疏云山有苞棣隰有樹檖皆山隰之木相配不宜謂獸

渭陽

我送舅氏，曰至渭陽。
何以贈之，路車乘黃。
我送舅氏，悠悠我思。
何以贈之，瓊瑰玉佩。

權輿

於我乎，夏屋渠渠，
今也每食無餘。
于嗟乎，不承權輿。
於我乎，每食四簋，
今也每食不飽。
于嗟乎，不承權輿。

我送舅氏曰至渭陽何以贈之路車乘黃（乘繩證反）○我送舅氏悠悠我思（叶新齎反）何以贈之瓊瑰玉佩（瑰古回反 佩叶蒲眉反）

渭陽二章章四句

於我乎夏屋渠渠今也每食無餘于嗟乎（于音吁 叶[illegible]）不承權輿（承繼也 輿音予）○於我乎每食四簋（叶已有反）今也每食不飽（叶補苟反）于嗟乎不承權輿

權輿二章章五句

陳一之十二

子之湯兮（湯他郎他浪二反）宛丘之上兮（上辰羊辰亮二反）洵有情兮（洵音荀 信也）

宛丘

子之湯兮，宛丘之上兮。
洵有情兮，而無望兮。

坎其擊鼓，宛丘之下。
無冬無夏，值其鷺羽。

坎其擊缶，宛丘之道。
無冬無夏，值其鷺翿。

東門之枌

東門之枌，宛丘之栩。
子仲之子，婆娑其下。

穀旦于差，南方之原。
不績其麻，市也婆娑。

穀旦于逝，越以鬷邁。
視爾如荍，貽我握椒。

而無望兮（望武方反，又武放二反）○坎其擊鼓，宛丘之下（叶後五反）無冬無夏，值其鷺羽（值音治，植也）○坎其擊缶（方有反）宛丘之道（叶徒厚反）無冬無夏，值其鷺翿（音導，叶殖有反）

宛丘三章章四句

東門之枌（符云反）宛丘之栩（況甫反）子仲之子，婆娑其下（娑素何反；下叶後五反）○穀旦于差（初佳反，叶七何反，擇也）南方之原（無韻，未詳）不績其麻（叶謨婆反）市也婆娑○穀旦于逝（往也）越以鬷邁（越，於也；鬷子公反，總也；邁叶力制反，行也）視爾如荍（音翹）貽我握椒

東門之枌三章章四句

東門之枌　見榆

傳枌白榆也集傳先生葉卻著莢皮色白

猗彼女桑

傳女桑荑桑也箋女桑少枝長條不枝落者集傳小桑也

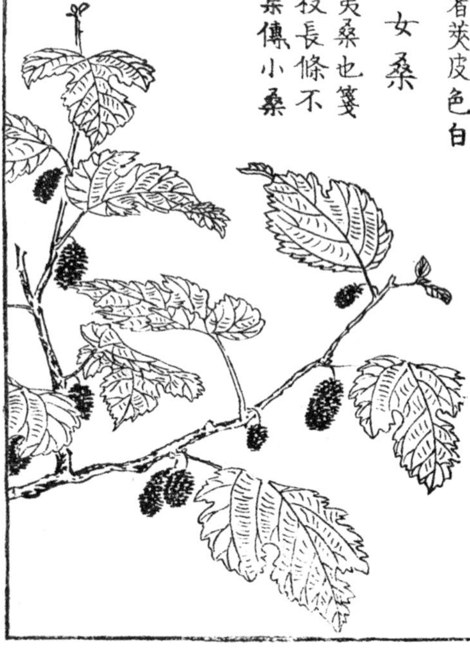

視爾如荍

傳荍芘芣也集傳又名荊葵紫色○李時珍云錦葵即荊葵也爾雅謂之荍其花大如五銖錢粉紅色有紫縷文

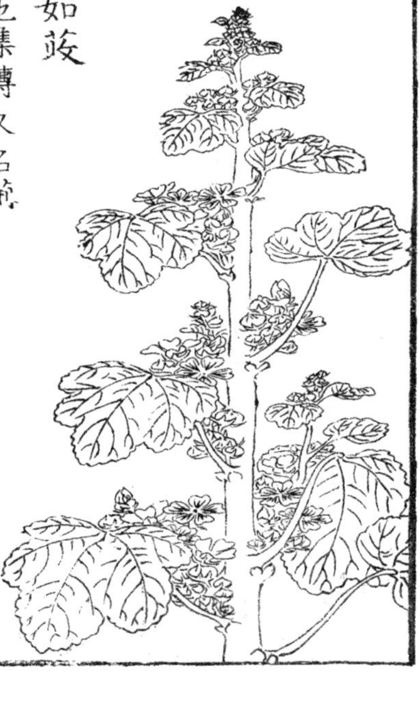

衡門
衡門之下，可以棲遲。
泌之洋洋，可以樂飢。
豈其食魚，必河之魴。
豈其取妻，必齊之姜。
豈其食魚，必河之鯉。
豈其取妻，必宋之子。

東門之池
東門之池，可以漚麻。
彼美淑姬，可與晤歌。
東門之池，可以漚紵。
彼美淑姬，可與晤語。
東門之池，可以漚菅。
彼美淑姬，可與晤言。

衡門之下可以棲遲（棲音西）泌之洋洋（泌悲位反）可以樂飢（樂音洛）○豈其食魚必河之魴（音房）豈其取妻（取音娶）必齊之姜○豈其食魚必河之鯉豈其取妻必宋之子（叶獎里反）

衡門三章章四句

東門之池可以漚麻（漚烏豆反漬也 麻叶謨婆反）彼美淑姬可與晤歌（晤吾故反 猶解也）○東門之池可以漚紵（直呂反 音除）彼美淑姬可與晤語○東門之池可以漚菅（古顏反叶居賢反）彼美淑姬可與晤言

東門之池三章章四句

必河之鯉

可以漚紵

集傳紵麻屬

可以漚菅

集傳菅葉似茅而滑澤莖有白粉柔韌宜爲索也

○夏花者爲茅秋花者爲菅其別猶蒹之與萑也

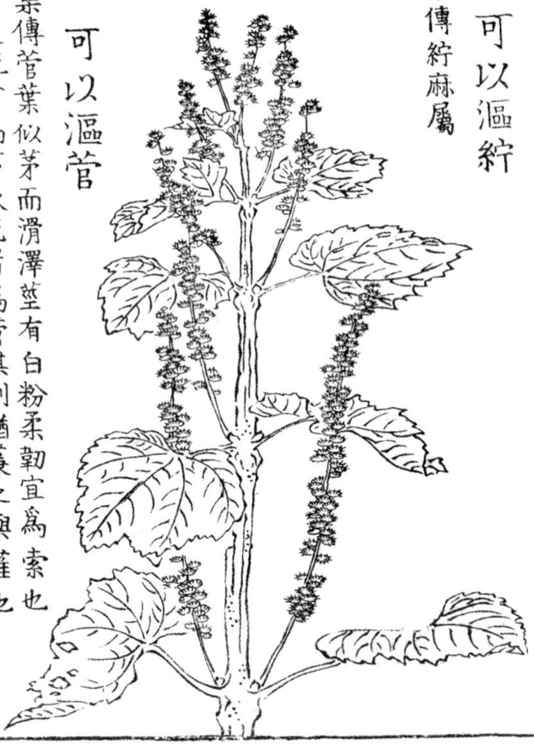

東門之楊

東門之楊，其葉牂牂。
昏以爲期，明星煌煌。
東門之楊，其葉肺肺。
昏以爲期，明星晢晢。

墓門

墓門有棘，斧以斯之。
夫也不良，國人知之。
知而不已，誰昔然矣。
墓門有梅，有鴞萃止。
夫也不良，歌以訊之。
訊予不顧，顛倒思予。

東門之楊其葉牂牂(子桑反)昏以爲期明星煌煌○東門之楊其葉肺肺(普計反)昏以爲期明星晢晢(之世反)

東門之楊二章章四句

墓門有棘斧以斯之(斯所宜反析也)夫也不良國人知之知而不已誰昔然矣(誰昔昔也猶言疇昔也)○墓門有梅有鴞萃止(萃集也)夫也不良歌以訊之(訊叶息悴反告也)訊予不顧(叶果五反)顛倒思予(叶演女反)

墓門二章章六句

防有鵲巢邛有旨苕(邛其恭反丘也苕徒雕反叶徒刀反)誰侜予美(侜陟留反侜張也)心

有鴞萃止 見流離條

傳鴞惡聲之鳥也集傳鴟鴞惡聲之鳥也○大全濮氏曰漢書云霍山家鴞數鳴楚辭注鴟鴞二物又云鴟似鴞本草云其實一耳陸氏曰今謂之鵂鶹亦曰怪鴟按鴞一名梟又名鵩賈誼所賦是也此云福古曾鵩是怪鴟一名鴟鴞此云掩它各共惡聲之鳥瞻卬云爲梟爲鴟可知分明是二物但鴟又稱鴟鴞故致紛紜耳集傳鴞爲鴟鴞者謬矣

鴥彼晨風

傳晨風鸇也○陸疏似鷂青黃色燕頷勾喙嚮風搖翮乃因風急疾擊鳩鴿燕雀食之

防有鵲巢

防有鵲巢，邛有旨苕。
誰侜予美，心焉忉忉。
中唐有甓，邛有旨鷊。
誰侜予美，心焉惕惕。

月出

月出皎兮，佼人僚兮。
舒窈糾兮，勞心悄兮。
月出皓兮，佼人懰兮。
舒懮受兮，勞心慅兮。
月出照兮，佼人燎兮。
舒夭紹兮，勞心慘兮。

焉忉忉（都勞反）○中唐有甓（蒲歷反）邛有旨鷊（五歷反）誰侜予美心焉惕惕（吐歷反）

防有鵲巢二章章四句

月出皎兮佼人僚兮（佼古卯反 僚音了）舒窈糾兮（窈烏了反 糾巳小反）勞心悄兮（悄七小反）○月出皓兮（皓胡老反）佼人懰兮（懰力久反 叶朗老反）舒懮受兮（懮於久反）勞心慅兮（慅七老反）○月出照兮佼人燎兮（燎力召反 明也）舒夭紹兮（夭於表反 紹實照反）勞心慘兮（慘當作懆七弔反 憂也）

月出三章章四句

胡為乎株林從夏南（夏戶雅反 南叶尼心反）匪適株林從夏南○

邛有旨苕

傳苕草也集傳苕苕饒也莖如勞豆而細葉似蒺藜而青其莖葉綠色可生食如小豆藿也○此與苕之華不同

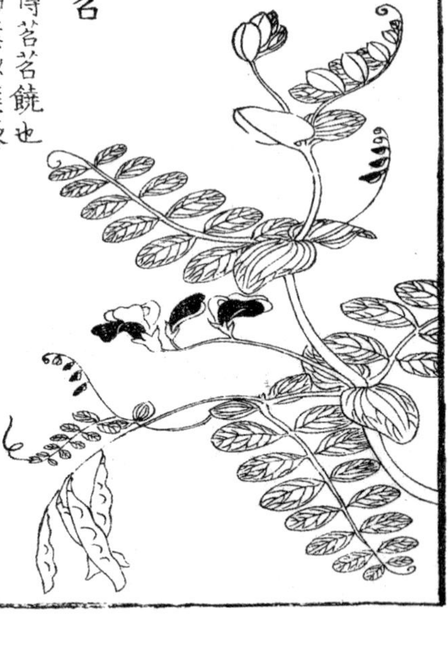

邛有旨鷊

傳鷊綬草也集傳小草襍色如綬○稻氏云貌地事立未知然否

株林

胡爲乎株林，從夏南。

匪適株林，從夏南。

駕我乘馬，說于株野。

乘我乘駒，朝食于株。

澤陂

彼澤之陂，有蒲與荷。

有美一人，傷如之何。

寤寐無爲，涕泗滂沱。

彼澤之陂，有蒲與蕑。

有美一人，碩大且卷。

寤寐無爲，中心悁悁。

彼澤之陂，有蒲菡萏。

有美一人，碩大且儼。

寤寐無爲，輾轉伏枕。

駕我乘馬（乘繩證反 馬叶滿補反）說于株野（說音稅舍也 野叶上與反）乘我乘駒朝食于株

株林二章章四句

彼澤之陂（叶音波）有蒲與荷（音何）有美一人傷如之何寤寐無爲涕泗滂沱（涕他弟反 泗音四 滂普光反 沱徒何反）○彼澤之陂有蒲與蕑（古顏反叶居賢反）有美一人碩大且卷（其員反）寤寐無爲中心悁悁（烏玄反）○彼澤之陂有蒲菡萏（菡戶感反 萏大感反叶待檢反）有美一人碩大且儼（魚檢反）寤寐無爲輾轉伏枕（叶知險反）

澤陂三章章六句

有蒲與荷

集傳蒲水草可爲席者

隰有萇楚

傳萇楚銚弋也集傳今羊桃也子如小麥亦似桃○萇楚在此方未顯

浸彼苞稂

傳稂童粱又稂莠皆害苗集傳莠屬○陸璣云禾秀爲穗而不成崱嶷然謂之童粱今人謂之宿田翁又謂守田也然則禾之不成者亦通

檜風

羔裘

羔裘逍遥，狐裘以朝。
豈不爾思，勞心忉忉。

羔裘翱翔，狐裘在堂。
豈不爾思，我心憂傷。

羔裘如膏，日出有曜。
豈不爾思，中心是悼。

素冠

庶見素冠兮，棘人欒欒兮，
勞心慱慱兮。

庶見素衣兮，我心傷
悲兮，聊與子同歸兮。

庶見素韠兮，我心藴
結兮，聊與子如一兮。

檜一之十三

羔裘逍遥狐裘以朝（音潮叶直勞反） 豈不爾思勞心忉忉（音刀）○羔裘翱翔狐裘在堂豈不爾思我心憂傷○羔裘如膏（古報反） 日出有曜（羊照反叶羊號反） 豈不爾思中心是悼

羔裘三章章四句

庶見素冠兮（庶幸也） 棘人欒欒兮（欒力端反） 勞心慱慱兮（慱徒端反）○庶見素衣兮我心傷悲兮聊與子同歸兮○庶見素韠兮（韠音畢） 我心藴結兮（藴於粉反結叶訖力反） 聊與子如一兮

素冠三章章三句

隰有萇楚

隰有萇楚，猗儺其枝。
天之沃沃，樂子之無知。
隰有萇楚，猗儺其華。
天之沃沃，樂子之無家。
隰有萇楚，猗儺其實。
天之沃沃，樂子之無室。

匪風

匪風發兮，匪車偈兮。
顧瞻周道，中心怛兮。
匪風飄兮，匪車嘌兮。
顧瞻周道，中心弔兮。
誰能亨魚，溉之釜鬵。
誰將西歸，懷之好音。

隰有萇楚（萇丈羊反）猗儺其枝（猗於可反 儺乃可反）天之沃沃（夭於驕反 沃烏毒反）樂子之無知（樂音洛）○隰有萇楚猗儺其華（芳無胡瓜二反）天之沃沃樂子之無家（古胡古牙二反）○隰有萇楚猗儺其實天之沃沃樂子之無室

隰有萇楚三章章四句

匪風發兮（發叶方月反）匪車偈兮（偈起竭反）顧瞻周道中心怛兮（怛都達反叶旦悅反傷也）○匪風飄兮（飄符遥反叶匹妙反）匪車嘌兮（嘌匹遥反叶匹刻反）顧瞻周道中心弔兮（弔傷也）誰能亨魚溉之釜鬵（溉古愛反滌也 釜符甫反 鬵音尋）誰將西歸懷之好音

曹風

蜉蝣

蜉蝣之羽，衣裳楚楚。
心之憂矣，於我歸處。
蜉蝣之翼，采采衣服。
心之憂矣，於我歸息。
蜉蝣掘閱，麻衣如雪。
心之憂矣，於我歸說。

候人

彼候人兮，何戈與祋。
彼其之子，三百赤芾。
維鵜在梁，不濡其翼。
彼其之子，不稱其服。
維鵜在梁，不濡其咮。
彼其之子，不遂其媾。
薈兮蔚兮，南山朝隮。
婉兮孌兮，季女斯飢。

匪風三章章四句

曹一之十四

蜉蝣之羽（蜉音浮 蝣音由）衣裳楚楚（叶創舉反）心之憂矣於我歸處

○蜉蝣之翼采采衣服（叶蒲北反）心之憂矣於我歸息（叶[illegible]）

○蜉蝣掘閱（掘求勿反）麻衣如雪心之憂矣於我歸說（說音稅 叶輸芮反 舍息也）

蜉蝣三章章四句

彼候人兮何戈與祋（何何可反 揭也 祋都律都外二反 殳也）彼其之子（其音記）三百赤芾（芳勿蒲昧二反）○維鵜在梁（鵜徒低反）不濡其翼彼其之子不

蜉蝣之羽

傳蜉蝣渠畧也朝生夕死集傳似蛣蜣身狹而長角黄黑色朝生暮死○毛晉云今水上有蟲羽甚整白露節後羣浮水上隨水而去以千百計宛陵人謂之白露蟲毛説本許叔重稻氏從之雖非舊説亦有據焉

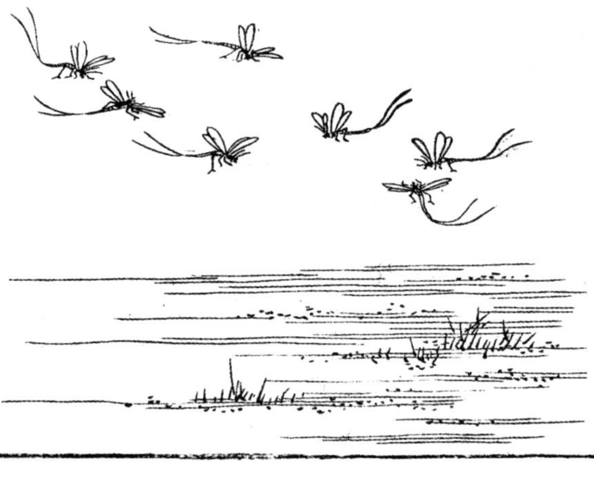

維鵜在梁

傳鵜洿澤鳥也集傳洿澤水鳥也俗所謂淘河也○鵜鶘音烏澤三國志魏文帝時鵜鶘集靈芝池詔云此詩人所謂汙澤也

鳲鳩

鳲鳩在桑，其子七兮。
淑人君子，其儀一兮。
其儀一兮，心如結兮。

鳲鳩在桑，其子在梅。
淑人君子，其帶伊絲。
其帶伊絲，其弁伊騏。

鳲鳩在桑，其子在棘。
淑人君子，其儀不忒。
其儀不忒，正是四國。

鳲鳩在桑，其子在榛。
淑人君子，正是國人。
正是國人，胡不萬年。

稱其服（稱尺證反 服叶蒲北反）○維鵜在梁，不濡其咮（陟救反 喙也）。彼其之子，不遂其媾（遂稱也 媾古豆反寵也）。○薈兮蔚兮（薈烏會反 蔚於貴反），南山朝隮（子兮反）。婉兮孌兮（婉於阮反 孌力轉反），季女斯飢。

候人四章章四句

鳲鳩在桑，其子七兮。淑人君子，其儀一兮。其儀一兮，心如結兮（結叶訖力反）。○鳲鳩在桑，其子在梅（叶莫悲反）。淑人君子，其帶伊絲（叶新齎反）。其帶伊絲，其弁伊騏（音其）。○鳲鳩在桑，其子在棘。淑人君子，其儀不忒（忒他得反）。其儀不忒，正是四國（叶于逼反）。○鳲鳩在桑，其子在榛（側巾反）。淑人君子

鳲鳩在桑

傳鳲鳩秸鞠也鳲鳩之養其子朝從上下莫從下上平均如一集傳秸鞠也亦名戴勝今之布穀也（）按陸疏鳲鳩鴶鵴今梁宋之間謂布穀爲鴶鵴一名擊穀一名桑鳩此方呼紫紫秃利者是也一名勿勿或以秃施搖利谷衣充之非也戴勝非布穀爾雅疏辨之甚詳此云戴鵀是也

下泉

冽彼下泉，浸彼苞稂。愾我寤嘆，念彼周京。

冽彼下泉，浸彼苞蕭。愾我寤嘆，念彼京周。

冽彼下泉，浸彼苞蓍。愾無寤歎，念彼京師。

芃芃黍苗，陰雨膏之。四國有王，郇伯勞之。

正是國人正是國人胡不萬年（叶尼因反）

鳲鳩四章章六句

冽彼下泉（冽音列）浸彼苞稂（音郎）愾我寤嘆（愾苦愛反）念彼周京（叶居良反）

○冽彼下泉浸彼苞蕭（叶疏鳩反）愾我寤嘆念彼京周

○冽彼下泉浸彼苞蓍（音尸）愾我寤嘆念彼京師（叶霜夷反）

○芃芃黍苗（芃薄工反）陰雨膏之（膏古報反）四國有王郇伯勞之（郇音荀　勞力報反）

下泉四章章四句

豳一之十五

浸彼苞蓍

傳蓍草也集傳筮草也○本草圖經蓍其生如蒿作叢高五六尺一本一二十莖至多者三五十莖梗條直所以異於衆蒿也秋後有花出於枝端紅紫色形如菊稻氏云蓍草俗名白哥羅貌形狀與圖經相合始得白花者爲慊後得紅紫色大知其眞然也白哥羅貌淡紅花者近時花圖多出之稻氏所見蓋此也但未見有至數十莖者

豳風

七月

七月流火，九月授衣。一之日觱發，二之日栗烈。無衣無褐，何以卒歲。三之日于耜，四之日舉趾。同我婦子，饁彼南畝，田畯至喜。

七月流火，九月授衣。春日載陽，有鳴倉庚。女執懿筐，遵彼微行，爰求柔桑。春日遲遲，采蘩祁祁。女心傷悲，殆及公子同歸。

七月流火九月授衣一之日觱發二之
日栗烈無衣無褐何以卒歲三之日于耜
四之日舉趾同我婦子饁彼南畝
田畯至喜○七月流火九月授衣春日載陽
有鳴倉庚女執懿筐遵彼微行爰求柔
桑春日遲遲采蘩祁祁女心傷悲殆及公子同
歸○七月流火八月萑葦蠶月條桑取彼
斧斨以伐遠揚猗彼女桑七月鳴鵙八月
載績載玄載黃我朱孔陽爲公子裳○四月

七月流火，八月萑葦。
蠶月條桑，取彼斧斨，
以伐遠揚，猗彼女桑。
七月鳴鵙，八月載績。
載玄載黃，我朱孔陽，
爲公子裳。
四月秀葽，五月鳴蜩。
八月其穫，十月隕蘀。
一之日于貉，取彼狐狸，
爲公子裘。
二之日其同，載纘武功，
言私其豵，獻豜于公。
五月斯螽動股，六月
莎雞振羽，七月在野，
八月在宇，九月在戶，
十月蟋蟀，入我牀下。
穹窒熏鼠，塞向墐戶。
嗟我婦子，曰爲改歲，
入此室處。

秀葽（於遙反）五月鳴蜩（徒雕反）八月其穫（戶郭反）十月隕蘀（隕于敏反蘀音託）一之日于貉（戶各反）取彼狐貍（力之反）爲公子裘（叶渠之反）二之日其同（竭作以狩也）載纘武功（纘子管反）言私其豵（子公反）獻豜于公（豜古年反）○五月斯螽動股（螽音終）六月莎雞振羽（莎素和反）七月在野（叶上與反）八月在宇九月在戶（叶後五反）十月蟋蟀入我牀下（叶後五反）穹窒熏鼠（穹起弓反空隙也窒珍悉反塞也熏許云反）塞向墐戶（塞入聲向北出牖也墐音覲涂也戶叶後五反）嗟我婦子（叶奬五反）曰爲改歲入此室處○六月食鬱及薁（音郁）七月亨葵及菽（亨音烹菽音叔）八月剝棗（剝音撲擊也棗叶音走）十月穫稻（叶徒苟反）爲此春酒以介眉壽（介助也壽叶殖酉反）七月食瓜（叶音孤）八月

斷壺（瓠也） 九月叔苴（叔拾也苴七餘反） 采荼薪樗（荼音徒樗敕書反） 食我農夫（食音嗣） ○九月築場圃（博故反） 十月納禾稼（叶古護反） 黍稷重穋（重直容反穋音六叶六直反） 禾麻菽麥（叶訖力反） 嗟我農夫我稼既同（聚也） 上入執宮功晝爾于茅宵爾索綯（索絞也綯音陶索也） 亟其乘屋（亟急也乘升也） 其始播百穀○二之日鑿冰沖沖三之日納于凌陰（納藏也凌力證反陰叶於容反） 四之日其蚤（音早蚤朝也） 獻羔祭韭（音九叶巳小反） 九月肅霜十月滌場（滌音笛） 朋酒斯饗（叶虛良反） 曰殺羔羊躋彼公堂（躋子奚反升也） 稱彼兕觥（稱舉也觥音肱叶古黃反） 萬壽無疆（竟也）

七月八章章十一句

六月食鬱及薁，七月亨葵及菽，八月剝棗，十月穫稻。爲此春酒，以介眉壽。七月食瓜，八月斷壺，九月叔苴。采荼薪樗，食我農夫。

九月築場圃，十月納禾稼。黍稷重穋，禾麻菽麥。嗟我農夫，我稼既同，上入執宮功。晝爾于茅，宵爾索綯。亟其乘屋，其始播百穀。

二之日鑿冰沖沖，三之日納于凌陰。四之日其蚤，獻羔祭韭。九月肅霜，十月滌場。朋酒斯饗，曰殺羔羊。躋彼公堂，稱彼兕觥，萬壽無疆。

七月鳴鵙

傳鵙伯勞也○易通卦驗云博勞夏至應陰而鳴冬至而止故帝少皥以爲司至之官嚴粲云五月伯勞始鳴應一陰之氣至七月猶鳴則三陰之候寒將至故七月聞鵙之鳴先時感事也

四月秀葽

傳葽草也箋夏小正四月王萯秀要其是乎○嚴緝葽今遠志也其上謂之小草謝安乃云處則爲遠志出則爲小草

五月鳴蜩　如蜩如螗

傳蜩螗也集傳

蜩螗皆蟬也

六月莎雞振羽

傳莎雞羽成而振訊之集傳斯螽莎雞蟋蟀一物隨時變化而異其名○爾雅翼莎雞振羽作聲其狀頭小而羽大有青褐兩種率以六月振羽作聲連夜札札不止其聲如紡絲之聲故一名梭雞今俗人謂之絡絲娘蓋其鳴時又正當絡絲之候莎雞今俗謂之管巻頭小而身大有鬚聲如緯車斯螽也莎雞也蟋蟀也迥然三物集傳訛之諸書辨其非矣斯螽是蚣蝑莎雞是絡緯蟋蟀是促織如是分別各得其物高啓詩蟋蟀催寒輸絡緯可謂二蟲之知音矣

六月食鬱及薁

傳薁蘡薁也○蘡薁其葉並花實皆與葡萄髣髴但實小熟則色黑小兒食之

鬱見木部

六月食
鬱及薁

傳鬱棣屬〇鬱是常棣屬孔疏謂唐棣之類屬亦混見常棣條

七月烹葵及菽

葵 カンアフヒ

菽 マメ

集傳葵菜名菽豆也〇圖經葵處處有之苗葉作菜茹更甘美冬葵子古方入藥最多有蜀葵錦葵黃葵終葵菟葵皆有功用爾雅翼菽者衆豆之總名

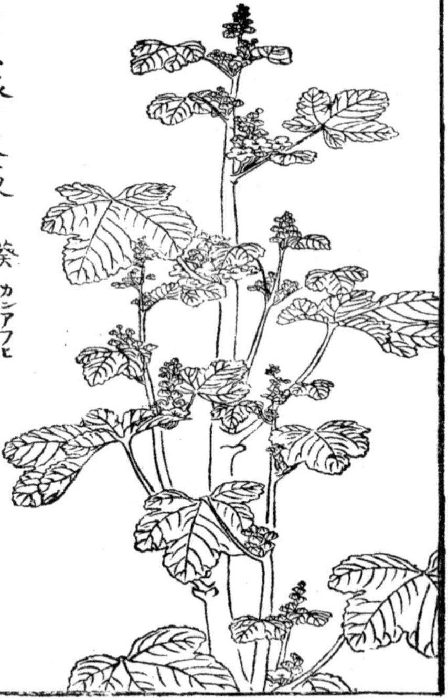

八月剝棗

埤雅大者棗小者棘

七月食瓜

瓜甜瓜也說約云六經言瓜如削瓜樹瓜之類其說頗重不知何等或此與斷壺叔苴俱非佳物聊解飢渴者歟顧氏此言似不諳瓜者因思群芳譜諸書西瓜謂瓜明人不盛食瓜耶

八月斷壺

傳壺瓠也○見匏

黍稷重穋

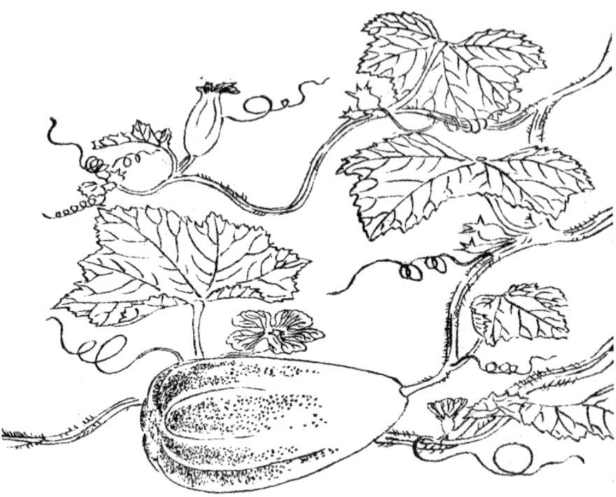

傳後熟曰重先熟曰穋集傳先種後熟曰重後種先熟曰穋○穋說文作稑云疾熟也重是屋枯的穋是華設辨解錯矣

九月叔苴

傳苴麻子也

獻羔祭韭

集傳韭菜名

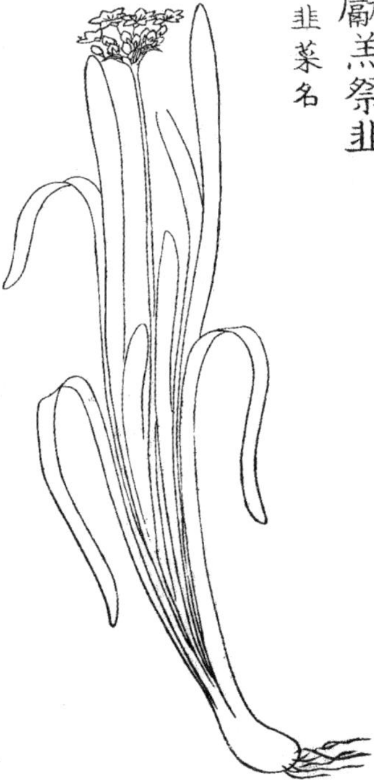

采荼薪樗

傳樗惡木也○陸疏樗樹及皮皆似漆青色耳其葉臭圖經椿樗二木形榦大抵相類但椿木實而葉香樗木踈而氣臭

鴟鴞

鴟鴞鴟鴞，既取我子，無毁我室。恩斯勤斯，鬻子之閔斯。

迨天之未陰雨，徹彼桑土，綢繆牖戶。今女下民，或敢侮予。

予手拮据，予所捋荼，予所蓄租，予口卒瘏，曰予未有室家。

予羽譙譙，予尾翛翛，予室翹翹，風雨所漂搖，予維音嘵嘵。

鴟鴞鴟鴞既取我子 無毁我室 恩斯勤斯鬻子之閔斯 ○迨天之未陰雨 徹彼桑土綢繆牖戶 今女下民 或敢侮予 ○予手拮据 予所捋荼 予所蓄租 予口卒瘏 曰予未有室家 ○予羽譙譙 予尾翛翛 予室翹翹 風雨所漂搖 予維音嘵嘵

鴟鴞四章章五句

我徂東山慆慆不歸 我來自東零雨其濛我東

東山

我徂東山，慆慆不歸。
我來自東，零雨其濛。
我東曰歸，我心西悲。
制彼裳衣，勿士行枚。
蜎蜎者蠋，烝在桑野。
敦彼獨宿，亦在車下。

我徂東山，慆慆不歸。
我來自東，零雨其濛。
果臝之實，亦施于宇。
伊威在室，蠨蛸在戶。
町畽鹿場，熠燿宵行。
不可畏也，伊可懷也。

我徂東山，慆慆不歸。
我來自東，零雨其濛。
鸛鳴于垤，婦歎于室。
洒埽穹窒，我征聿至。
有敦瓜苦，烝在栗薪。
自我不見，于今三年。

曰歸我心西悲制彼裳衣勿士行枚　蜎蜎
者蠋　烝在桑野　敦彼獨宿　亦在車
下　○我徂東山慆慆不歸我來自東零雨其濛
果臝之實　亦施于宇　伊威在室蠨蛸在戶
町畽鹿場　熠燿宵行　不可
畏也　伊可懷也　○我徂東山慆慆不歸
我來自東零雨其濛鸛鳴于垤　婦嘆于室
洒埽穹窒我征聿至　有敦瓜苦　烝在栗薪自
我不見于今三年　○我徂東山慆慆不歸我來

我徂東山，慆慆不歸。
我來自東，零雨其濛。
倉庚于飛，熠燿其羽。
之子于歸，皇駁其馬。
親結其縭，九十其儀。
其新孔嘉，其舊如之何。

破斧
既破我斧，又缺我斨。
周公東征，四國是皇。
哀我人斯，亦孔之將。
既破我斧，又缺我錡。
周公東征，四國是吪。
哀我人斯，亦孔之嘉。
既破我斧，又缺我銶。
周公東征，四國是遒。
哀我人斯，亦孔之休。

自東零雨其濛倉庚于飛熠燿其羽之子于歸皇駁其馬（駁音剝馬 叶滿補反）親結其縭（叶離羅二音）九十其儀（叶宜俄二音）其新孔嘉（居宜居何二反）其舊如之何（叶奚何二音）

東山四章章十二句

既破我斧又缺我斨（音搶）周公東征四國是皇（匡也）哀我人斯亦孔之將（大也）○既破我斧又缺我錡（音奇叶巨何反）周公東征四國是吪（五戈反）哀我人斯亦孔之嘉（叶居何反善也）○既破我斧又缺我銶（音求）周公東征四國是遒（音囚斂而固之也）哀我人斯亦孔之休

鴟鴞鴟鴞

傳鴟鴞鸋鴂也集傳鴟鴞鵂鶹惡鳥攫鳥子而食者也○鴟鴞衆說紛紛鵂鶹之說可從爲梟爲鴟之鴟同此

蜎蜎者蠋

傳蠋桑蟲也集傳桑蟲如蠶者也○郭璞云蟲大如指似蠶韓非子云鱣似蛇蠶似蠋人見蛇則驚駭見蠋則毛起然婦人拾蠶而漁人握鱣故利之所有皆爲賁育

果蠃之實

傳果蠃栝摟也〇爾雅果蠃之實栝摟李巡曰栝摟子名也孫炎曰齊人謂之天瓜

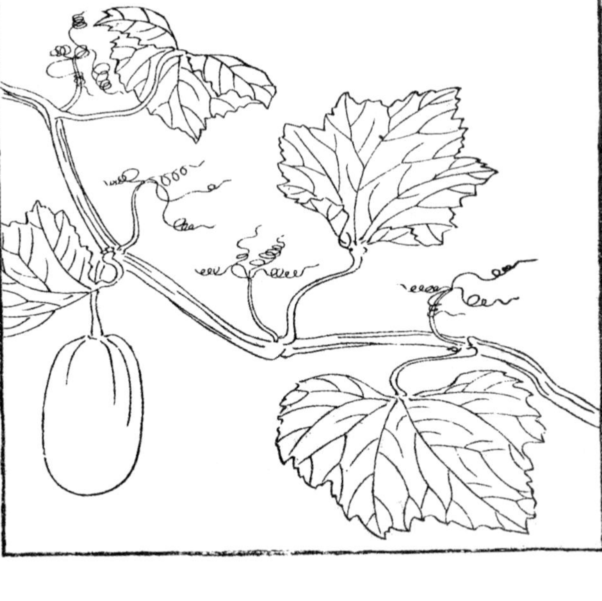

伊威在室

傳伊威委黍也集傳伊威鼠婦也室不掃則有之○寇宗奭云濕生蟲多足大者長三四分其色如蚓背有橫紋蹙起

蠨蛸在户

傳蠨蛸長踦也集傳小蜘蛛也户無人出入則結網當之○爾雅蠨蛸長踦註小鼅鼄長脚者俗呼爲喜子

熠燿宵行

傳熠燿燐也燐螢火也集傳宵行蟲名如蠶夜行喉下有光如螢○二說不同稻氏云張華詩凉風振落熠燿宵流是熠燿之爲螢也此說爲得但燐非螢火孔疏詳之

鸛鳴于垤

傳鸛好水長鳴而喜也箋鸛水鳥也將陰雨則鳴集傳鸛水鳥似鶴者也○本草鸛頭無丹頂無烏帶身似鶴不善唳但以喙相擊而鳴亦有二種白鸛烏鸛

有鳴倉黃

傳倉黃離黃也集傳黃鸝也○見黃鳥條

伐柯

伐柯如何，匪斧不克。

取妻如何，匪媒不得。

伐柯伐柯，其則不遠。

我覯之子，籩豆有踐。

九罭

九罭之魚，鱒魴。

我覯之子，衮衣繡裳。

鴻飛遵渚，公歸無所，

於女信處。

鴻飛遵陸，公歸不復，

於女信宿。

是以有衮衣兮，無以

我公歸兮，無使我心

悲兮。

破斧三章章六句

伐柯如何（柯，斧柄也）匪斧不克（克，能也）取妻如何（取音娶）匪媒不得○伐柯伐柯其則不遠（則，法也）我覯之子（籩音邊）籩豆有踐（踐，淺反）

伐柯二章章四句

九罭之魚（罭音域）鱒魴（鱒音尊，魴音房）我覯之子衮衣繡裳（衮，古本反）○鴻飛遵渚（遵，循也）公歸無所於女信處（女音汝）○鴻飛遵陸公歸不復於女信宿○是以有衮衣兮無以我公歸兮無使我心悲兮

九罭之魚鱒魴

傳鱒魴大魚也集傳鱒似鯶而鱗細眼赤

○埤雅鱒魚圓魴魚方

狼跋

狼跋其胡，載疐其尾。
公孫碩膚，赤舄几几。
狼疐其尾，載跋其胡。
公孫碩膚，德音不瑕。

九罭四章一章四句三章章三句

狼跋其胡（跋蒲末反躐也）載疐其尾（疐陟利反跲也）公孫碩膚（孫音遜讓也）赤舄几几（舄音昔）〇狼疐其尾載跋其胡公孫碩膚德音不瑕（叶洪孤反疵病也）

狼跋二章章四句

詩經圖譜

（春秋）孔子／編　（南宋）朱熹／集傳
［日］岡元鳳／纂輯　［日］橘國雄／繪
刁子曦／誦讀　朱祈樺／配樂

雅頌

金城出版社
GOLD WALL PRESS
·北京·

圖書在版編目（CIP）數據

詩經圖譜. 雅, 頌 / (春秋) 孔子編 ; (南宋) 朱熹集傳 ; (日) 岡元鳳纂輯 ; (日) 橘國雄繪 ; 刁子曦誦讀 ; 朱祈樺配樂 . -- 北京 : 金城出版社有限公司 , 2022.3
ISBN 978-7-5155-2288-3

Ⅰ . ①詩… Ⅱ . ①孔… ②朱… ③岡… ④橘… ⑤刁… ⑥朱… Ⅲ . ①《詩經》—詩歌研究 Ⅳ . ① I207.222

中國版本圖書館 CIP 數據核字 (2021) 第 257441 號

詩經圖譜（雅　頌）

作　　者　(春秋) 孔子 編　(南宋) 朱熹 集傳
［日］岡元鳳 纂輯　［日］橘國雄 繪
刁子曦 誦讀　朱祈樺 配樂
責任编輯　歐陽雲
責任校對　楊　超
責任印製　李仕杰
装幀設計　飛鳥裝幀設計 15810133062
開　　本　710 毫米 ×1000 毫米　1/32
印　　張　16
字　　數　140 千字
版　　次　2022 年 3 月第 1 版
印　　次　2022 年 3 月第 1 次印刷
印　　刷　天津旭丰源印刷有限公司
書　　號　ISBN 978-7-5155-2288-3
定　　價　98.00 圓（全二冊）

出版發行　金城出版社有限公司 北京市朝陽區利澤東二路 3 號
郵編：100102
發 行 部　(010) 84254364
編 輯 部　(010) 64214534
総 編 室　(010) 64228516
網　　址　http://www.jccb.com.cn
電子郵箱　jinchengchuban@163.com
法律顧問　北京市安理律師事務所　(電話) 18911105819

目錄

小雅

大雅

頌

周頌

小雅

鹿鳴之什

鹿鳴

呦呦鹿鳴，食野之苹。我有嘉賓，鼓瑟吹笙。吹笙鼓簧，承筐是將。人之好我，示我周行。

呦呦鹿鳴，食野之蒿。我有嘉賓，德音孔昭。視民不恌，君子是則是傚。我有旨酒，嘉賓式燕以敖。

呦呦鹿鳴，食野之芩。我有嘉賓，鼓瑟鼓琴。鼓瑟鼓琴，和樂且湛。我有旨酒，以嘉樂嘉賓之心。

小雅二

鹿鳴之什二之一

呦呦鹿鳴（呦音幽，鳴叶音芒）食野之苹（叶音旁）我有嘉賓鼓瑟吹笙（叶師莊反）吹笙鼓簧（音黃）承筐是將（承奉也，將行也）人之好我（好呼報反）示我周行（叶戶郎反）○呦呦鹿鳴食野之蒿我有嘉賓德音孔昭（叶則豪反，明也）視民不恌（視與示同，恌他彫反，叶音洮，偷薄也）君子是則是傚（胡教反，叶胡高反）我有旨酒嘉賓式燕以敖（牛刀反，游也）○呦呦鹿鳴食野之芩（其今反）我有嘉賓鼓瑟鼓琴鼓瑟鼓琴和樂且湛（樂音洛，湛都南反，叶持林反，樂之久也）我有旨酒以燕樂嘉賓之心

食野之苹

傳苹蓱也箋苹藾蕭也集傳藾蕭青色白莖如筋○嚴緝釋草苹有二種一云苹蓱其大者蘋此水生之苹也一云苹藾蕭郭璞云今藾蒿也此陸生之苹也即鹿所食是也藾蒿今未詳爲何物故從毛說

食野之蒿

傳蒿菣也集傳即青蒿也○按蒿之爲青蒿舊說不可改或辨爲統名反汎矣

食野之苓

傳苓草也集傳莖如釵股葉如竹蔓生○苓無地不生有二種大曰和被十黃小曰迷被十黃葉如竹而柔軟宜牛馬食之

甘瓠纍之

集傳東萊呂氏曰瓠有甘有苦甘瓠則可食者也○見匏

四牡

四牡騑騑，周道倭遲。
豈不懷歸，王事靡盬，
我心傷悲。

四牡騑騑，嘽嘽駱馬。
豈不懷歸，王事靡盬，
不遑啓處。

翩翩者鵻，載飛載下，
集于苞栩。
王事靡盬，不遑將父。

翩翩者鵻，載飛載止，
集于苞杞。
王事靡盬，不遑將母。

駕彼四駱，載驟駸駸。
豈不懷歸，是用作歌，
將母來諗。

鹿鳴三章章八句

四牡騑騑（芳非反）周道倭遲（倭於危反）豈不懷歸王事靡盬（音古不堅固也）我心傷悲○四牡騑騑嘽嘽駱馬（嘽他丹反駱音洛馬叶滿補反）豈不懷歸王事靡盬不遑啓處（遑音皇暇也）○翩翩者鵻（翩音篇鵻當作隹朱惟反）載飛載下（叶後五反）集于苞栩（況甫反）王事靡盬不遑將父（將養也父叶扶雨反）○翩翩者鵻載飛載止集于苞杞（音起）王事靡盬不遑將母（叶滿彼反）○駕彼四駱載驟駸駸（驟助救反駸侵寢二音）豈不懷歸是用作歌將母來諗（深審二音告也）

四牡五章章五句

翩翩者鵻

傳鵻夫不也箋夫不鳥之慤謹者集傳今鵓鳩也凡鳥之短尾者皆鵻屬○爾雅翼鵻鳩一名祝又名鵓鳩似斑鳩而臆無繡采六書故鵓鴿斑鳩差小者頸有白點斑聲若布穀又謂勃姑今秃施擂立谷衣也

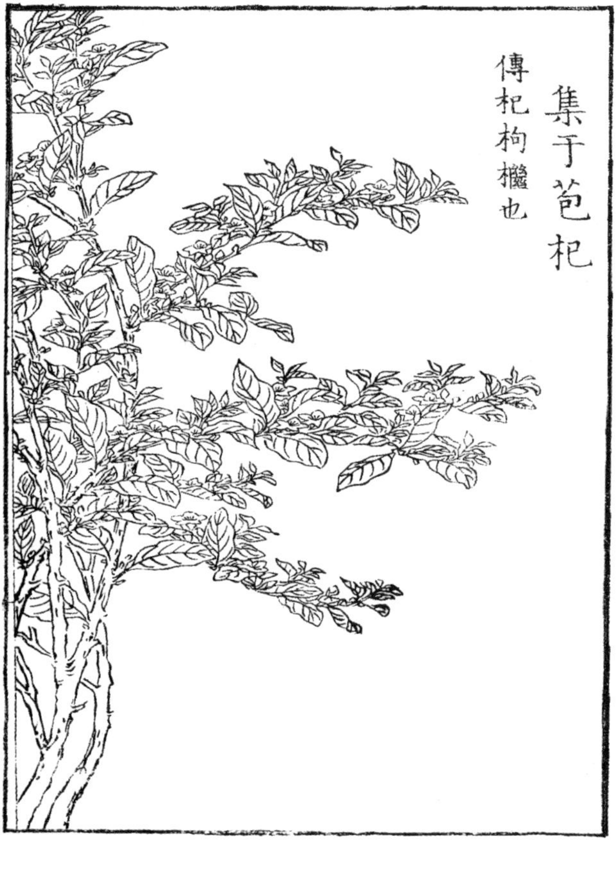
集于苞杞
傳杞枸檵也

皇皇者華

皇皇者華，于彼原隰。
駪駪征夫，每懷靡及。
我馬維駒，六轡如濡。
載馳載驅，周爰咨諏。
我馬維騏，六轡如絲。
載馳載驅，周爰咨謀。
我馬維駱，六轡沃若。
載馳載驅，周爰咨度。
我馬維駰，六轡既均。
載馳載驅，周爰咨詢。

皇皇者華（芳無反與夫叶）于彼原隰駪駪征夫（駪音莘）每懷靡及（懷思也）○我馬維駒（恭于恭侯二反）六轡如濡（如朱如由二反）載馳載驅（驅虧于虧由二反）周爰咨諏（周徧爰於也諏子須子侯二反）○我馬維騏（音其）六轡如絲（叶新齋反）載馳載驅周爰咨謀（叶莫悲反）○我馬維駱六轡沃若（沃烏毒反）載馳載驅周爰咨度（待落反）○我馬維駰（音因）六轡既均（調也）載馳載驅周爰咨詢

皇皇者華五章章四句

常棣之華鄂不韡韡（鄂五各反韡韋鬼反）凡今之人莫如兄弟（待禮反）○死喪之威（畏也）兄弟孔懷（叶胡威反）原隰裒矣（裒薄侯反聚也）兄弟

常棣

常棣之華，鄂不韡韡。
凡今之人，莫如兄弟。
死喪之威，兄弟孔懷。
原隰裒矣，兄弟求矣。
脊令在原，兄弟急難。
每有良朋，況也永歎。
兄弟鬩于牆，外禦其務。
每有良朋，烝也無戎。
喪亂既平，既安且寧。
雖有兄弟，不如友生。
儐爾籩豆，飲酒之飫。
兄弟既具，和樂且孺。
妻子好合，如鼓瑟琴。
兄弟既翕，和樂且湛。
宜爾室家，樂爾妻帑。
是究是圖，亶其然乎。

求矣○脊令在原（脊井益反　令音零）兄弟急難（叶泥沿反）每有良朋況也永歎（況發語辭或曰當作怳　歎吐丹反叶它涓反）○兄弟鬩于牆（鬩許歷反　鬩很也）外禦其務（春秋傳作侮　侮罔甫反）每有良朋烝也無戎（烝之承反發語聲　戎叶而主反助也）○喪亂既平既安且寧雖有兄弟不如友生（叶桑經反）○儐爾籩豆（儐賓胤反陳也）飲酒之飫（飫於慮反饜也）兄弟既具（俱也）和樂且孺（樂音洛　孺小兒之慕父母也）○妻子好合（好呼報反）如鼓瑟琴兄弟既翕（許及反合也）和樂且湛（答南反叶持林反）○宜爾室家（叶古胡反）樂爾妻帑（音奴）是究是圖（究窮　圖謀也）亶其然乎（亶信也）

常棣八章章四句

常棣之華

傳常棣棣也集傳子如櫻桃可食○常棣注本或作棠棣埤雅棠棣如李而小子如櫻桃正白花萼上承下覆甚相親爾致富全書榔李俗名壽李高五六尺叢生開細花或紅或白繁穠可愛綱目郁李郁馥郁也花實俱香故以名之爾雅棠棣即此此方榔李樹二種曰尼黃索忽賴常棣是也曰尼黃烏眉七月鬱是也

維常之華

傳常常棣也

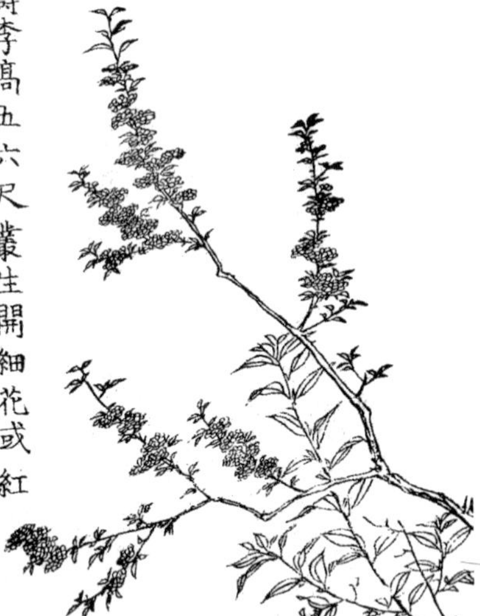

脊令在原

傳脊令雝渠也飛則鳴行則搖不能自舍耳集傳水鳥也

伐木

伐木丁丁，鳥鳴嚶嚶。
出自幽谷，遷于喬木。
嚶其鳴矣，求其友聲。
相彼鳥矣，猶求友聲。
矧伊人矣，不求友生。
神之聽之，終和且平。

伐木許許，釃酒有藇。
既有肥羜，以速諸父。
寧適不來，微我弗顧。
於粲洒埽，陳饋八簋。
既有肥牡，以速諸舅。
寧適不來，微我有咎。

伐木于阪，釃酒有衍。
籩豆有踐，兄弟無遠。
民之失德，乾餱以愆。
有酒湑我，無酒酤我。
坎坎鼓我，蹲蹲舞我。
迨我暇矣，飲此湑矣。

伐木丁丁（涉耕反）鳥鳴嚶嚶（於耕反）出自幽谷遷于喬木（遷升也）嚶其鳴矣求其友聲相彼鳥矣（相息亮反視也）猶求友聲矧伊人矣（矧況也）不求友生（叶桑經反）神之聽之終和且平○伐木許許（呼古反）釃酒有藇（釃所宜反藇象呂反）既有肥羜（直呂反）以速諸父（速召也父叶扶雨反）寧適不來微我弗顧（微無也顧叶居五反念也）於粲洒埽（洒所懈反埽蘇報反叶蘇乳反）陳饋八簋（叶己有反）既有肥牡以速諸舅（其九反）寧適不來微我有咎（其九反過也）○伐木于阪（叶孚臠反）釃酒有衍（多也）籩豆有踐（在演反）兄弟無遠民之失德乾餱以愆（餱音侯愆叶起淺反過也）有酒湑我（湑思呂反）無酒酤我（酤音古買也）坎坎鼓我蹲蹲舞我（蹲七旬反）

天保

天保定爾，亦孔之固。俾爾單厚，何福不除。俾爾多益，以莫不庶。

天保定爾，俾爾戩穀。罄無不宜，受天百祿。降爾遐福，維日不足。

天保定爾，以莫不興。如山如阜，如岡如陵。如川之方至，以莫不增。

吉蠲爲饎，是用孝享。禴祠烝嘗，于公先王。君曰卜爾，萬壽無疆。

神之弔矣，詒爾多福。民之質矣，日用飲食。羣黎百姓，徧爲爾德。

如月之恒，如日之升。如南山之壽，不騫不崩。如松柏之茂，無不爾或承。

迨我暇矣（迨音待，及也。暇叶後五反）飲此湑矣

伐木三章章十二句

天保定爾（保，安也）亦孔之固（堅也）俾爾單厚（單音丹，盡也）何福不除（直慮反）俾爾多益以莫不庶（衆也）○天保定爾俾爾戩穀（戩子淺反，與翦同，盡也。穀，善也）罄無不宜（罄，盡也）受天百祿降爾遐福維曰不足○天保定爾以莫不興（盛也）如山如阜如岡如陵如川之方至以莫不增○吉蠲爲饎（蠲古玄反。饎昌志反）是用孝享（叶虛良反）禴祠烝嘗（禴餘若反）于公先王君曰卜爾萬壽無疆（上猶期也）○神之弔矣（弔都歷反，至也）詒爾多福（詒以之反，遺也。福叶筆力反）民之質

采薇
采薇采薇，薇亦作止。
曰歸曰歸，歲亦莫止。
靡室靡家，玁狁之故。
不遑啓居，玁狁之故。
采薇采薇，薇亦柔止。
曰歸曰歸，心亦憂止。
憂心烈烈，載飢載渴。
我戍未定，靡使歸聘。
采薇采薇，薇亦剛止。
曰歸曰歸，歲亦陽止。
王事靡盬，不遑啓處。
憂心孔疚，我行不來。
彼爾維何，維常之華。
彼路斯何，君子之車。
戎車既駕，四牡業業。
豈敢定居，一月三捷。

矣（實也）日用飲食羣黎百姓徧爲爾德○如月之恒（胡登反 弦也）如日之升（出也）如南山之壽不騫不崩（騫起虔反 虧也）如松柏之茂無不爾或承（繼也）

天保六章章六句

采薇采薇薇亦作止（作叶則故反）曰歸曰歸歲亦莫止（莫音暮 晚也）靡室靡家（靡無也 家叶古乎反）玁狁之故（玁音險 狁音允）不遑啓居（遑暇也）玁狁之故○采薇采薇薇亦柔止曰歸曰歸心亦憂止憂心烈烈載飢載渴（載則也 渴叶巨烈反）我戍未定（止也）靡使歸聘（問也）○采薇采薇薇亦剛止曰歸曰歸歲亦陽止

駕彼四牡，四牡騤騤。
君子所依，小人所腓。
四牡翼翼，象弭魚服。
豈不日戒，玁狁孔棘。
昔我往矣，楊柳依依。
今我來思，雨雪霏霏。
行道遲遲，載渴載飢。
我心傷悲，莫知我哀。

（陽十月也）王事靡盬不遑啓處憂心孔疚（孔甚 疚叶訖力反 病也）我行不來（叶六直反 歸也）○彼爾維何（爾乃禮反）維常之華（芳無胡瓜二反）彼路斯何君子之車（斤於尺奢二反）戎車既駕四牡業業豈敢定居一月三捷（勝也）○駕彼四牡四牡騤騤（求龜反）君子所依（猶乘也）小人所腓（符非反 猶芘也）四牡翼翼象弭魚服（弭彌氏反 服叶蒲北反）豈不日戒（叶訖力反）玁狁孔棘（急也）○昔我往矣楊柳依依今我來思雨雪霏霏（雨于付反 霏芳菲反）行道遲遲載渴載飢我心傷悲莫知我哀（叶於希反）

采薇六章章八句

象弭魚服

傳魚服魚皮也箋服矢服也集傳魚獸名似猪東海有之其皮背上斑文腹下純青可爲弓鞬○陸疏一名魚貍

楊柳依依

傳楊柳蒲柳也○楊柳一物二種如楊柳依依則合而言之非有差別

南山有杞

集傳杞樹如樗一名狗骨

出車

我出我車，于彼牧矣。
自天子所，謂我來矣。
召彼僕夫，謂之載矣。
王事多難，維其棘矣。

我出我車，于彼郊矣。
設此旐矣，建彼旄矣。
彼旟旐斯，胡不旆旆。
憂心悄悄，僕夫況瘁。

王命南仲，往城于方。
出車彭彭，旂旐央央。
天子命我，城彼朔方。
赫赫南仲，玁狁于襄。

昔我往矣，黍稷方華。
今我來思，雨雪載塗。
王事多難，不遑啓居。
豈不懷歸，畏此簡書。

喓喓草蟲，趯趯阜螽。
未見君子，憂心忡忡。
既見君子，我心則降。
赫赫南仲，薄伐西戎。

我出我車于彼牧矣（牧叶莫狄反）自天子所謂我來矣（來叶六直反）召彼僕夫謂之載矣（載叶節力反）王事多難（乃旦反）維其棘矣○我出我車于彼郊矣（郊叶音高）設此旐矣（設陳也 旐音兆）建彼旄矣（建立也 旄音毛）彼旟旐斯（旟音餘）胡不旆旆（叶蒲寐反）憂心悄悄僕夫況瘁（況茲也 瘁似醉反）○王命南仲往城于方出車彭彭（叶鋪郎反）旂旐央央（於良反）天子命我城彼朔方赫赫南仲玁狁于襄（除也）○昔我往矣黍稷方華（叶芳無反 盛也）今我來思雨雪載塗王事多難不遑啓居豈不懷歸畏此簡書○喓喓草蟲（喓於遙反）趯趯阜螽（趯他歷反）未見君子憂心忡忡

春日遲遲，卉木萋萋。
倉庚喈喈，采蘩祁祁。
執訊獲醜，薄言還歸。
赫赫南仲，玁狁于夷。

杕杜

有杕之杜，有睆其實。
王事靡盬，繼嗣我日。
日月陽止，女心傷止，
征夫遑止。

有杕之杜，其葉萋萋。
王事靡盬，我心傷悲。
卉木萋止，女心悲止，
征夫歸止。

陟彼北山，言采其杞。
王事靡盬，憂我父母。
檀車幝幝，四牡痯痯，
征夫不遠。

匪載匪來，憂心孔疚。
期逝不至，而多爲恤。
卜筮偕止，會言近止，
征夫邇止。

（敕中反）既見君子我心則降（戶江反叶胡攻反）赫赫南仲薄伐西戎（僊之爲言聊也）○春日遲遲卉木萋萋（卉許貴反 萋七西反）倉庚喈喈（音皆叶居奚反）采蘩祁祁（巨移反）執訊獲醜（訊音信）薄言還歸（還音旋）赫赫南仲玁狁于夷（平也）

出車六章章八句

有杕之杜（杕大計反）有睆其實（睆華板反）王事靡盬繼嗣我日（嗣續也）日月陽止女心傷止征夫遑止○有杕之杜其葉萋萋王事靡盬我心傷悲卉木萋止女心悲止征夫歸止○陟彼北山言采其杞王事靡盬憂我父

南陔

白華之什

白華

華黍

魚麗

魚麗于罶，鱨鯊。君子有酒，旨且多。

魚麗于罶，魴鱧。君子有酒，多且旨。

魚麗于罶，鰋鯉。君子有酒，旨且有。

物其多矣，維其嘉矣。

物其旨矣，維其偕矣。

物其有矣，維其時矣。

母（叶滿洧反）檀車幝幝（尺善反）四牡痯痯（古緩反叶古轉反）征夫不遠○匪載匪來（載裝也來叶六直反）憂心孔疚（叶訖力反病也）期逝不至（逝往也至叶朱力反）而多爲恤（憂也）卜筮偕止（偕叶舉里反俱也）會言近止（會合也近叶渠紀反）征夫邇止

杕杜四章章七句

南陔

白華之什二之二

白華

華黍

魚麗于罶（麗力馳反歷也罶音柳與酒叶）鱨鯊（鱨音常鯊音沙叶蘇何反）君子有酒旨且多

由庚

南有嘉魚

南有嘉魚，烝然罩罩。君子有酒，嘉賓式燕以樂。

南有嘉魚，烝然汕汕。君子有酒，嘉賓式燕以衎。

南有樛木，甘瓠纍之。君子有酒，嘉賓式燕綏之。

翩翩者鵻，烝然來思。君子有酒，嘉賓式燕又思。

○魚麗于罶魴鱧（鱧音禮）君子有酒多且旨○魚麗于罶鰋鯉（鰋音偃）君子有酒旨且有（有叶羽已反，猶多也）○物其多矣維其嘉矣（嘉叶居何反）○物其旨矣維其偕矣（偕叶舉里反）○物其有矣（有叶羽已反）維其時矣（時叶上紙反）

魚麗六章三章章四句三章章二句

由庚

南有嘉魚烝然罩罩（烝之承反，罩張教竹卓二反）君子有酒嘉賓式燕以樂（樂五教歷各二反）○南有嘉魚烝然汕汕（汕所諫反）君子有酒嘉賓式燕以衎（衎苦旦反，樂也）○南有樛木（樛居虯反）甘瓠纍之（瓠音護，纍力追反）

魚麗于罶鱨鯊

鱨 沙魚
鯊

傳鱨揚也集傳今黃頰魚是也似燕頭魚身形厚而長大頰骨正黃魚之大而有力解飛者○稻氏云伊賀州荒木川有魚形似燕青色能飛躍名施耶十土人食之疑此鱨魚也此說未詳姑録備考

傳鯊鮀也集傳魚狹而小常張口吹沙故又名吹沙○集傳狹而小本陸疏通雅云鯊吹沙小魚黃皮黑斑正月先至身前半闊而扁後方而狹陸氏以爲狹小非也

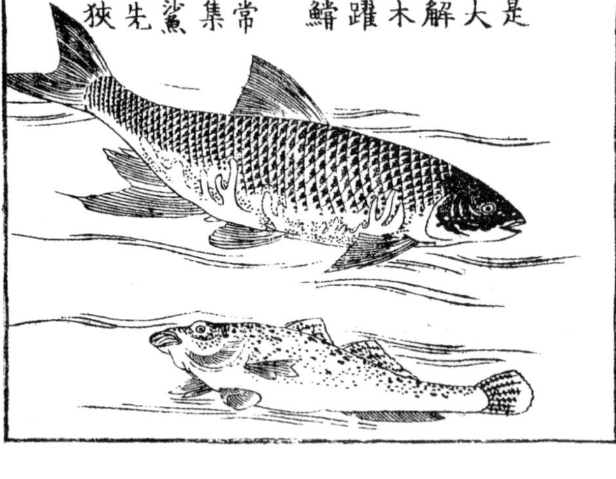

魚麗于罶魴鱧

傳鱧鮦也集傳又曰鯇也〇舊說恙紫眠烏柰已非也鱧華中產者近世舶載來此方未見

魚麗于罶鰋鯉

傳鰋鮎也

南有嘉魚

箋南方水中有善魚

集傳嘉魚鯉質鱒鯽

肌出於沔南之丙穴

○嚴緝下文樛木非

木名則嘉魚亦非魚

名

魚鼈鱠鯉

崇丘

南山有臺

南山有臺，北山有萊。
樂只君子，邦家之基。
樂只君子，萬壽無期。
南山有桑，北山有楊。
樂只君子，邦家之光。
樂只君子，萬壽無疆。
南山有杞，北山有李。
樂只君子，民之父母。
樂只君子，德音不已。
南山有栲，北山有杻。
樂只君子，遐不眉壽。
樂只君子，德音是茂。
南山有枸，北山有楰。
樂只君子，遐不黃耇。
樂只君子，保艾爾後。

君子有酒嘉賓式燕綏之（綏安稀反）○翩翩者鵻（之誰反）烝然來思（來叶六直陵之二反）君子有酒嘉賓式燕又思（又叶夷昔反又如字）

南有嘉魚四章章四句

崇丘

南山有臺（叶田飴反）北山有萊（叶陵之反）樂只君子（樂音洛只音紙）邦家之基樂只君子萬壽無期○南山有桑北山有楊樂只君子邦家之光樂只君子萬壽無疆○南山有杞北山有李樂只君子民之父母（叶滿彼反）樂只君子德音不已○南山有栲（音考叶音口）北山有杻（女九反）樂只君子

南山有臺

傳臺夫須也集傳即莎草也○陸疏舊説夫須莎草也可爲蓑笠都人士云臺笠緇撮傳云臺所以禦雨是也稻氏云臺今人呼爲思䕸似莎草而大生水中可以爲笠及蓑衣此與莎草不同

北山有萊

傳萊草也集傳草名葉香可食者也〇陸疏廣要諸韻書俱引草木疏云萊藜也今疏本文不載可見陸疏逸去者甚多

南山有枸

傳枸枳枸集傳樹高大似白楊有子著枝端大如指長數寸啖之甘美如飴八月熟亦名木蜜

北山有楰

傳楰鼠梓集傳樹葉木理如楸亦名苦楸○圖經鼠梓楸屬鼠李一名鼠梓或云即此然花實都不相類恐別一物而名同爾

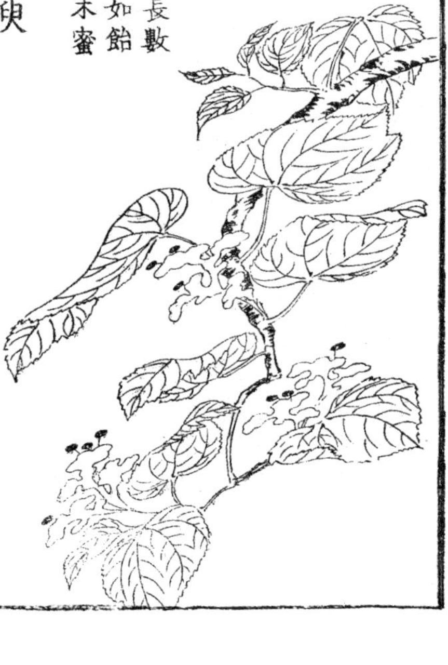

由儀

蓼蕭

蓼彼蕭斯，零露湑兮。既見君子，我心寫兮。燕笑語兮，是以有譽處兮。

蓼彼蕭斯，零露瀼瀼。既見君子，爲龍爲光。其德不爽，壽考不忘。

蓼彼蕭斯，零露泥泥。既見君子，孔燕豈弟。宜兄宜弟，令德壽豈。

蓼彼蕭斯，零露濃濃。既見君子，鞗革沖沖。和鸞雝雝，萬福攸同。

遐不眉壽（遐何通。壽叶直酉反）樂只君子德音是茂（叶莫口反）○南山有枸（俱甫反）北山有楰（音庾）樂只君子遐不黃耇（音苟，叶果五反）樂只君子保艾爾後（艾五蓋反。後叶下五反）

南山有臺五章章六句

由儀

蓼彼蕭斯（蓼音六）零露湑兮（湑息呂反）既見君子我心寫兮（寫叶想羽反，輸寫也）燕笑語兮是以有譽處兮（處安樂也）○蓼彼蕭斯零露瀼瀼（如羊反）既見君子爲龍爲光其德不爽（叶師莊反，差也）壽考不忘○蓼彼蕭斯零露泥泥（乃禮反）既見君子孔燕豈

湛露

湛湛露斯，匪陽不晞。
厭厭夜飲，不醉無歸。
湛湛露斯，在彼豐草。
厭厭夜飲，在宗載考。
湛湛露斯，在彼杞棘。
顯允君子，莫不令德。
其桐其椅，其實離離。
豈弟君子，莫不令儀。

弟（孔甚也）宜兄宜弟（待禮反）令德壽豈（開改反叶去禮反）○蓼彼蕭斯零露濃濃（奴同反）既見君子鞗革沖沖（鞗徒彫反 沖敕弓反）和鸞雝雝萬福攸同（聚也）

蓼蕭四章章六句

湛湛露斯（湛直減反）匪陽不晞（陽日也 晞音希乾也）厭厭夜飲（厭於鹽反）不醉無歸○湛湛露斯在彼豐草厭厭夜飲在宗載考（成也）○湛湛露斯在彼杞棘顯允君子（顯明也 允信也）莫不令德○其桐其椅（於宜反）其實離離豈弟君子莫不令儀

湛露四章章四句

彤弓之什

彤弓

彤弓弨兮，受言藏之。我有嘉賓，中心貺之。鐘鼓既設，一朝饗之。

彤弓弨兮，受言載之。我有嘉賓，中心喜之。鐘鼓既設，一朝右之。

彤弓弨兮，受言櫜之。我有嘉賓，中心好之。鐘鼓既設，一朝醻之。

菁菁者莪

菁菁者莪，在彼中阿。既見君子，樂且有儀。

彤弓之什二之三

彤弓弨兮（弨尺昭反）受言藏之我有嘉賓中心貺之（貺叶虚王反與也）鐘鼓既設一朝饗之（饗叶虚良反）○彤弓弨兮受言載之（載叶子利反）我有嘉賓中心喜之（喜叶去聲樂也）鐘鼓既設一朝右之（右音又叶于記反勸也尊也）○彤弓弨兮受言櫜之（櫜古刀反叶古號反韜也）我有嘉賓中心好之（好呼報反說也）鐘鼓既設一朝醻之（醻市由反叶大到反報也）

彤弓三章章六句

菁菁者莪（菁子丁反 莪五何反）在彼中阿既見君子樂且有儀（樂音洛 儀）（叶五何反）○菁菁者莪在彼中沚（沚音止）既見君子我心則喜

菁菁者莪，在彼中沚。
既見君子，我心則喜。
菁菁者莪，在彼中陵。
既見君子，錫我百朋。
汎汎楊舟，載沉載浮。
既見君子，我心則休。

菁菁者莪

傳莪蘿蒿也○陸疏莪蒿也一名蘿蒿生澤田漸洳之處葉似邪蒿而細科生按蘿蒿今人呼爲朝鮮菊葉似青蒿而細又似胡蘿蔔葉四月開白花類茼蒿蓼莪所謂匪莪伊蒿蓋以相似而起興也蒿即青蒿

六月

六月棲棲，戎車既飭。
四牡騤騤，載是常服。
玁狁孔熾，我是用急。
王于出征，以匡王國。

比物四驪，閑之維則。
維此六月，既成我服。
我服既成，于三十里。
王于出征，以佐天子。

四牡修廣，其大有顒。
薄伐玁狁，以奏膚公。
有嚴有翼，共武之服。
共武之服，以定王國。

玁狁匪茹，整居焦穫。
侵鎬及方，至于涇陽。
織文鳥章，白旆央央。
元戎十乘，以先啓行。

樂也 ○菁菁者莪在彼中陵既見君子錫我百朋○汎汎楊舟（汎芳劒反）載沉載浮（載則也）既見君子我心則休

菁菁者莪四章章四句

六月棲棲（音西）戎車既飭（音敕 整也）四牡騤騤（求龜反）載是常服（叶蒲北反）玁狁孔熾（尺志反 盛也）我是用急（叶音棘）王于出征以匡王國（叶于逼反 正也）○比物四驪（比毗志反）閑之維則（法也）維此六月既成我服（叶蒲北反）我服既成于三十里王于出征以佐天子（叶獎里反）○四牡修廣其大有顒（玉容反）薄伐玁狁以奏膚公（奏薦也）有嚴有翼（敬也）共武之服（共音恭 與供同 服叶蒲北反 事也）共武之服以定

戎車既安，如輊如軒。
四牡既佶，既佶且閑。
薄伐玁狁，至于大原。
文武吉甫，萬邦爲憲。

吉甫燕喜，既多受祉。
來歸自鎬，我行永久。
飲御諸友，炰鱉膾鯉。
侯誰在矣，張仲孝友。

王國(叶于逼反)○玁狁匪茹(如豫反，度也)整居焦穫(整，齊也。穫音護)侵鎬及方(鎬，胡老反)至于涇陽織文鳥章(織音志)白旆央央(於良反)元戎十乘(繩證反)以先啓行(啓，開也。行，叶戶郎反，道也)○戎車既安(叶於連反)如輊如軒(輊，竹二反)四牡既佶(其乙反)既佶且閑(叶胡田反)薄伐玁狁至于大原(大音泰)文武吉甫萬邦爲憲(叶許言反，法也)○吉甫燕喜既多受祉(福也)來歸自鎬我行永久(叶舉里反)飲御諸友(飲，於鴆反。友，叶羽已反)炰鱉膾鯉(炰，白交反)侯誰在矣(侯，維也)張仲孝友(叶羽已反)

六月六章章八句

薄言采芑(音起)于彼新田于此菑畝(菑，側其反。畝，叶每彼反)方叔涖

采芑

薄言采芑，于彼新田，
于此菑畝。
方叔涖止，其車三千，
師干之試。
方叔率止，乘其四騏，
四騏翼翼。
路車有奭，簟笰魚服，
鉤膺鞗革。

薄言采芑，于彼新田，
于此中鄉。
方叔涖止，其車三千，
旂旐央央。
方叔率止，約軧錯衡，
八鸞瑲瑲。
服其命服，朱芾斯皇，
有瑲葱珩。

止（涖音利臨也）其車三千師干之試（師衆干扞也試叶詩止反肄習也）方叔率止乘其四騏四騏翼翼路車有奭（許力反）簟笰魚服（笰音弗服叶蒲北反）鉤膺鞗革（鞗音條革叶訖力反）○薄言采芑于彼新田于此中鄉方叔涖止其車三千旂旐央央方叔率止約軧錯衡（軧祈支反衡叶戶郎反）八鸞瑲瑲（七羊反）服其命服朱芾斯皇（芾音弗）有瑲葱珩（音衡叶戶郎反）○鴥彼飛隼（鴥惟必反隼息允反）其飛戾天（戾至也）亦集爰止（爰於也）方叔涖止其車三千師干之試方叔率止鉦人伐鼓（鉦音征伐擊也）陳師鞠旅（鞠居六反告也）顯允方叔伐鼓淵淵（叶於巾反）振旅闐闐（徒顛反叶徒鄰反）○蠢爾蠻荊（蠢尺允反）大邦爲讎方

鴥彼飛隼，其飛戾天，
亦集爰止。
方叔涖止，其車三千，
師干之試。
方叔率止，鉦人伐鼓，
陳師鞠旅。
顯允方叔，伐鼓淵淵，
振旅闐闐。

蠢爾蠻荊，大邦爲讎。
方叔元老，克壯其猶。
方叔率止，執訊獲醜。
戎車嘽嘽，嘽嘽焞焞，
如霆如雷。
顯允方叔，征伐玁狁，
蠻荊來威。

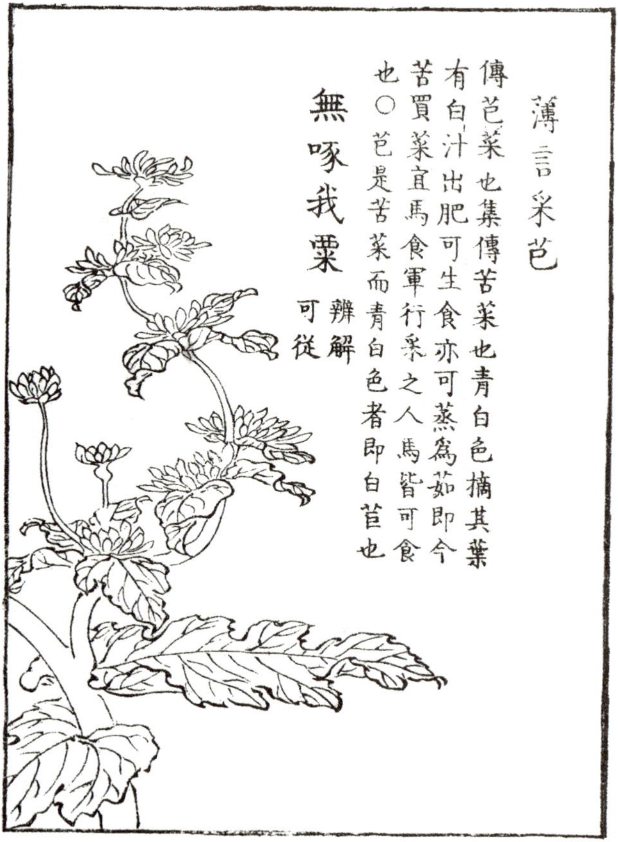

鴥彼飛隼

箋隼急疾之鳥也飛乃至天集傳鷙屬急疾之鳥也〇似鷹蒼黑色性猛而不悍攫鳥而食不爭羣處並居埤雅鷹之搏噬不能無失獨隼爲有準

車攻

我車既攻，我馬既同。四牡龐龐，駕言徂東。
田車既好，四牡孔阜。東有甫草，駕言行狩。
之子于苗，選徒囂囂。建旐設旄，搏獸于敖。
駕彼四牡，四牡奕奕。赤芾金舄，會同有繹。
決拾既佽，弓矢既調。射夫既同，助我舉柴。
四黄既駕，兩驂不猗。不失其馳，舍矢如破。
蕭蕭馬鳴，悠悠旆旌。徒御不驚，大庖不盈。
之子于征，有聞無聲。允矣君子，展也大成。

叔元老克壯其猶（謀也）方叔率止執訊獲醜（醜音侈詶，叶尺由反）戎
車嘽嘽（吐丹反）嘽嘽焞焞（吐雷反）如霆如雷顯允方叔征伐
玁狁蠻荊來威（叶音隈）

采芑四章章十二句

我車既攻（堅也）我馬既同（齊也）四牡龐龐（鹿同反）駕言徂東
○田車既好（叶許厚反，善也）四牡孔阜（符有反，盛大也）東有甫草（叶此苟反）駕
言行狩（叶始九反）○之子于苗（叶音毛）選徒囂囂（選，數也；囂，五刀反）建旐
設旄搏獸于敖（搏音博）○駕彼四牡四牡奕奕赤芾金
舄會同有繹○決拾既佽（音次，與柴叶，比也）弓矢既調（讀如同，與同叶）射

吉日

吉日維戊，既伯既禱。
田車既好，四牡孔阜。
升彼大阜，從其羣醜。
吉日庚午，既差我馬。
獸之所同，麀鹿麌麌。
漆沮之從，天子之所。
瞻彼中原，其祁孔有。
儦儦俟俟，或羣或友。
悉率左右，以燕天子。
既張我弓，既挾我矢。
發彼小豝，殪此大兕。
以御賓客，且以酌醴。

夫既同（協也）助我舉柴（子智反）〇四黃既駕兩驂不猗（於寄、於箇二反，偏倚不正也）不失其馳（叶徒卧反）舍矢如破（舍音捨，破彼寄、普過二反）〇蕭蕭馬鳴悠悠旆旌徒御不驚大庖不盈（庖蒲交反）〇之子于征有聞無聲（聞音問）允矣君子展也大成（展誠也）

車攻八章章四句

吉日維戊（叶莫吼反）既伯既禱（叶丁口反）田車既好（叶許口反）四牡孔阜（叶符有反）升彼大阜從其羣醜〇吉日庚午既差我馬（差擇也，馬叶滿浦反）獸之所同（聚也）麀鹿麌麌（麀音憂，麌愚甫反）漆沮之從（沮七徐反）天子之所〇瞻彼中原其祁孔有（祁大也，有叶羽已反）儦儦俟俟（儦表驕反，俟叶于紀反）

鴻鴈

鴻鴈于飛，肅肅其羽。之子于征，劬勞于野。爰及矜人，哀此鰥寡。

鴻鴈于飛，集于中澤。之子于垣，百堵皆作。雖則劬勞，其究安宅。

鴻鴈于飛，哀鳴嗷嗷。維此哲人，謂我劬勞。維彼愚人，謂我宣驕。

反或羣或友（叶羽已反）悉率左右（叶羽已反）以燕天子（燕樂也子叶獎里反）○既張我弓既挾我矢（挾子洽戶頰二反）發彼小豝（音巴）殪此大兕（殪於計反兕徐履反）以御賓客（御進也）且以酌醴

吉日四章章六句

鴻鴈于飛肅肅其羽之子于征（行也）劬勞于野（劬其俱反野叶上與反）爰及矜人（矜棘冰反憐也）哀此鰥寡（叶果五反）○鴻鴈于飛集于中澤（叶徒洛反）之子于垣（音袁）百堵皆作（堵丁古反）雖則劬勞其究安宅（究終也宅叶達各反）○鴻鴈于飛哀鳴嗷嗷（五刀反）維此哲人謂我劬勞維彼愚人謂我宣驕（宣示也驕叶音高）

庭燎
夜如何其，夜未央，
庭燎之光。
君子至止，鸞聲將將。
夜如何其，夜未艾，
庭燎晣晣。
君子至止，鸞聲噦噦。
夜如何其，夜鄉晨，
庭燎有煇。
君子至止，言觀其旂。

沔水
沔彼流水，朝宗于海。
鴥彼飛隼，載飛載止。
嗟我兄弟，邦人諸友，
莫肯念亂，誰無父母。

鴻鴈三章章六句
夜如何其（音基語辭）夜未央（中也）庭燎之光君子至止鸞聲將將（七羊反）○夜如何其夜未艾（音乂又如字盡也）庭燎晣晣（之世反與艾叶）君子至止鸞聲噦噦（呼會反）○夜如何其夜鄉晨（鄉許亮反）庭燎有煇（許云反）君子至止言觀其旂（叶渠斤反）

庭燎三章章五句

沔彼流水（沔綿善反）朝宗于海（朝直遙反）鴥彼飛隼（鴥維必反隼息允反）載飛載止嗟我兄弟邦人諸友（叶羽軌反）莫肯念亂誰無父母（叶滿洧反）
○沔彼流水其流湯湯（失羊反）鴥彼飛隼載飛載揚念

沔彼流水，其流湯湯。
鴥彼飛隼，載飛載揚。
念彼不蹟，載起載行。
心之憂矣，不可弭忘。

鴥彼飛隼，率彼中陵。
民之訛言，寧莫之懲。
我友敬矣，讒言其興。

鶴鳴

鶴鳴于九皋，聲聞于野。
魚潛在淵，或在于渚。
樂彼之園，爰有樹檀，
其下維蘀。
它山之石，可以爲錯。

鶴鳴于九皋，聲聞于天。
魚在于渚，或潛在淵。
樂彼之園，爰有樹檀，
其下維穀。
它山之石，可以攻玉。

彼不蹟（叶井亦反）載起載行（叶戶郎反）心之憂矣不可弭忘（弭止也）○
鴥彼飛隼率彼中陵（率循也）民之訛言寧莫之懲（止也）我
友敬矣讒言其興

沔水三章二章章八句一章六句

鶴鳴于九皋聲聞于野（聞音問 野叶上與反）魚潛在淵或在于渚
樂彼之園（樂音洛）爰有樹檀（叶徒沿反）其下維蘀（音託 落也）他山之石
可以爲錯（七落反）○鶴鳴于九皋聲聞于天（叶鐵因反）魚在于
渚或潛在淵（叶一均反）樂彼之園爰有樹檀其下維穀他
山之石可以攻玉（攻錯也）

鶴鳴九臯

集傳鶴長頸竦身高脚頂赤身頸尾黑其鳴高亮聞八九里○一名仙禽有白有黄亦有灰蒼色世所尚者白鶴

其下維穀

傳穀惡木也集傳一名楮○穀亦作構酉陽襍俎穀田久廢必生構葉有瓣曰楮無瓣曰構陸疏今江南人績其皮爲布又擣以爲紙謂之穀皮紙長數丈潔白甚好

隰有杞桋

傳杞枸檵也桋赤楝也集傳桋樹葉細而岐銳皮理錯戾好叢生山中中爲車輞○杞見前桋未詳

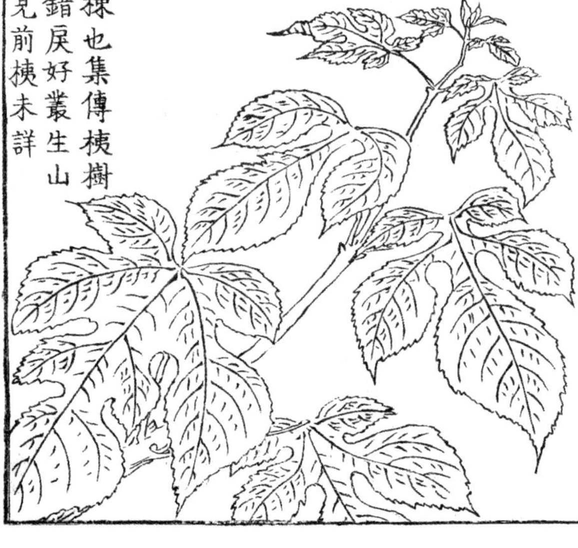

祈父之什

祈父

祈父，予王之爪牙。胡轉予于恤，靡所止居。
祈父，予王之爪士。胡轉予于恤，靡所底止。
祈父，亶不聰。胡轉予于恤，有母之尸饔。

白駒

皎皎白駒，食我場苗。縶之維之，以永今朝。所謂伊人，於焉逍遙。
皎皎白駒，食我場藿。縶之維之，以永今夕。所謂伊人，於焉嘉客。

鶴鳴二章章九句

祈父之什二之四

祈父（祈勤衣反 父音甫）予王之爪牙胡轉予于恤（叶五胡反 憂也）靡所止居○祈父予王之爪士（鉏里反）胡轉予于恤靡所底止（底之履反 至也）○祈父亶不聰（亶誠也）胡轉予于恤有母之尸饔（尸主也）

祈父三章章四句

皎皎白駒（皎古了反）食我場苗縶之維之（縶陟立反 絆其足 維繫其靷也）以永今朝（永長也）所謂伊人於焉逍遙○皎皎白駒食我場藿

皎皎白駒，賁然來思。
爾公爾侯，逸豫無期。
慎爾優游，勉爾遁思。

皎皎白駒，在彼空谷。
生芻一束，其人如玉。
毋金玉爾音，而有遐心。

黃鳥

黃鳥黃鳥，無集于穀，
無啄我粟。
此邦之人，不我肯穀。
言旋言歸，復我邦族。

黃鳥黃鳥，無集于桑，
無啄我粱。
此邦之人，不可與明。
言旋言歸，復我諸兄。

黃鳥黃鳥，無集于栩，
無啄我黍。
此邦之人，不可與處。
言旋言歸，復我諸父。

縶（火郭反）之維之，以永今夕（叶祥龠反）。所謂伊人，於焉嘉客（叶克各反）。○皎皎白駒，賁然來思（賁，彼義反，又音奔。來，叶云俱反）。爾公爾侯（叶洪孤反），逸豫無期，慎爾優游（叶汪胡反），勉爾遁思（叶新齎反）。○皎皎白駒，在彼空谷。生芻一束（芻，楚俱反），其人如玉。毋金玉爾音，而有遐心。

白駒四章，章六句

黃鳥黃鳥，無集于穀，無啄我粟（啄，陟角反）。此邦之人，不我肯穀（善也）。言旋言歸（旋，回也），復我邦族（復，反也）。○黃鳥黃鳥，無集于桑，無啄我粱。此邦之人，不可與明（叶謨郎反）。言旋言

我行其野

我行其野，蔽芾其樗。
昏姻之故，言就爾居。
爾不我畜，復我邦家。
我行其野，言采其蓫。
昏姻之故，言就爾宿。
爾不我畜，言歸思復。
我行其野，言采其葍。
不思舊姻，求爾新特。
成不以富，亦祇以異。

歸復我諸兄（叶虛王反）○黃鳥黃鳥無集于栩（況甫反）無啄我黍此邦之人不可與處言旋言歸復我諸父（扶雨反）

黃鳥三章章七句

我行其野蔽芾其樗（蔽必制反芾方味反樗勅書反）昏姻之故言就爾居爾不我畜（養也）復我邦家（叶古胡反）○我行其野言采其蓫（敕六反）昏姻之故言就爾宿爾不我畜言歸思復○我行其野言采其葍（音福叶筆力反）不思舊姻求爾新特成不以富（成論語作誠）亦祇以異（祇音支異叶逸織反）

我行其野三章章六句

言采其蓫

傳蓫惡菜也箋蓫牛蘈也亦仲春時生可采也集傳今人謂之羊蹄菜

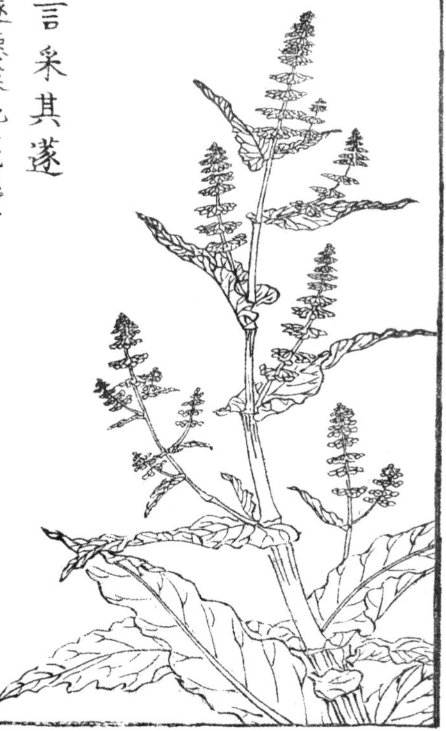

言采其葍

傳葍惡菜也箋葍蕾也亦仲春時生可采也○江氏云草木志畧商陸根曰葍曰蕾乃今之山牛蒡也

斯干

秩秩斯干，幽幽南山。
如竹苞矣，如松茂矣。
兄及弟矣，式相好矣，
無相猶矣。
似續妣祖，築室百堵，
西南其户。
爰居爰處，爰笑爰語。
約之閣閣，椓之橐橐。
風雨攸除，鳥鼠攸去，
君子攸芋。
如跂斯翼，如矢斯棘，
如鳥斯革，如翬斯飛，
君子攸躋。
殖殖其庭，有覺其楹，
噲噲其正，噦噦其冥，
君子攸寧。

秩秩斯干（斯此也干叶居焉反水涯也）幽幽南山（叶所旃反）如竹苞矣（苞叶補苟反）如松茂矣（茂叶莫口反）兄及弟矣式相好矣（好呼報反叶許厚反）無相猶矣（猶叶余久反謀也）○似續妣祖（似嗣也妣必履反）築室百堵西南其户（户叶胡五反）爰居爰處（爰於也）爰笑爰語○約之閣閣（約束板也）椓之橐橐（椓陟角反築也橐音託）風雨攸除（直慮反去也）鳥鼠攸去君子攸芋（香于反叶王遇反尊大也）○如跂斯翼（跂音企竦立也翼敬也）如矢斯棘（急也）如鳥斯革（叶訖力反變也）如翬斯飛（翬音輝雉也）君子攸躋（子西反升也）○殖殖其庭（殖市力反）有覺其楹噲噲其正（噲音快正叶音征）噦噦其冥（噦呼會反）君子攸寧○下莞上簟（莞音官簟叶徒檢徒錦二反）乃安斯寢（叶子檢子錦二反）乃寢乃興乃占

下莞上簟，乃安斯寢。
乃寢乃興，乃占我夢。
吉夢維何，維熊維羆，
維虺維蛇。
大人占之。
維熊維羆，男子之祥。
維虺維蛇，女子之祥。
乃生男子，載寢之床，
載衣之裳，載弄之璋。
其泣喤喤，朱芾斯皇，
室家君王。
乃生女子，載寢之地，
載衣之裼，載弄之瓦。
無非無儀，唯酒食是
議，無父母詒罹。

我夢（叶彌登反）吉夢維何維熊維羆（彼宜反，叶彼何反）維虺維蛇（虺許鬼反　蛇市奢反）（叶於其、土何二反）○大人占之（大音泰）維熊維羆男子之祥維虺維蛇女子之祥○乃生男子載寢之牀載衣之裳（衣於既反）載弄之璋其泣喤喤（華彭反，叶胡光反）朱芾斯皇（芾音弗）室家君王○乃生女子載寢之地載衣之裼（他計反　褓也）載弄之瓦（叶魚位反　紡塼也）無非無儀（叶音俄　善也）唯酒食是議無父母詒罹（詒以之反）（罹叶音　罹憂也）

斯干九章四章章七句五章章五句

誰謂爾無羊三百維羣誰謂爾無牛九十其犉（而純反）

如翬斯飛

箋翬鳥之奇異者集傳翬雉○爾雅素質五彩皆備成章曰翬

下莞上簟

箋莞小蒲之席也集傳蒲席也○按漢書註莞今謂之蒠蒲則蒲莞之別可知此方人謂之紫忽貌

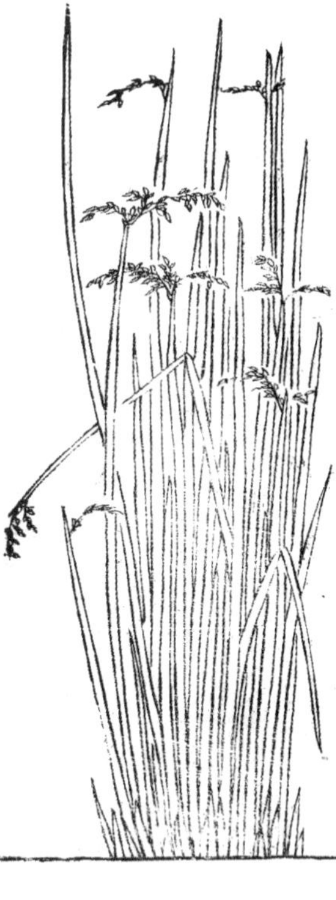

維熊維羆

集傳羆似熊而長頭高脚猛憨多力能拔樹○羆未詳

維虺維蛇

集傳虺蛇屬細頸大頭色如文綬大者長七八尺○虺一名蝮有牙最毒埤雅云虺狀似蛇而小集傳七八尺蓋蝮之至大者也

虺

蛇

無羊

誰謂爾無羊，三百維羣。誰謂爾無牛，九十其犉。爾羊來思，其角濈濈。爾牛來思，其耳溼溼。

或降于阿，或飲于池，或寢或訛。爾牧來思，何蓑何笠，或負其餱。三十維物，爾牲則具。

爾牧來思，以薪以蒸，以雌以雄。爾羊來思，矜矜兢兢，不騫不崩。麾之以肱，畢來既升。

牧人乃夢，衆維魚矣，旐維旟矣。大人占之，衆維魚矣，實維豐年。旐維旟矣，室家溱溱。

爾羊來思其角濈濈（莊立反）爾牛來思其耳溼溼（始立反）○或降于阿或飲于池（叶唐何反）或寢或訛（動也）爾牧來思何蓑何笠（何河可反揭也 蓑素多反 笠音立）或負其餱（音侯）三十維物（叶微律反）爾牲則具（叶居律反）○爾牧來思以薪以蒸（之承反）以雌以雄（叶于陵反）爾羊來思矜矜兢兢不騫不崩（騫虧也 崩群疾也）麾之以肱（臂也）畢來既升（既盡也）○牧人乃夢衆維魚矣旐維旟矣（旐音兆 旟音餘）大人占之衆維魚矣實維豐年（叶尼因反）旐維旟矣室家溱溱（側巾反）

無羊四章章八句

節南山

節彼南山，維石巖巖。
赫赫師尹，民具爾瞻。
憂心如惔，不敢戲談。
國既卒斬，何用不監。

節彼南山，有實其猗。
赫赫師尹，不平謂何。
天方薦瘥，喪亂弘多。
民言無嘉，憯莫懲嗟。

尹氏大師，維周之氐。
秉國之均，四方是維。
天子是毗，俾民不迷。
不弔昊天，不宜空我師。

弗躬弗親，庶民弗信。
弗問弗仕，勿罔君子。
式夷式已，無小人殆。
瑣瑣姻亞，則無膴仕。

節彼南山（節音截）維石巖巖赫赫師尹民具爾瞻（具俱也 瞻叶側銜反）

（視也）憂心如惔（徒藍反 燔也）不敢戲談國既卒斬（卒子律反 終也 斬叶側銜反 絕也）

何用不監（古銜反 視也）○節彼南山有實其猗（於宜反 叶於何反 實滿 猗長也）赫

赫師尹不平謂何天方薦瘥（薦徂殿反 與荐通 重也 瘥才何反 病也）喪亂弘多

（喪息浪反 弘大也）民言無嘉（叶居何反）憯莫懲嗟（憯七感反 曾也 懲創也 嗟叶遭哥反）○尹氏大

師（大音泰）維周之氐（丁禮反 叶都黎反 本也）秉國之均四方是維（持也）天

子是毗（婢尸反 輔也）俾民不迷不弔昊天（弔愍也）不宜空我師

（空窮也 師叶霜夷反 衆也）○弗躬弗親庶民弗信（叶斯人反）弗問弗仕（鉏里反 事也）

勿罔君子（罔欺也 子叶獎里反）式夷式已（夷平 已止也）無小人殆（叶養里反 危也）瑣

昊天不傭，降此鞠訩。
昊天不惠，降此大戾。
君子如屆，俾民心闋。
君子如夷，惡怒是違。
不弔昊天，亂靡有定。
式月斯生，俾民不寧。
憂心如酲，誰秉國成。
不自爲政，卒勞百姓。
駕彼四牡，四牡項領。
我瞻四方，蹙蹙靡所騁。
方茂爾惡，相爾矛矣。
既夷既懌，如相醻矣。
昊天不平，我王不寧。
不懲其心，覆怨其正。
家父作誦，以究王訩。
式訛爾心，以畜萬邦。

瑣姻亞（瑣素火反）則無膴仕（膴音武厚也）○昊天不傭（敕龍反均也）降此
鞠訩（鞠九六反 訩音凶）昊天不惠降此大戾君子如屆（屆音戒叶居例反至也）俾
民心闋（闋古穴反叶苦桂反息也）君子如夷惡怒是違（惡烏路反 違遠也）○不弔昊
天（叶鐵因反）亂靡有定（叶唐丁反）式月斯生（叶桑經反）俾民不寧憂心如
酲（音呈酒病曰酲）誰秉國成不自爲政（叶諸盈反）卒勞百姓（叶桑經反）○駕
彼四牡四牡項領我瞻四方蹙蹙靡所騁（蹙子六反 騁敕領反）○
方茂爾惡（茂盛也）相爾矛矣（相息亮反視也）既夷既懌（懌悅也）如相醻
矣（醻市由反）○昊天不平我王不寧不懲其心覆怨其正
（覆芳服反 正叶諸盈反）○家父作誦（父音甫 誦叶疾容反）以究王訩（究窮也）式訛爾心

正月
正月繁霜，我心憂傷。民之訛言，亦孔之將。
念我獨兮，憂心京京。哀我小心，癙憂以痒。
父母生我，胡俾我瘉。不自我先，不自我後。
好言自口，莠言自口。憂心愈愈，是以有侮。
憂心惸惸，念我無祿。民之無辜，并其臣僕。
哀我人斯，于何從祿。瞻烏爰止，于誰之屋。
瞻彼中林，侯薪侯蒸。民今方殆，視天夢夢。
既克有定，靡人弗勝。有皇上帝，伊誰云憎。

（訛，化也）以畜萬邦（畜，許六反，養也。邦，叶卜工反）

節南山十章，六章章八句，四章章四句

正月繁霜（正音政），我心憂傷。民之訛言，亦孔之將（大也）。念我獨兮，憂心京京（叶居良反）。哀我小心，癙憂以痒（癙音鼠，痒音羊，病也）。〇父母生我，胡俾我瘉（瘉音庾，病也）。不自我先（自，從也），不自我後（叶下五反）。好言自口（叶孔五反），莠言自口（莠，餘久反）。憂心愈愈（益甚之意），是以有侮。〇憂心惸惸（惸，其營反），念我無祿。民之無辜，并其臣僕（并，必政反，俱也）。哀我人斯，于何從祿。瞻烏爰止，于誰之屋。〇瞻彼中林，侯薪侯蒸（侯，維也。蒸，之丞反）。民今方殆（危也），視天夢夢（叶莫工反）。

謂山蓋卑，爲岡爲陵。
民之訛言，寧莫之懲。
召彼故老，訊之占夢。
具曰予聖，誰知烏之
雌雄。

謂天蓋高，不敢不局。
謂地蓋厚，不敢不蹐。
維號斯言，有倫有脊。
哀今之人，胡爲虺蜴。

瞻彼阪田，有菀其特。
天之扤我，如不我克。
彼求我則，如不我得。
執我仇仇，亦不我力。

心之憂矣，如或結之。
今茲之正，胡然厲矣。
燎之方揚，寧或滅之。
赫赫宗周，褒姒烕之。

（莫登反）既克有定靡人弗勝（音升）有皇上帝（皇大也）伊誰云憎

○謂山蓋卑爲岡爲陵民之訛言寧莫之懲（止也）名

彼故老訊之占夢（訊音信問也 夢叶莫登反）具曰予聖（具俱也）誰知烏之

雌雄（叶胡陵反）○謂天蓋高不敢不局（叶居亦反曲也）謂地蓋厚不

敢不蹐（井亦反累足也）維號斯言（號音豪長言之也）有倫有脊哀今之人

胡爲虺蜴（虺吁鬼反 蜴星歷反）○瞻彼阪田（阪音反）有菀其特（菀音鬱）天之

扤我（扤五忽反動也）如不我克彼求我則如不我得執我仇

仇亦不我力○心之憂矣如或結之今茲之正（政也）

胡然厲矣（厲叶力桀反暴惡也）燎之方揚（燎力詔反 揚盛也）寧或滅之赫赫宗

終其永懷，又窘陰雨。
其車既載，乃棄爾輔。
載輸爾載，將伯助予。
無棄爾輔，員于爾輻。
屢顧爾僕，不輸爾載。
終踰絕險，曾是不意。
魚在于沼，亦匪克樂。
潛雖伏矣，亦孔之炤。
憂心慘慘，念國之爲虐。
彼有旨酒，又有嘉殽。
洽比其鄰，昏姻孔云。
念我獨兮，憂心慇慇。
佌佌彼有屋，蔌蔌方有穀。
民今之無祿，天夭是椓。
哿矣富人，哀此惸獨。

周褒姒威之（威呼悅反滅也）○終其永懷又窘陰雨（窘求隕反）其車旣載（才再反）乃棄爾輔（叶扶雨反）載輸爾載（輸隨也）將伯助予（將請也 予叶演女反）○無棄爾輔員于爾輻（員音云益也 輻方六反叶筆力反）屢顧爾僕（屢數也 顧視也）不輸爾載（叶節力反）終踰絕險曾是不意（叶乙力反）○魚在于沼（之紹反叶音灼池也）亦匪克樂（音洛）潛雖伏矣亦孔之炤（音灼明貌見也）憂心慘慘（七感反當作懆七各反）念國之爲虐○彼有旨酒又有嘉殽（戶交反）洽比其鄰（比毗志反）昏姻孔云（旋也）念我獨兮憂心慇慇○佌佌彼有屋（佌音此）蔌蔌方有穀（蔌音速）民今之無祿天夭是椓（夭於遙反禍也 椓陟角反叶都木反害也）哿矣富人（哿哥我反 可也）哀此惸獨（惸音瓊 ...也）

胡爲虺蜴

傳蜴螈也箋虺蜴之性見人則走集傳虺蜴皆毒螫之蟲也〇爾雅翼蜥蜴似蛇而四足五六寸生草澤中爾雅榮螈蜥蜴蝘蜓守宫四名轉相解至陶弘景以爲其類有四種按此說不然東方朔云若非守宫即蜥蜴二物分稱亦已久矣

十月之交

十月之交，朔日辛卯。
日有食之，亦孔之醜。
彼月而微，此日而微。
今此下民，亦孔之哀。

日月告凶，不用其行。
四國無政，不用其良。
彼月而食，則維其常。
此日而食，于何不臧。

爗爗震電，不寧不令。
百川沸騰，山冢崒崩。
高岸爲谷，深谷爲陵。
哀今之人，胡憯莫懲。

皇父卿士，番維司徒，
家伯維宰，仲允膳夫，
聚子內史，蹶維趣馬，
楀維師氏，豔妻煽方處。

正月十三章八章章八句五章章六句

十月之交朔日辛卯（叶莫後反）日有食之亦孔之醜彼月而微（叶無非反也）此日而微今此下民亦孔之哀（叶於希反）○日月告凶不用其行（叶戶郎反道也）四國無政不用其良彼月而食則維其常此日而食于何不臧○爗爗震電（爗于輒反）不寧不令（叶盧經反善也）百川沸騰山冢崒崩（崒徂恤反）高岸爲谷深谷爲陵哀今之人胡憯莫懲（憯七感反曾也）○皇父（父音甫）卿士番維司徒家伯維宰仲允膳夫聚子內史（聚側留反）蹶維趣馬（蹶俱衛反趣七走反馬叶滿補反）楀維師氏（楀音矩）豔妻煽方處（豔餘贍反煽熾也）○

抑此皇父，豈曰不時。
胡爲我作，不卽我謀。
徹我牆屋，田卒汙萊。
曰予不戕，禮則然矣。
皇父孔聖，作都于向。
擇三有事，亶侯多藏。
不慭遺一老，俾守我王。
擇有車馬，以居徂向。
黽勉從事，不敢告勞。
無罪無辜，讒口囂囂。
下民之孽，匪降自天。
噂沓背憎，職競由人。
悠悠我里，亦孔之痗。
四方有羡，我獨居憂。
民莫不逸，我獨不敢休。
天命不徹，我不敢傚
我友自逸。

抑此皇父（抑發語詞）豈曰不時　胡爲我作（作動也）不卽我謀（卽就也謀叶謨悲反）徹我牆屋田卒汙萊（卒盡也汙音烏萊叶陵之反）曰予不戕（在良反害也）禮則然矣（矣叶於姬反）○皇父孔聖（孔甚也）作都于向（式亮反）擇三有事亶侯多藏（亶信也侯維也藏才浪反蓄也）不慭遺一老俾守我王（慭魚覲反心不欲而自強之詞王叶于放反）擇有車馬以居徂向（徂往也）○黽勉從事（黽民允反）不敢告勞無罪無辜讒口囂囂（五刀反）下民之孽（孽音臬災害也）匪降自天（天叶鐵因反）噂沓背憎（噂音撙沓音遝背音佩）職競由人（職主競力也）○悠悠我里亦孔之痗（痗莫背反叶呼洧反病也）四方有羡（羡徐面反餘也）我獨居憂民莫不逸（逸樂也）我獨不敢休天命不徹（徹叶直質反均也）我不敢

雨無正

浩浩昊天，不駿其德。
降喪饑饉，斬伐四國。
昊天疾威，弗慮弗圖。
舍彼有罪，既伏其辜。
若此無罪，淪胥以鋪。

周宗既滅，靡所止戾。
正大夫離居，莫知我勩。
三事大夫，莫肯夙夜。
邦君諸侯，莫肯朝夕。
庶曰式臧，覆出爲惡。

如何昊天，辟言不信。
如彼行邁，則靡所臻。
凡百君子，各敬爾身。
胡不相畏，不畏于天。

戎成不退，饑成不遂。
曾我暬御，憯憯日瘁。
凡百君子，莫肯用訊。
聽言則答，譖言則退。

傚我友自逸

十月之交八章章八句

浩浩昊天不駿其德（駿大也）降喪饑饉（喪息浪反 饉其覲反）斬伐四國（叶子逼反）昊天疾威（旻密巾反）弗慮弗圖（慮圖皆謀也）舍彼有罪（舍音赦 置也）既伏其辜若此無罪淪胥以鋪（普烏反 徧也）○周宗既滅靡所止戾（定也）正大夫離居莫知我勩（夷世反 勞也）三事大夫莫肯夙夜（叶弋灼反）邦君諸侯莫肯朝夕（叶祥龠反）庶曰式臧（善也）覆出爲惡（覆芳服反）○如何昊天（叶鐵因反）辟言不信（叶斯人反）如彼行邁則靡所臻（至也）凡百君子各敬爾身胡不相畏不

哀哉不能言，匪舌是出，
維躬是瘁。
哿矣能言，巧言如流，
俾躬處休。
維曰于仕，孔棘且殆。
云不可使，得罪于天子。
亦云可使，怨及朋友。
謂爾遷于王都，曰予
未有室家。
鼠思泣血，無言不疾。
昔爾出居，誰從作爾室。

畏于天○戎成不退（戎兵也退叶吐類反）饑成不遂（遂進也）○曾我暬御（曾在登反暬思列反）憯憯日瘁（憯七感反瘁音悴病也）凡百君子莫肯用訊（訊叶息悴反告也）聽言則答譖言則退○哀哉不能言匪舌是出（出叶尺遂反）（之也）維躬是瘁哿矣能言（哿可也）巧言如流俾躬處休○維曰于仕（于往也仕鉏里反）孔棘且殆（棘急也殆叶養里反危也）云不可使得罪于天子（子叶獎里反）亦云可使怨及朋友（友叶羽已反）○謂爾遷于王都曰予未有室家（家叶古胡反）鼠思泣血（思息嗣反血叶虛屈反）無言不疾昔爾出居誰從作爾室

雨無正七章二章章十句二章章八句三

小旻

旻天疾威，敷于下土。
謀猶回遹，何日斯沮。
謀臧不從，不臧覆用。
我視謀猶，亦孔之邛。
潝潝訿訿，亦孔之哀。
謀之其臧，則具是違。
謀之不臧，則具是依。
我視謀猶，伊于胡底。
我龜既厭，不我告猶。
謀夫孔多，是用不集。
發言盈庭，誰敢執其咎。
如匪行邁謀，是用不得于道。

章章六句

小旻之什二之五

旻天疾威敷于下土（敷布也）謀猶回遹（音聿）何日斯沮（在呂反 止也）謀臧不從（臧善也）不臧覆用（覆反也 叶于封反）我視謀猶亦孔之邛（其凶反 病也）○潝潝訿訿（潝許急反 訿音紫）亦孔之哀（叶於希反）謀之其臧則具是違（具俱也）謀之不臧則具是依我視謀猶伊于胡底（之履反 叶都黎反 至也）○我龜既厭不我告猶（叶于救反）謀夫孔多是用不集（韓詩作就 叶疾救反 成也）發言盈庭誰敢執其咎（叶巨又反）如匪行邁謀是用不得于道（叶徒候反）○哀哉為猶匪先民是

哀哉爲猶，匪先民是程，匪大猶是經，維邇言是聽，維邇言是爭。
如彼築室于道謀，是用不潰于成。
國雖靡止，或聖或否。民雖靡膴，或哲或謀，或肅或艾。
如彼泉流，無淪胥以敗。
不敢暴虎，不敢馮河。人知其一，莫知其他。
戰戰兢兢，如臨深淵，如履薄冰。

程（法也） 匪大猶是經（常也） 維邇言是聽（聽，聲） 維邇言是爭
（叶側陘反） 如彼築室于道謀 是用不潰于成（潰，遂也） ○國雖靡
止（定也） 或聖或否（方九反，叶補美反） 民雖靡膴（火吳反，大也，多也） 或哲或謀（叶莫徒反）
或肅或艾（音乂，與乂同，治也） 如彼泉流 無淪胥以敗（淪，陷；胥，相也；敗，叶蒲寐反） ○
不敢暴虎（暴，徒搏曰暴） 不敢馮河（馮，皮冰反，徒涉曰馮） 人知其一 莫知其
他（湯河反） 戰戰兢兢 如臨深淵（叶一均反） 如履薄冰

小旻六章 三章章八句 三章章七句

宛彼鳴鳩（宛，於阮反） 翰飛戾天（翰，胡旦反，羽也；戾，至也；天，叶鐵因反） 我心憂傷 念昔
先人 明發不寐 有懷二人 ○人之齊聖 飲酒溫克

我龜既厭

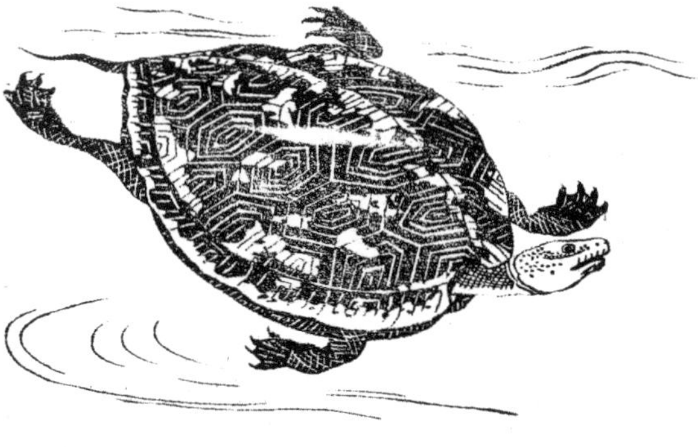

小宛

宛彼鳴鳩，翰飛戾天。我心憂傷，念昔先人。明發不寐，有懷二人。

人之齊聖，飲酒溫克。彼昏不知，壹醉日富。各敬爾儀，天命不又。

中原有菽，庶民采之。螟蛉有子，蜾蠃負之。教誨爾子，式穀似之。

題彼脊令，載飛載鳴。我日斯邁，而月斯征。夙興夜寐，無忝爾所生。

交交桑扈，率場啄粟。哀我填寡，宜岸宜獄。握粟出卜，自何能穀。

溫溫恭人，如集于木。惴惴小心，如臨于谷。戰戰兢兢，如履薄冰。

彼昏不知壹醉日富（叶筆力反 猶甚也）各敬爾儀天命不又（叶夷益反 復也）○中原有菽（音叔）庶民采之（采叶此禮反）螟蛉有子（螟音冥 蛉音零）蜾蠃負之（蜾音果 蠃力果反 負叶蒲美反）教誨爾子式穀似之（式用 穀善也 似叶養里反）○題彼脊令（題大計反 視也 令音零）載飛載鳴我日斯邁而月斯征（而汝也）夙興夜寐無忝爾所生（忝辱也 生叶桑經反）○交交桑扈（扈音户）率場啄粟哀我填寡（填都田反 與瘨同 病也）宜岸宜獄（岸亦獄也）握粟出卜自何能穀○溫溫恭人如集于木惴惴小心（惴之瑞反）如臨于谷戰戰兢兢如履薄冰

小宛六章章六句

宛彼鳴鳩

傳鳴鳩鶻鵰集傳斑鳩也○詩緝鶻鳩鷽鳩非斑鳩此說是也坻桑葚之鳩及莊子鷽鳩一物見前

交交桑扈

傳桑扈竊脂也集傳俗呼青觜肉食不食粟○淮南子云馬不食脂桑扈不食粟此鳥不食粟亦是一說然殊不然

螟蛉有子蜾蠃負之

傳螟蛉桑蟲也蜾蠃蒲盧也集傳螟蛉桑上小青蟲也似步屈蜾蠃土蜂也似蜂而小腰取桑蟲負之於木空中七日而化爲其子○爾雅果蠃注即細腰蠭也俗呼爲蠮螉陶弘景云雖名土蜂不就土中作窟謂摙土作房爾

爲鬼爲蜮

傳蜮短狐也集傳江淮水皆有之能含沙以射水中人影其人輒病而不見其形也○柳宗元云射工沙蝨含怒竊發中人形影動成瘡痏倭中未聞有此物

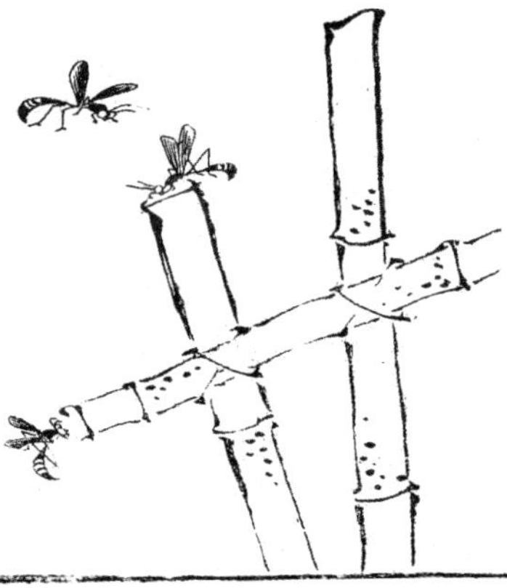

小弁

弁彼鸒斯，歸飛提提。
民莫不穀，我獨于罹。
何辜于天，我罪伊何。
心之憂矣，云如之何。

踧踧周道，鞫爲茂草。
我心憂傷，惄焉如擣。
假寐永嘆，維憂用老。
心之憂矣，疢如疾首。

維桑與梓，必恭敬止。
靡瞻匪父，靡依匪母。
不屬于毛，不離于裏。
天之生我，我辰安在。

菀彼柳斯，鳴蜩嘒嘒。
有漼者淵，萑葦淠淠。
譬彼舟流，不知所屆。
心之憂矣，不遑假寐。

弁彼鸒斯（弁蒲干反 鸒音豫 叶光齊反 語詞也）歸飛提提（是移反）民莫不穀我獨于罹（憂也）何辜于天我罪伊何心之憂矣云如之何○踧踧周道（踧徒歷反 道叶徒苟反）鞫爲茂草（鞫九六反 窮也 草叶此苟反）我心憂傷惄焉如擣（惄乃歷反 思也 擣丁老反 叶丁口反 舂也）假寐永嘆維憂用老（叶魯口反）心之憂矣疢如疾首（疢丑覲反 猶疾也）○維桑與梓（叶奬里反）必恭敬止靡瞻匪父靡依匪母（叶滿彼反）不屬于毛（屬音燭 連也）不離于裏（離麗也）天之生我我辰安在（辰猶時也 在叶此里反）○菀彼柳斯（菀音鬱）鳴蜩嘒嘒（蜩音條 嘒呼惠反）有漼者淵（漼千罪反）萑葦淠淠（萑音丸 葦韋鬼反 淠孚計反）譬彼舟流不知所屆（音戒 叶居氣反 至也）心之憂矣不遑假寐（遑暇也）○鹿斯

鹿斯之奔，維足伎伎。
雉之朝雊，尚求其雌。
譬彼壞木，疾用無枝。
心之憂矣，寧莫之知。
相彼投兔，尚或先之。
行有死人，尚或墐之。
君子秉心，維其忍之。
心之憂矣，涕既隕之。
君子信讒，如或醻之。
君子不惠，不舒究之。
伐木掎矣，析薪杝矣。
舍彼有罪，予之佗矣。
莫高匪山，莫浚匪泉。
君子無易由言，耳屬于垣。
無逝我梁，無發我笱。
我躬不閱，遑恤我後。

之奔維足伎伎（其宜反）雉之朝雊（古豆反，雉鳴也）尚求其雌（叶千西反）譬
彼壞木（壞，胡罪反，傷病也）疾用無枝心之憂矣寧莫之知（寧，猶何也）○
相彼投兔（相，息亮反，視也。投，奔也）尚或先之（先，蘇薦反，叶蘇晉反）行有死人（行，道也）尚
或墐之（墐音覲，埋也）君子秉心（秉，執也）維其忍之心之憂矣涕
既隕之（隕音殞，墜也）○君子信讒如或醻之（醻，市由反，叶市救反，報也）君子
不惠（愛也）不舒究之（舒，緩。究，察也）伐木掎矣（掎，寄彼反，叶居何反，倚也）析薪杝
矣（杝，敕氏反，叶湯何反，隨其理也）舍彼有罪（舍音捨）予之佗矣（佗，吐賀反，叶湯何反，加也）○莫高
匪山（叶所旃反）莫浚匪泉（浚，蘇俊反）君子無易由言（易，以豉反）耳屬于垣
（屬音燭）無逝我梁無發我笱我躬不閱遑恤我後

弁彼鸒斯

傳鸒卑居卑居鴉烏也集傳小而多羣腹下白江東呼爲鴨烏斯語詞也○鸒稲氏云石磨矢耶烏革落思出加賀白山中腹下白即此也未詳

梓

集傳楸之踈理白色而生子者○通志畧云梓與楸自異生子不生角此説雖非古亦能辨矣

巧言

悠悠昊天，曰父母且。無罪無辜，亂如此憮。昊天已威，予慎無罪。昊天泰憮，予慎無辜。

亂之初生，僭始既涵。亂之又生，君子信讒。君子如怒，亂庶遄沮。君子如祉，亂庶遄已。

君子屢盟，亂是用長。君子信盜，亂是用暴。盜言孔甘，亂是用餤。匪其止共，維王之邛。

奕奕寢廟，君子作之。秩秩大猷，聖人莫之。他人有心，予忖度之。躍躍毚兔，遇犬獲之。

小弁八章章八句

悠悠昊天曰父母且（子餘反 語詞）無罪無辜亂如此憮（火呉反 大也）昊天已威（已 甚也 威 紆胃反）予慎無罪（慎 審也 罪 叶音醉）昊天泰憮（泰 甚也）予慎無辜○亂之初生僭始既涵（僭 側蔭反 涵 音含 容受也）亂之又生君子信讒君子如怒（叶奴五反）亂庶遄沮（遄 市專反 疾也 沮 慈呂反 止也）君子如祉（音恥 猶喜也）亂庶遄已○君子屢盟（屢 數也 盟 叶謨郎反）亂是用長（丁丈反 叶直良反）君子信盜亂是用暴盜言孔甘亂是用餤（餤 音談 進也）匪其止共（音恭）維王之邛（其恭反 病也）○奕奕寢廟君子作之秩秩大猷聖人莫之（莫 定也）他人有心予忖度之（忖 七損反）

荏染柔木，君子樹之。
往來行言，心焉數之。
蛇蛇碩言，出自口矣。
巧言如簧，顏之厚矣。
彼何人斯，居河之麋。
無拳無勇，職爲亂階。
既微且尰，爾勇伊何。
爲猶將多，爾居徒幾何。

何人斯

彼何人斯，其心孔艱。
胡逝我梁，不入我門。
伊誰云從，維暴之云。
二人從行，誰爲此禍。
胡逝我梁，不入唁我。
始者不如今，云不我可。
彼何人斯，胡逝我陳。
我聞其聲，不見其身。
不愧于人，不畏于天。

躍躍毚兔（躍他歷反 毚士咸反）遇犬獲之（獲叶黃郭反）○荏染柔木（荏而甚反）君子樹之（樹叶上主反）往來行言心焉數之（數所主反 辨也）蛇蛇碩言（蛇以支反）出自口矣（口叶孔五反）巧言如簧顏之厚矣（厚叶胡五反）○彼何人斯居河之麋（麋音眉）無拳無勇（拳音權 力也）職爲亂階（叶居溪反）既微且尰（尰市勇反）爾勇伊何爲猶將多（猶謀 將大也）爾居徒幾何（幾音紀 叶居希反）

巧言六章章八句

彼何人斯其心孔艱（孔甚也 艱叶居銀反 險也）胡逝我梁不入我門（叶眉貧反）伊誰云從維暴之云○二人從行誰爲此禍（禍叶胡果反）

彼何人斯，其爲飄風。
胡不自北，胡不自南。
胡逝我梁，祇攪我心。
爾之安行，亦不遑舍。
爾之亟行，遑脂爾車。
壹者之來，云何其盱。
爾還而入，我心易也。
還而不入，否難知也。
壹者之來，俾我祇也。
伯氏吹壎，仲氏吹篪。
及爾如貫，諒不我知。
出此三物，以詛爾斯。
爲鬼爲蜮，則不可得。
有靦面目，視人罔極。
作此好歌，以極反側。

胡逝我梁不入唁我始者不如今云不我可○彼何人斯胡逝我陳我聞其聲不見其身不愧于人不畏于天（叶鐵因反）○彼何人斯其爲飄風（叶孚愔反）胡不自北胡不自南（叶尼心反）胡逝我梁祇攪我心（祇音支　攪交卯反　擾亂也）○爾之安行（安徐也）亦不遑舍（遑暇也　舍叶商居反　息也）爾之亟行（亟紀力反　疾也）遑脂爾車壹者之來云何其盱（況于反　望也）○爾還而入（還反也）我心易也（易以豉反　叶以支反　說也）還而不入否難知也壹者之來俾我祇也（祇安也）○伯氏吹壎（況袁反）仲氏吹篪（音池）及爾如貫諒不我知（諒誠也）出此三物以詛爾斯（詛側助反　斯叶先齊反）○爲鬼爲

巷伯

萋兮斐兮，成是貝錦。彼譖人者，亦已大甚。

哆兮侈兮，成是南箕。彼譖人者，誰適與謀。

緝緝翩翩，謀欲譖人。慎爾言也，謂爾不信。

捷捷幡幡，謀欲譖言。豈不爾受，既其女遷。

驕人好好，勞人草草。蒼天蒼天，視彼驕人，矜此勞人。

彼譖人者，誰適與謀。取彼譖人，投畀豺虎。豺虎不食，投畀有北。有北不受，投畀有昊。

楊園之道，猗于畝丘。寺人孟子，作爲此詩。凡百君子，敬而聽之。

蜮（音域）則不可得有靦面目（靦，土典反）視人罔極作此好歌以極反側

何人斯八章章六句

萋兮斐兮（萋，七西反；斐，孚匪反）成是貝錦彼譖人者亦已大甚（大，音泰；甚，叶食荏反）○哆兮侈兮（哆，昌者反；侈，尺是反）成是南箕彼譖人者誰適與謀（適，丁歷反，主也；謀，叶謨悲反）○緝緝翩翩（緝，七立反；翩，音篇，叶批賓反）謀欲譖人慎爾言也謂爾不信（叶斯人反）○捷捷幡幡（芳煩反，叶芬邅反）謀欲譖言豈不爾受既其女遷（女，音汝）○驕人好好勞人草草蒼天蒼天（叶鐵因反）視彼驕人矜此勞人○彼譖人者（叶掌與反）誰適與

成是貝錦　錫我百朋

傳貝錦錦文也集傳貝水中介蟲也有文彩似錦古者貨貝五貝爲朋○說約埤雅錦文如貝孔疏錦而連貝知爲貝之文也注似從孔氏貝大者或至一尺六七寸九真交趾以爲杯槃故可與小文爲對

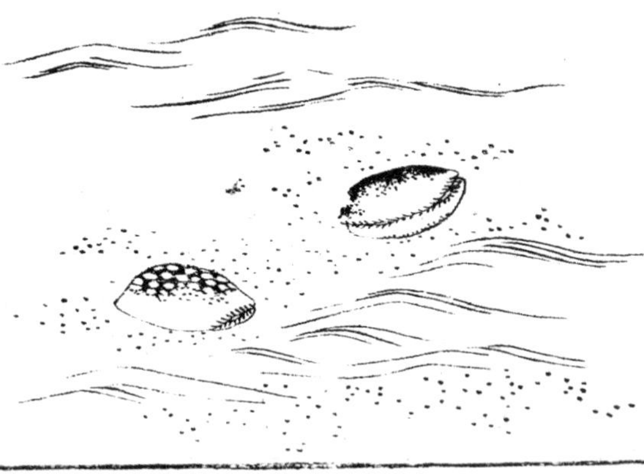

投畀豺虎

急就篇師古註豺深毛而狗足

谷風

習習谷風，維風及雨。
將恐將懼，維予與女。
將安將樂，女轉棄予。
習習谷風，維風及頹。
將恐將懼，寘予于懷。
將安將樂，棄予如遺。
習習谷風，維山崔嵬。
無草不死，無木不萎。
忘我大德，思我小怨。

謀（叶滿補反）取彼譖人投畀豺虎（投棄也豺士皆反）豺虎不食投畀有北有北不受（叶承況反）投畀有昊（叶許侯反）◯楊園之道猗于畝丘（猗於綺反加也丘叶祛奇反）寺人孟子作爲此詩凡百君子敬而聽之

巷伯七章四章章四句一章五句一章八句一章六句

習習谷風維風及雨將恐將懼（將且也恐丘勇反）維予與女（音汝）將安將樂（音洛）女轉棄予（叶演女反）◯習習谷風維風及頹（徒雷反）將恐將懼寘予于懷（寘之豉反與置同懷叶胡隈反）將安將樂棄予如

蓼莪

蓼蓼者莪，匪莪伊蒿。
哀哀父母，生我劬勞。
蓼蓼者莪，匪莪伊蔚。
哀哀父母，生我勞瘁。
缾之罄矣，維罍之恥。
鮮民之生，不如死之久矣。
無父何怙，無母何恃。
出則銜恤，入則靡至。
父兮生我，母兮鞠我。
拊我畜我，長我育我，
顧我復我，出入腹我。
欲報之德，昊天罔極。
南山烈烈，飄風發發。
民莫不穀，我獨何害。
南山律律，飄風弗弗。
民莫不穀，我獨不卒。

遺（叶夷回反）○習習谷風，維山崔嵬（崔徂回反　嵬五回反），無草不死，無木不萎（叶於回反）。忘我大德，思我小怨（叶韻未詳）。

谷風三章，章六句

蓼蓼者莪（蓼音六　莪五河反），匪莪伊蒿（呼毛反）。哀哀父母，生我劬勞。○蓼蓼者莪，匪莪伊蔚（音尉）。哀哀父母，生我勞瘁（似醉反）。○缾之罄矣（罄盡也），維罍之恥。鮮民之生（鮮息淺反），不如死之久矣（久叶舉里反）。無父何怙，無母何恃。出則銜恤（憂也），入則靡至（靡無也）。○父兮生我，母兮鞠我（鞠養也）。拊我畜我（拊音撫　畜許六反　養也），長我育我（長丁丈反），顧我復我（顧旋視也　復反覆也），出入腹我（腹懷抱也）。欲報

匪莪伊蔚

傳蔚牡菣也集傳三月始生四月始華如胡麻華而紫赤八月爲角似小豆角鋭而長○按牡菣二種一爲齊頭蒿一爲馬新蒿陸璣所釋即馬新蒿集傳因之耳

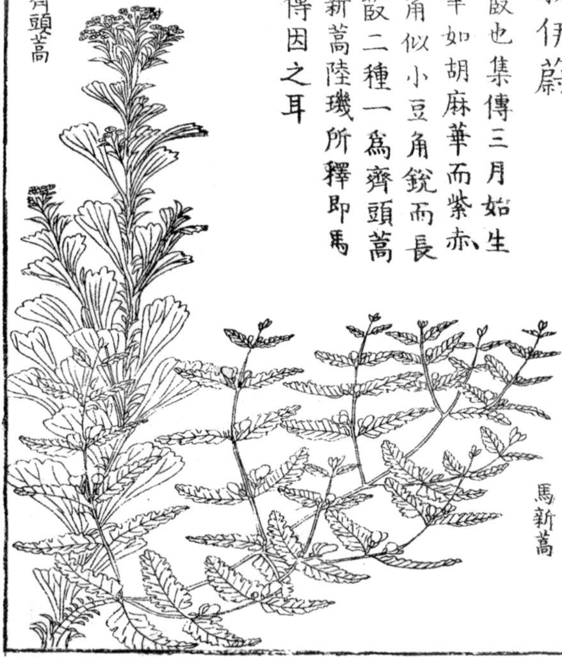

大東

有饛簋飧，有捄棘匕。
周道如砥，其直如矢。
君子所履，小人所視。
睠言顧之，潸焉出涕。
小東大東，杼柚其空。
糾糾葛屨，可以履霜。
佻佻公子，行彼周行。
既往既來，使我心疚。
有冽氿泉，無浸穫薪。
契契寤歎，哀我憚人。
薪是穫薪，尚可載也。
哀我憚人，亦可息也。
東人之子，職勞不來。
西人之子，粲粲衣服。
舟人之子，熊羆是裘。
私人之子，百僚是試。

之德昊天罔極（罔無極窮也）○南山烈烈飄風發發民莫不穀（善也）我獨何害○南山律律飄風弗弗（叶分聿反）民莫不穀我獨不卒（終也）

蓼莪六章章四句二章章八句

有饛簋飧（饛音蒙簋音軌飧音孫）有捄棘匕（捄音求匕必履反）周道如砥（之履反）其直如矢君子所履小人所視（叶善止反）睠（睠音眷反顧也）言顧之潸焉出涕（潸所奸反涕音體）○小東大東（叶都郎反）杼柚其空（杼直呂反柚音逐空叶枯郎反盡也）糾糾葛屨可以履霜佻佻（佻徒彫反）公子行彼周行（叶戶郎反）既往既來（叶六直反）使我心疚（叶訖力反病也）○有冽氿泉（冽音列氿音軌泉叶才匀反）無

浸穫薪〔穫又也〕契契寤歎〔契苦計反〕哀我憚人〔憚丁佐反〕薪是穫薪尚
可載也〔尚庶幾也 載叶節力反〕哀我憚人亦可息也○東人之子
職勞不來〔職專主也 來音賚 叶六直反 慰撫也〕西人之子粲粲衣服〔叶蒲北反〕舟人
之子熊羆是裘〔叶渠之反〕私人之子百僚是試〔申之反 用也〕○或
以其酒不以其漿鞙鞙佩璲〔鞙胡犬反 璲音遂〕不以其長維天
有漢監亦有光〔監古暫反〕跂彼織女〔跂丘豉反〕終日七襄○雖則
七襄不成報章睆彼牽牛〔睆華板反〕不以服箱東有啓明
〔叶謨郎反〕西有長庚〔叶古郎反〕有捄天畢載施之行〔叶戶郎反〕○維南有
箕不可以簸揚〔簸波我反〕維北有斗不可以挹酒漿〔挹音揖〕維

或以其酒，不以其漿。
鞙鞙佩璲，不以其長。
維天有漢，監亦有光。
跂彼織女，終日七襄。

雖則七襄，不成報章。
睆彼牽牛，不以服箱。
東有啓明，西有長庚。
有捄天畢，載施之行。

維南有箕，不可以簸揚。
維北有斗，不可以挹酒漿。
維南有箕，載翕其舌。
維北有斗，西柄之揭。

四月

四月維夏，六月徂暑。先祖匪人，胡寧忍予。
秋日淒淒，百卉具腓。亂離瘼矣，爰其適歸。
冬日烈烈，飄風發發。民莫不穀，我獨何害。
山有嘉卉，侯栗侯梅。廢爲殘賊，莫知其尤。
相彼泉水，載清載濁。我日構禍，曷云能穀。
滔滔江漢，南國之紀。盡瘁以仕，寧莫我有。
匪鱣匪鳶，翰飛戾天。匪鱣匪鮪，潛逃于淵。
山有蕨薇，隰有杞桋。君子作歌，維以告哀。

南有箕載翕其舌（翕許急反引也） 維北有斗西柄之揭（音許）

大東七章章八句

四月維夏（叶後五反）六月徂暑（徂往也）先祖匪人胡寧忍予（叶演女反）○秋日淒淒（七西反）百卉具腓（卉許貴反腓芳非反病也）亂離瘼矣（瘼音莫病也）爰其適歸（爰家語作奚 奚何適之也）○冬日烈烈飄風發發民莫不穀我獨何害（叶音曷）○山有嘉卉侯栗侯梅（侯維也 梅叶莫悲反）廢爲殘賊（廢變也）莫知其尤（叶于其反過也）○相彼泉水（相息亮反視也）載清載濁（叶殊玉反也）我日構禍（構合也）曷云能穀○滔滔江漢（滔吐刀反）南國之紀盡瘁以仕（瘁病也）寧莫我有（叶羽已反）○匪鶉匪鳶（鶉徒丸反 鳶以專反）

鳶

集傳鳶摯鳥也其飛上薄雲漢

匪鶉匪鳶 鶉

傳鶉鵰也鶉

鳶貪殘之鳥

也

北山之什

北山

涉彼北山，言采其杞。偕偕士子，朝夕從事。王事靡盬，憂我父母。

溥天之下，莫非王土。率土之濱，莫非王臣。大夫不均，我從事獨賢。

四牡彭彭，王事傍傍。嘉我未老，鮮我方將。旅力方剛，經營四方。

或燕燕居息，或盡瘁事國。或息偃在牀，或不已于行。

或不知叫號，或慘慘劬勞。或栖遲偃仰，或王事鞅掌。

或湛樂飲酒，或慘慘畏咎。或出入風議，或靡事不爲。

翰飛戾天（叶以旬反）匪鱣匪鮪（鱣張連反 鮪于軌反）潛逃于淵（叶一均反）○山有蕨薇隰有杞桋（音夷）君子作歌維以告哀（叶於希反）

四月八章章四句

北山之什二之六

陟彼北山言采其杞偕偕士子（叶獎里反）朝夕從事王事靡盬憂我父母（叶滿彼反）○溥天之下（溥音普 下叶後五反）莫非王土率土之濱莫非王臣大夫不均我從事獨賢（叶下珍反）○四牡彭彭（叶鋪郎反）王事傍傍（音崩 叶布光反）嘉我未老（嘉善也）鮮我方將（鮮息淺反 少也 將壯也）旅力方剛經營四方○或燕燕居息或盡

無將大車，祇自塵兮。
無思百憂，祇自疷兮。
無將大車，維塵冥冥。
無思百憂，不出于熲。
無將大車，維塵雝兮。
無思百憂，祇自重兮。

瘁事國（瘁病也國叶越逼反）或息偃在牀或不已于行（已止也行叶戶郎反）○或不知叫號（號戶刀反）或慘慘劬勞（慘七感反）或棲遲偃仰（棲音西）或王事鞅掌（鞅於兩反）○或湛樂飲酒（湛都南反）或慘慘畏咎（咎巨九反猶罪過也）或出入風議（風音諷議叶魚羈反）或靡事不為

北山六章三章章六句三章章四句

無將大車（將扶進也）祇自塵兮（祇音支適也）無思百憂祇自疷兮（疷病也）

○無將大車維塵冥冥（冥叶莫迥反）無思百憂不出于熲（熲與耿同古迥反）

○無將大車維塵雝兮（雝於勇於容二反猶蔽也）無思百憂祇自重兮（重直勇直龍二反猶累也）

小明

明明上天，照臨下土。
我征徂西，至于艽野。
二月初吉，載離寒暑。
心之憂矣，其毒大苦。
念彼共人，涕零如雨。
豈不懷歸，畏此罪罟。

昔我往矣，日月方除。
曷云其還，歲聿云莫。
念我獨兮，我事孔庶。
心之憂矣，憚我不暇。
念彼共人，睠睠懷顧。
豈不懷歸，畏此譴怒。

昔我往矣，日月方奧。
曷云其還，政事愈蹙。
歲聿云莫，采蕭穫菽。
心之憂矣，自詒伊戚。
念彼共人，興言出宿。
豈不懷歸，畏此反覆。

無將大車三章章四句

明明上天照臨下土我征徂西（征行徂往也）至于艽野（艽音求野叶上與反）二月初吉載離寒暑心之憂矣其毒大苦（大音泰）念彼共人（共音恭）涕零如雨豈不懷歸（懷思也）畏此罪罟（罟音古）○昔我往矣日月方除（直慮反）曷云其還歲聿云莫（莫音暮）念我獨兮我事孔庶（庶衆也）心之憂矣憚我不暇（憚丁佐反勞也 暇叶胡顧反）念彼共人睠睠懷顧（睠音眷）豈不懷歸畏此譴怒○昔我往矣日月方奧（奧音郁暖也）曷云其還政事愈蹙（子六反急也）歲聿云莫采蕭穫菽心之憂矣自詒伊戚（叶子六反急也）念彼

嗟爾君子，無恆安處。
靖共爾位，正直是與。
神之聽之，式穀以女。
嗟爾君子，無恆安息。
靖共爾位，好是正直。
神之聽之，介爾景福。

鼓鐘

鼓鐘將將，淮水湯湯。
憂心且傷，淑人君子，
懷允不忘。
鼓鐘喈喈，淮水湝湝。
憂心且悲，淑人君子，
其德不回。
鼓鐘伐鼛，淮有三洲。
憂心且妯，淑人君子，
其德不猶。
鼓鐘欽欽，鼓瑟鼓琴。
笙磬同音，以雅以南，
以籥不僭。

共人興言出宿（宿，起也）豈不懷歸畏此反覆（覆，芳福反）○嗟爾君子無恆安處（恆，常也）靖共爾位正直是與（與，猶助也）神之聽之式穀以女（以，猶與也；女，音汝）○嗟爾君子無恆安息靖共爾位好是正直（好，呼報反）神之聽之介爾景福（介，大也；福，筆力反）

小明五章三章章十二句二章章六句

鼓鐘將將（七羊反）淮水湯湯（音傷）憂心且傷淑人君子懷允不忘（懷，思；允，信也）○鼓鐘喈喈（音皆，叶居奚反）淮水湝湝（戶皆反，叶賢雞反）憂心且悲淑人君子其德不回（叶乎爲反；回，邪也）○鼓鐘伐鼛（古毛反，叶居尤反）淮有三洲憂心且妯（敕留反；妯，動也）淑人君子其德不猶

楚茨

楚楚者茨，言抽其棘。
自昔何爲，我蓺黍稷。
我黍與與，我稷翼翼。
我倉既盈，我庾維億。
以爲酒食，以饗以祀。
以妥以侑，以介景福。

濟濟蹌蹌，絜爾牛羊，
以往烝嘗。
或剝或亨，或肆或將，
祝祭于祊。
祀事孔明，先祖是皇，
神保是饗。
孝孫有慶，報以介福，
萬壽無疆。

執爨踖踖，爲俎孔碩。
或燔或炙，君婦莫莫。
爲豆孔庶，爲賓爲客。
獻酬交錯，禮儀卒度，
笑語卒獲。
神保是格，報以介福，
萬壽攸酢。

者也 ○鼓鐘欽欽，鼓瑟鼓琴，笙磬同音，以雅以南（叶尼心反），以籥不僭（籥以灼反。僭子念反，叶七心反，亂也）。

鼓鐘四章，章五句

楚楚者茨，言抽其棘（抽敕留反，除也）。自昔何爲，我蓺黍稷（蓺魚世反）。我黍與與（音餘），我稷翼翼。我倉既盈，我庾維億。以爲酒食，以饗以祀（叶逸織反）。以妥以侑（妥湯果反，侑音又，叶夷益反，勸也），以介景福（介大也。福叶筆力反）。○濟濟蹌蹌（濟子禮反，蹌七羊反），絜爾牛羊，以往烝嘗。或剝或亨（音烹，叶鋪郎反），或肆或將，祝祭于祊（音崩，叶補郎反）。祀事孔明（叶謨郎反，猶備也，著也），先祖是皇（大也，君也），神保是饗（叶虛良反）。孝孫有慶（叶祛羊反），報以介我孔熯矣，式禮莫愆。
工祝致告，徂賚孝孫。
苾芬孝祀，神嗜飲食。
卜爾百福，如幾如式。
既齊既稷，既匡既敕。
永錫爾極，時萬時億。
禮儀既備，鐘鼓既戒。
孝孫徂位，工祝致告。
神具醉止，皇尸載起。
鼓鐘送尸，神保聿歸。
諸宰君婦，廢徹不遲。
諸父兄弟，備言燕私。
樂具入奏，以綏後祿。
爾殽既將，莫怨具慶。
既醉既飽，小大稽首。
神嗜飲食，使君壽考。
孔惠孔時，維其盡之。
子子孫孫，勿替引之。

福萬壽無疆○執爨踖踖（爨七亂反，竈也。踖七亦反，叶七略反）爲俎孔碩（叶常約反）
或燔或炙（燔音煩，炙之救反，叶陟略反）君婦莫莫（音麥，叶木各反）爲豆孔庶（多也）爲
賓爲客（叶克各反）獻酬交錯（酬市由反）禮儀卒度（卒盡也，度叶徒洛反）笑語卒獲
（叶黄郭反）神保是格（叶剛鶴反）報以介福萬壽攸酢（報叶）○我孔
熯矣（熯而善反，竦也）式禮莫愆（叶起巾反）工祝致告徂賚孝孫（叶須倫反）苾
芬孝祀（苾音必，祀叶逸織反）神嗜飲食卜爾百福（卜予也，福叶筆力反）如幾如式
（幾音機）既齊既稷（齊整也，稷疾也）既匡既敕（匡正，敕戒也）永錫爾極時萬
時億○禮儀既備（叶蒲北反）鐘鼓既戒（叶訖力反，告也）孝孫徂位（叶力入反）
工祝致告（叶古得反）神具醉止皇尸載起鼓鐘送尸神保

信南山

信彼南山，維禹甸之。
畇畇原隰，曾孫田之。
我疆我理，南東其畝。
上天同雲，雨雪雰雰。
益之以霢霂，既優既渥，
既霑既足，生我百穀。
疆埸翼翼，黍稷彧彧。
曾孫之穡，以爲酒食。
畀我尸賓，壽考萬年。
中田有廬，疆埸有瓜。
是剥是菹，獻之皇祖。
曾孫壽考，受天之祜。
祭以清酒，從以騂牡，
享于祖考。
執其鸞刀，以啓其毛，
取其血膋。

聿歸諸宰君婦廢徹不遲（廢去也徹直列反） 諸父兄弟備言燕私（叶息夷反）○樂具入奏（叶音族） 以綏後祿爾殽既將莫怨具慶（叶祛羊反）既醉既飽（叶補苟反） 小大稽首神嗜飲食使君壽考（叶去九反） 孔惠孔時維其盡之（盡叶子忍反） 子子孫孫勿替引之（替天帝反 引長也）

楚茨六章章十二句

信彼南山維禹甸之（甸田見反叶徒鄰反治也） 畇畇原隰（畇音匀） 曾孫田之（田叶地因反） 我疆我理南東其畝（叶滿彼反）○上天同雲雨雪雰雰（雨于付反 雰敷云反） 益之以霢霂（霢亡革反 霂音木） 既優既渥（叶烏谷反） 既霑既

是烝是享，苾苾芬芬，
祀事孔明。
先祖是皇，報以介福，
萬壽無疆。

甫田

倬彼甫田，歲取十千。
我取其陳，食我農人。
自古有年。
今適南畝，或耘或耔，
黍稷薿薿。
攸介攸止，烝我髦士。
以我齊明，與我犧羊，
以社以方。
我田既臧，農夫之慶。
琴瑟擊鼓，以御田祖。
以祈甘雨，以介我稷黍，
以穀我士女。

足生我百穀○疆埸翼翼（埸音亦）黍稷彧彧（於六反 叶于逼反）曾孫

之穡以爲酒食畀我尸賓（畀必寐反 與也）壽考萬年（叶泥因反）○中

田有廬疆埸有瓜（叶攻乎反）是剝是菹（側居反）獻之皇祖曾孫

壽考（叶孔五反）受天之祜（侯古反 福也）○祭以清酒從以騂牡（騂息營反）

享于祖考（叶去久反）執其鸞刀以啓其毛取其血膋（音聊 叶音勞）

○是烝是享（烝進也 享叶虛良反）苾苾芬芬祀事孔明（叶謨郎反）先祖是

皇報以介福萬壽無疆

信南山六章章六句

倬彼甫田（倬陟角反 田叶地因反）歲取十千（叶倉新反）我取其陳食我農

曾孫來止，以其婦子，饁彼南畝，田畯至喜。攘其左右，嘗其旨否。禾易長畝，終善且有。曾孫不怒，農夫克敏。

曾孫之稼，如茨如梁。曾孫之庾，如坻如京。乃求千斯倉，乃求萬斯箱。黍稷稻粱，農夫之慶。報以介福，萬壽無疆。

人（食音嗣）自古有年（叶泥因反）今適南畝（適，往也。畝，叶滿彼反）或耘或耔（耔，音子，叶奬里反）

黍稷薿薿（魚起反）攸介攸止（介，大也）烝我髦士（烝，進也。髦，音毛。士，叶鉏里反）〇以

我齊明（齊，與粢同。明，叶謨郎反）與我犧羊以社以方我田既臧（善也）

農夫之慶（叶祛羊反，福也）琴瑟擊鼓以御田祖（御，牙嫁反，迎也）以祈甘

雨以介我稷黍以穀我士女（穀，養也）〇曾孫來止以其

婦子（叶奬里反）饁彼南畝（饁，于輒反，餉也。畝，叶滿彼反）田畯至喜（畯，音俊）攘其左右

（攘，如羊反，取也。右，叶羽已反）嘗其旨否（叶補美反）禾易長畝（易，以豉反，治也。長，竟也）終善且有

（叶羽已反，多也）曾孫不怒農夫克敏（叶母鄙反）〇曾孫之稼如茨如

梁（茨，疾私反）曾孫之庾（羊主反）如坻如京（坻，音池。京，叶居良反）乃求千斯倉乃

大田
大田多稼，既種既戒。
既備乃事，以我覃耜，
俶載南畝，播厥百穀。
既庭且碩，曾孫是若。

既方既皁，既堅既好。
不稂不莠，去其螟螣。
及其蟊賊，無害我田穉。
田祖有神，秉畀炎火。

有渰萋萋，興雨祁祁。
雨我公田，遂及我私。
彼有不穫穉，此有不
斂穧。
彼有遺秉，此有滯穗，
伊寡婦之利。

曾孫來止，以其婦子。
饁彼南畝，田畯至喜。
來方禋祀，以其騂黑。
與其黍稷，以享以祀。
以介景福。

求萬斯箱黍稷稻粱農夫之慶(叶袪羊反)報以介福萬壽
無疆

甫田四章章十句

大田多稼既種(種，章勇反，擇其種也)既戒既備乃事(叶上止反)以我覃耜(覃，以冉反，利也。耜，叶羊里反)
俶載南畝(俶，始。載，事也。畝，叶满彼反)播厥百穀(叶上洛反)既庭且碩(庭，直也。碩，大也。碩，叶常約反)
曾孫是若(若，順也)○既方既皁(叶子苟反)既堅既好(叶許苟反)
不稂不莠(稂，音郎。莠，餘久反)去其螟螣(螟，亡丁反。螣，音特)及其蟊賊(蟊，莫侯反)無害
我田穉(穉，音稚)田祖有神秉畀炎火(叶虎委反)○有渰萋萋(渰，於檢反)
興雨祁祁(萋，七西反)雨我公田(雨，于付反)遂及我私(叶息夷反)彼有不穫

去其螟螣及其蟊賊

螟 螣
蟊 賊

傳食心曰螟食葉曰螣食根曰蟊食節曰賊集傳皆害苗之蟲也○揵爲文學曰此四種蟲皆蝗也實不同故分釋之爾雅翼云今食苗心者乃無足小青蟲既食其葉又以絲纏集衆葉使穗不得展江東謂之横蟲音如横逆之横言其横生又能爲横災也然按蝗字通有横音以爲物雖不同皆害稼之屬也按蝗螽類此方如實感蟲爲然據羅說蝗横災之義然則害禾稼之蟲皆可施四名不必辨其形可也

瞻彼洛矣

瞻彼洛矣，維水泱泱。
君子至止，福祿如茨。
韎韐有奭，以作六師。

瞻彼洛矣，維水泱泱。
君子至止，鞞琫有珌。
君子萬年，保其家室。

瞻彼洛矣，維水泱泱。
君子至止，福祿既同。
君子萬年，保其家邦。

穉此有不斂穧（斂力檢反　穧才計反）彼有遺秉此有滯穗伊寡婦之利○曾孫來止以其婦子饁彼南畝田畯至喜來方禋祀（禋音因　祀叶逸織反）以其騂黑與其黍稷以享以祀以介景福（叶筆力反）

大田四章二章章八句二章章九句

瞻彼洛矣維水泱泱（於良反　韻未詳）君子至止福祿如茨（積也）韎韐有奭（韎音妹　韐音閤　奭許力反）以作六師（作猶起也）○瞻彼洛矣維水泱泱君子至止鞞琫有珌（鞞補頂反　琫必孔反　珌賓一反）君子萬年保其家室○瞻彼洛矣維水泱泱君子至止福祿既同

裳裳者華
裳裳者華，其葉湑兮。
我覯之子，我心寫兮。
我心寫兮，是以有譽處兮。

裳裳者華，芸其黃矣。
我覯之子，維其有章矣。
維其有章矣，是以有慶矣。

裳裳者華，或黃或白。
我覯之子，乘其四駱。
乘其四駱，六轡沃若。

左之左之，君子宜之。
右之右之，君子有之。
維其有之，是以似之。

（猶聚也）君子萬年保其家邦（叶卜工反）

瞻彼洛矣三章章六句

裳裳者華其葉湑兮（湑思呂反）我覯之子（覯見也）我心寫兮我心寫兮（寫叶想與反）是以有譽處兮（處安也）○裳裳者華芸其黃矣（芸黃盛也）我覯之子維其有章矣（章文章也）維其有章矣是以有慶矣（慶叶墟羊反）○裳裳者華或黃或白（白叶僕各反）我覯之子乘其四駱乘其四駱六轡沃若○左之左之（左叶祖戈反）君子宜之（宜叶牛何反）右之右之（右叶羽已反）君子有之（有叶羽已反）維其有之是以似之（似叶養里反）

桑扈之什

桑扈

交交桑扈，有鶯其羽。君子樂胥，受天之祜。

交交桑扈，有鶯其領。君子樂胥，萬邦之屏。

之屏之翰，百辟爲憲。不戢不難，受福不那。

兕觥其觩，旨酒思柔。彼交匪敖，萬福來求。

鴛鴦

鴛鴦于飛，畢之羅之。君子萬年，福祿宜之。

鴛鴦在梁，戢其左翼。君子萬年，宜其遐福。

乘馬在廄，摧之秣之。君子萬年，福祿艾之。

乘馬在廄，秣之摧之。君子萬年，福祿綏之。

裳裳者華四章章六句

桑扈之什二之七

交交桑扈（侯古反）有鶯其羽君子樂胥（樂音洛 胥叶思吕反 語詞）受天之祜（侯古反）○交交桑扈有鶯其領（頸也）君子樂胥萬邦之屏（卑郢反）○之屏之翰（叶胡見反）百辟爲憲（辟音璧 憲法也）不戢不難（戢莊立反）受福不那（多也）（斂也 難叶乃多反 慎也）○兕觥其觩（兕徐履反 觥古横反 觩音求）旨酒思柔（思語詞）彼交匪敖（五報反）萬福來求

桑扈四章章四句

鴛鴦于飛畢之羅之君子萬年福祿宜之（宜叶牛何反）○

鴛鴦于飛

傳鴛鴦匹鳥也○崔豹古今注鴛鴦鳥類雌雄未嘗相離人得其一則一必思而死故謂匹鳥此方所稱屋施是鸂鶒鴛鴦一種而尾有柁者也鴛鴦鸂鶒一類別種而鸂鶒殊美故謝靈運賦云覽水禽之萬類信莫麗於鸂鶒倭中不產鴛鴦時有海船來者

頍弁

有頍者弁，實維伊何。
爾酒既旨，爾殽既嘉。
豈伊異人，兄弟匪他。
蔦與女蘿，施于松柏。
未見君子，憂心奕奕。
既見君子，庶幾說懌。

有頍者弁，實維何期。
爾酒既旨，爾殽既時。
豈伊異人，兄弟具來。
蔦與女蘿，施于松上。
未見君子，憂心怲怲。
既見君子，庶幾有臧。

有頍者弁，實維在首。
爾酒既旨，爾殽既阜。
豈伊異人，兄弟甥舅。
如彼雨雪，先集維霰。
死喪無日，無幾相見。
樂酒今夕，君子維宴。

鴛鴦在梁戢其左翼（戢斂也翼叶筆力反）君子萬年宜其遐福○乘馬在廄（乘繩證反廄音救）摧之秣之（摧音剉莝也秣音末叶莫佩反粟也）君子萬年福祿艾之（艾魚蓋反叶魚肺反養也）乘馬在廄秣之摧之（摧叶徂為來臥二反）君子萬年福祿綏之（綏叶宣佳果二反安也）

鴛鴦四章章四句

有頍者弁（頍缺婢反）實維伊何爾酒既旨（美也）爾殽既嘉（叶居何反善也）豈伊異人兄弟匪他（湯何反）蔦與女蘿（蔦音鳥蘿力多反）施于松柏（施以豉反柏叶逋莫反）未見君子憂心奕奕（叶逋灼反）既見君子庶幾說懌（說音悅懌叶弋灼反）○有頍者弁實維何期（何期猶伊何也）爾酒既旨

蔦與女蘿

傳女蘿兔絲松蘿也集傳女蘿兔絲也蔓連草上黃赤如金〇廣雅兔丘兔絲也女蘿松蘿也陸疏兔絲蔓連草上黃赤如金松蘿自蔓松上生枝正青與兔絲殊異此等說二物辨得明白毛傳既失朱說亦錯遂致混淆說約辨之

蔦與女蘿

傳蔦寄生也集傳葉似當盧子如覆盆子赤黑甜美

車舝

間關車之舝兮，思孌季女逝兮。
匪飢匪渴，德音來括。
雖無好友，式燕且喜。
依彼平林，有集維鷮。
辰彼碩女，令德來教。
式燕且譽，好爾無射。
雖無旨酒，式飲庶幾。
雖無嘉殽，式食庶幾。
雖無德與女，式歌且舞。
陟彼高岡，析其柞薪。
析其柞薪，其葉湑兮。
鮮我覯爾，我心寫兮。
高山仰止，景行行止。
四牡騑騑，六轡如琴。
覯爾新昏，以慰我心。

爾殽既時（善也）豈伊異人兄弟具來（具俱也來叶陵之反）蔦與女蘿施于松上（叶時亮反）未見君子憂心怲怲（兵命反叶兵旺反）既見君子庶幾有臧（叶才浪反善也）○有頍者弁實維在首爾酒既旨爾殽既阜（古九反多也）豈伊異人兄弟甥舅（巨九反）如彼雨雪（雨于付反）先集維霰（音線）死喪無日無幾相見（幾音几）樂酒今夕（樂音洛）君子維宴

頍弁三章章十二句

間關車之舝兮（舝胡瞎下介二反）思孌季女逝兮（孌力兗反逝石刻石例二反往也）匪飢匪渴德音來括（會也）雖無好友（叶羽已反）式燕且喜○依

有集維鷮

傳鷮雉也集傳微小於翟走而且鳴其尾長肉甚美○埤雅薛綜曰雉之健者爲鷮尾長六尺

青蠅
營營青蠅，止于樊。
豈弟君子，無信讒言。
營營青蠅，止于棘。
讒人罔機，交亂四國。
營營青蠅，止于榛。
讒人罔機，構我二人。

依平林有集維鷮（鷮音驕雉也）辰彼碩女（辰時也）令德來教（教叶居爻反）式燕且譽好爾無射（好呼報反 射音亦叶都故反厭也）○雖無旨酒式飲庶幾雖無嘉殽式食庶幾雖無德與女（女音汝）式歌且舞

○陟彼高岡（陟登也）析其柞薪（析音錫 柞才落反 薪叶音襄）析其柞薪其葉湑兮（湑息呂反）鮮我覯爾（鮮息淺反少也 覯見也）我心寫兮（寫叶想羽反）○高山仰止（仰叶五剛反）景行行止（行叶戶郎反）四牡騑騑（騑孚非反）六轡如琴覯爾新昏以慰我心（慰安也）

車舝五章章六句

營營青蠅止于樊（樊音煩叶汾乾反藩也）豈弟君子無信讒言○

營營青蠅 見蒼蠅

卷髮如蠆

箋蠆螫蟲也尾末捷然似婦人髮末曲上卷然○釋文通俗文云長尾爲蠆短尾爲蠍

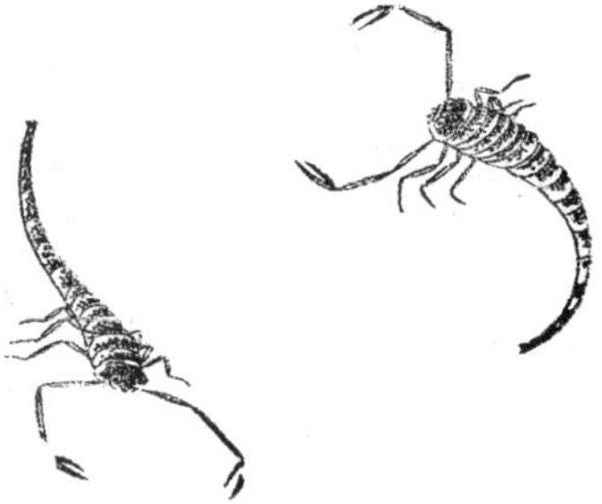

賓之初筵，左右秩秩。
籩豆有楚，殽核維旅。
酒既和旨，飲酒孔偕。
鐘鼓既設，舉醻逸逸。
大侯既抗，弓矢斯張。
射夫既同，獻爾發功。
發彼有的，以祈爾爵。

籥舞笙鼓，樂既和奏。
烝衎烈祖，以洽百禮。
百禮既至，有壬有林。
錫爾純嘏，子孫其湛。
其湛曰樂，各奏爾能。
賓載手仇，室人入又。
酌彼康爵，以奏爾時。

賓之初筵，溫溫其恭。
其未醉止，威儀反反。
曰既醉止，威儀幡幡。
舍其坐遷，屢舞僊僊。
其未醉止，威儀抑抑。
曰既醉止，威儀怭怭。
是曰既醉，不知其秩。

營營青蠅，止于棘。讒人罔極（極猶已也），交亂四國（叶越逼反）。○營營青蠅，止于榛（士巾反）。讒人罔極，構我二人（構古豆反，合也）。

青蠅三章章四句

賓之初筵，左右秩秩（無韻未詳，後三四章放此）。籩豆有楚，殽核維旅（殽戶交反。核戶革反。旅陳也）。酒既和旨，飲酒孔偕（孔甚也。偕音皆，叶舉里反，齊一也）。鐘鼓既設（叶書質反），舉醻（醻市由反）逸逸。大侯既抗（叶居郎反，張也），弓矢斯張，射夫既同，獻爾發功。發彼有的（叶丁藥反），以祈爾爵（祈求也）。○籥舞笙鼓，樂既和奏（叶宗五反）。烝衎烈祖（烝進也。衎苦旦反，樂也），以洽百禮（洽合也）。百禮既至，有壬有林（壬大，林盛也）。錫爾純嘏，子孫其湛（都南反，叶持林反，樂）

賓既醉止，載號載呶。
亂我籩豆，屢舞僛僛。
是曰既醉，不知其郵。
側弁之俄，屢舞傞傞。
既醉而出，並受其福。
醉而不出，是謂伐德。
飲酒孔嘉，維其令儀。
凡此飲酒，或醉或否。
既立之監，或佐之史。
彼醉不臧，不醉反恥。
式勿從謂，無俾大怠。
匪言勿言，匪由勿語。
由醉之言，俾出童羖。
三爵不識，矧敢多又。

也 其湛曰樂（音洛） 各奏爾能（叶奴金反） 賓載手仇（音拘，叶求其二音，讀曰𣂏） 室人入又（叶由怡二音） 酌彼康爵以奏爾時（叶酬時二音，時祭也） ○賓之初筵溫溫其恭其未醉止威儀反反（叶分遭反） 曰既醉止威儀幡幡（叶分遭反） 舍其坐遷（舍音捨，遷徙也） 屢舞僊僊（僊數也） 其未醉止威儀抑抑曰既醉止威儀怭怭（毗必反） 是曰既醉不知其秩（常也） ○賓既醉止載號載呶（號呼毛反，呼也；呶女交反，讙也） 亂我籩豆屢舞僛僛（起其反） 是曰既醉不知其郵（叶于其反，過也） 側弁之俄（俄傾也） 屢舞傞傞（素多反） 既醉而出（去也） 並受其福（叶筆力反） 醉而不出是謂伐德（伐害也） 飲酒孔嘉（叶居何反，孔甚也） 維其令儀（叶牛何反） ○凡此飲酒或醉或否（否叶補美反）既立之監或佐之史彼醉不臧不醉反恥式勿從謂（謂叶告也）無俾大怠（大音泰，怠叶養里反）匪言勿言匪由勿語（由從也）由醉之言俾出童羖（羖音古）三爵不識矧敢多又（叶失志二音記也。矧失引反，又叶夷益夷豉二反）

賓之初筵五章章十四句

○魚在在藻有頒其首（頒符云反）王在在鎬豈樂飲酒（豈苦在反，樂音洛）

○魚在在藻有莘其尾（莘所巾反，長也）王在在鎬飲酒樂豈

○魚在在藻依于其蒲王在在鎬有那其居（那乃多反，叶奴主幾反。居安也，處也）

魚藻

魚在在藻，有頒其首。王在在鎬，豈樂飲酒。
魚在在藻，有莘其尾。王在在鎬，飲酒樂豈。
魚在在藻，依于其蒲。王在在鎬，有那其居。

采菽

采菽采菽，筐之筥之。君子來朝，何錫予之。雖無予之，路車乘馬。又何予之，玄衮及黼。

觱沸檻泉，言采其芹。君子來朝，言觀其旂。其旂淠淠，鸞聲嘒嘒。載驂載駟，君子所屆。

赤芾在股，邪幅在下。彼交匪紓，天子所予。樂只君子，天子命之。樂只君子，福祿申之。

維柞之枝，其葉蓬蓬。樂只君子，殿天子之邦。樂只君子，萬福攸同。平平左右，亦是率從。

汎汎楊舟，紼纚維之。樂只君子，天之葵之。樂只君子，福祿膍之。優哉游哉，亦是戾矣。

魚藻三章章四句

采菽采菽筐之筥之（筐音匡 筥音舉）君子來朝（朝音潮）何錫予之（予音與）雖無予之路車乘馬（乘繩證反 馬叶滿補反）又何予之玄衮及黼（衮古本反 黼音甫）○觱沸檻泉（觱音必 沸音弗 檻胡覽反 泉叶才勻反）言采其芹（芹音勤）君子來朝言觀其旂（旂音祈 叶巨斤反）其旂淠淠（淠匹弊反）鸞聲嘒嘒（嘒呼惠反）載驂載駟（驂七南反）君子所屆（屆叶居氣反 至也）○赤芾在股（芾音弗）邪幅在下（下叶后五反）彼交匪紓（紓音舒 叶上與反 緩也）天子所予（予音與）樂只君子（樂音洛 只音止）天子命之（命叶彌并反）樂只君子福祿申之○維柞之枝其葉蓬蓬樂只君子殿天子之邦（殿多見反 鎮也 邦叶卜工反）樂只君

言采其芹

箋芹菜也集傳水草可食

終朝采綠 見前

箋綠王芻也易得之菜也

終朝采藍

箋藍染草也藍有數種一種蓼藍此方多種

白華菅兮 見前

傳白華野菅也已漚爲菅○孔疏此白華亦是茅菅類也漚之柔韌異其名謂之爲菅因謂在野未漚者爲野菅也

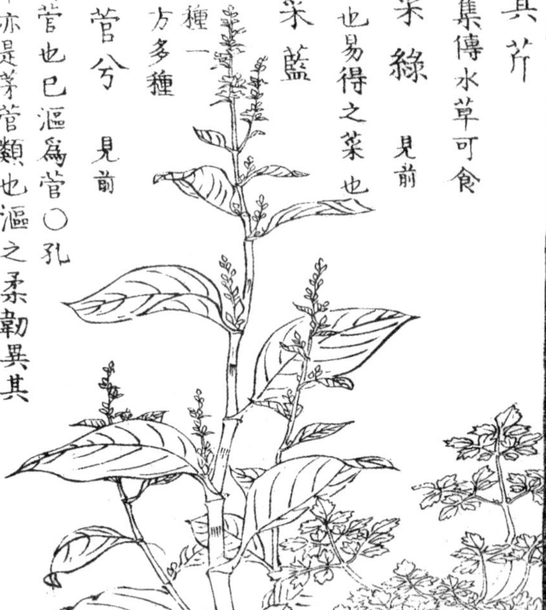

維柞之枝

箋柞之葉新將生故乃落于地集傳櫟也柞棫拔矣註枝長葉盛叢生有刺○孔疏柞葉新將生故乃落于地其枝常有葉嚴緝曹氏曰柞堅忍之木其葉附著甚固必乃鑿子木但柞棫之柞當作柞櫟看而集傳似混柞櫟見栩

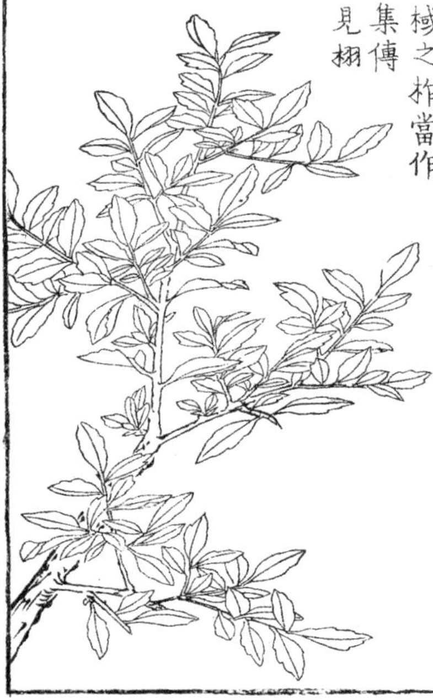

角弓

騂騂角弓，翩其反矣。
兄弟昏姻，無胥遠矣。
爾之遠矣，民胥然矣。
爾之教矣，民胥傚矣。
此令兄弟，綽綽有裕。
不令兄弟，交相爲瘉。
民之無良，相怨一方。
受爵不讓，至于已斯亡。
老馬反爲駒，不顧其後。
如食宜饇，如酌孔取。
毋教猱升木，如塗塗附。
君子有徽猷，小人與屬。
雨雪瀌瀌，見晛曰消。
莫肯下遺，式居婁驕。
雨雪浮浮，見晛曰流。
如蠻如髦，我是用憂。

子萬福攸同平平左右(平婢延反)亦是率從(率循也)○汎汎楊舟(汎芳劍反)紼纚維之(紼音弗 纚音黎)樂只君子天子葵之(葵揆也揆猶度也)樂只君子福祿膍之(膍音毗厚也)優哉游哉亦是戾矣(戾叶郎之反至也)

采菽五章章八句

騂騂角弓(騂息營反)翩其反矣(翩匹然反叶分邅反)兄弟昏姻無胥遠矣(胥相也遠叶於圓反)○爾之遠矣民胥然矣爾之敎矣民胥傚矣○此令兄弟(令善也)綽綽有裕(裕預與二音饒也)不令兄弟交相爲瘉(瘉預與二音病也)○民之無良相怨一方受爵不讓(叶如羊反)至于已斯亡○老馬反爲駒(叶去聲)不顧其後(叶下故反)如食宜

毋教猱升木

傳猱猨屬箋猱之性善登木集傳猱獼猴也〇孔疏猱則猨之輩屬非猨也陸璣云猱獼猴也楚人謂之沐猴老者爲玃長臂者爲猨猨之白腰者爲獑胡獑胡猨駿捷於獼猴然則猱猨其類大同也

菀柳

有菀者柳，不尚息焉。
上帝甚蹈，無自暱焉。
俾予靖之，後予極焉。

有菀者柳，不尚愒焉。
上帝甚蹈，無自瘵焉。
俾予靖之，後予邁焉。

有鳥高飛，亦傅于天。
彼人之心，于何其臻。
曷予靖之，居以凶矜。

饇（饇音御。饇，於據反，飽也。）如酌孔取（孔，甚也。取，叶音娶。）○毋教猱升木，如塗塗附。君子有徽猷，小人與屬（屬音蜀，叶殊遇反，附也。）○雨雪瀌瀌（雨，于付反。瀌，符驕反），見晛曰消（晛音現，日氣也。曰音越），莫肯下遺（下，遐嫁反），式居婁驕（婁，力住反。荀子作屢）。○雨雪浮浮，見晛曰流。如蠻如髦（髦，叶莫侯反），我是用憂。

角弓八章，章四句。

有菀者柳（菀音鬱），不尚息焉（尚，庶幾也）。上帝甚蹈（蹈當作神。戰國策作神），無自暱焉（暱，近也）。俾予靖之（靖，安也），後予極焉。○有菀者柳，不尚愒焉（愒，丘例反，息也）。上帝甚蹈，無自瘵焉（瘵音祭，叶子例反，病也）。俾予靖之，後予邁焉（邁，叶力制反，過也）。○有鳥高飛，亦傅于天（傅音附，至也。天，叶鐵因反）。彼人

都人士之什

都人士

彼都人士，狐裘黄黄。
其容不改，出言有章。
行歸于周，萬民所望。

彼都人士，臺笠緇撮。
彼君子女，綢直如髮。
我不見兮，我心不說。

彼都人士，充耳琇實。
彼君子女，謂之尹吉。
我不見兮，我心苑結。

彼都人士，垂帶而厲。
彼君子女，卷髮如蠆。
我不見兮，言從之邁。

匪伊垂之，帶則有餘。
匪伊卷之，髮則有旟。
我不見兮，云何盱矣。

之心于何其臻（至也） 曷予靖之居以凶矜

菀柳三章章六句

都人士之什二之八

彼都人士狐裘黄黄其容不改出言有章行歸于周萬民所望（叶音亡）○彼都人士臺笠緇撮（七活反叶祖悅反）彼君子女綢直如髮（綢直留反 髮叶方月反）我不見兮我心不說（音悅）○彼都人士充耳琇實（琇音秀）彼君子女謂之尹吉我不見兮我心苑結（苑於粉反 結叶繳質反）○彼都人士垂帶而厲（叶落蓋反）彼君子女卷髮如蠆（卷音權 蠆敕邁反）我不見兮言從之邁（行也）○

采綠

終朝采綠，不盈一匊。
予髮曲局，薄言歸沐。
終朝采藍，不盈一襜。
五日爲期，六日不詹。
之子于狩，言韔其弓。
之子于釣，言綸之繩。
其釣維何，維魴及鱮。
維魴及鱮，薄言觀者。

黍苗

芃芃黍苗，陰雨膏之。
悠悠南行，召伯勞之。
我任我輦，我車我牛。
我行既集，蓋云歸哉。

匪伊垂之帶則有餘匪伊卷之髮則有旟（揚也）我不見兮云何盱矣（盱音虛反望也）

都人士五章章六句

終朝采綠不盈一匊（弓六反）予髮曲局薄言歸沐○終朝采藍（盧談反）不盈一襜（尺占反叶都甘反）五日爲期六日不詹（音占叶都甘反與瞻同）○之子于狩（尺救反）言韔其弓（韔敕亮反弓叶姑弘反）之子于釣言綸之繩（綸理絲曰綸）○其釣維何維魴及鱮（魴音房鱮音敘叶音湑）維魴及鱮薄言觀者（叶掌與反）

采綠四章章四句

我徒我御，我師我旅。
我行既集，蓋云歸處。
肅肅謝功，召伯營之。
烈烈征師，召伯成之。
原隰既平，泉流既清。
召伯有成，王心則寧。

隰桑

隰桑有阿，其葉有難。
既見君子，其樂如何。
隰桑有阿，其葉有沃。
既見君子，云何不樂。
隰桑有阿，其葉有幽。
既見君子，德音孔膠。
心乎愛矣，遐不謂矣。
中心藏之，何日忘之。

芃芃（芃蒲東反）黍苗陰雨膏之（膏古報反）悠悠南行召伯勞之（勞力報反）○我任我輦（輦力展反）我車我牛（牛叶魚其反）我行既集（集成也）蓋云歸哉（歸叶將黎反）○我徒我御我師我旅我行既集蓋云歸處○肅肅謝功召伯營之（營治也）烈烈征師召伯成之○原隰既平泉流既清召伯有成王心則寧

黍苗五章章四句

隰桑有阿其葉有難（難乃多反）既見君子其樂如何（樂音洛）○隰桑有阿其葉有沃（沃叶烏酷反）既見君子云何不樂○隰桑有阿其葉有幽（幽叶於交反）既見君子德音孔膠（膠音交固也）○

白華

白華菅兮，白茅束兮。
之子之遠，俾我獨兮。

英英白雲，露彼菅茅。
天步艱難，之子不猶。

滮池北流，浸彼稻田。
嘯歌傷懷，念彼碩人。

樵彼桑薪，卬烘于煁。
維彼碩人，實勞我心。

鼓鐘于宮，聲聞于外。
念子懆懆，視我邁邁。

有鶖在梁，有鶴在林。
維彼碩人，實勞我心。

鴛鴦在梁，戢其左翼。
之子無良，二三其德。

有扁斯石，履之卑兮。
之子之遠，俾我疷兮。

心乎愛矣(愛叶許既反)遐不謂矣(遐與何同 謂猶告也)中心藏之何日忘之

隰桑四章章四句

白華菅兮(華音花 菅音姦)白茅束兮之子之遠俾我獨兮(俾使也)○英英白雲露彼菅茅(叶莫侯反)天步艱難之子不猶(猶圖也)○滮池北流(滮符彪反)浸彼稻田(叶地因反)嘯歌傷懷念彼碩人○樵彼桑薪(樵徂焦反采也)卬烘于煁(卬五郎反我也 烘火東反燎也 煁市林反)維彼碩人實勞我心○鼓鐘于宮聲聞于外(聞音問)念子懆懆(七到反)視我邁邁○有鶖在梁(鶖音秋)有鶴在林維彼碩人實

有鶖在梁

傳鶖秃鶖也箋鶖之性貪惡○秃鶖一名扶老狀如鶴而大頭項皆無毛張翼廣五六尺舉頭高七八尺鳥之大者魯語海鳥曰爰居止于東門之外是也

緜蠻
緜蠻黄鳥，止于丘阿。
道之云遠，我勞如何。
飲之食之，教之誨之，
命彼後車，謂之載之。
緜蠻黄鳥，止于丘隅。
豈敢憚行，畏不能趨。
飲之食之，教之誨之，
命彼後車，謂之載之。
緜蠻黄鳥，止于丘側。
豈敢憚行，畏不能極。
飲之食之，教之誨之，
命彼後車，謂之載之。

勞我心○鴛鴦在梁戢其左翼之子無良善也 一二三
其德○有扁斯石扁步典反履之卑兮之子之遠俾我疷
兮俾使也疷都禮反又叫喬移反病也

白華八章章四句

緜蠻黄鳥止于丘阿道之云遠我勞如何飲之食
之飲於鴆反食音嗣教之誨之命彼後車謂之載之○緜蠻黄
鳥止于丘隅豈敢憚行憚畏也畏不能趨飲之食之教
之誨之命彼後車謂之載之○緜蠻黄鳥止于丘
側豈敢憚行畏不能極至也飲之食之教之誨之命

瓠葉

幡幡瓠葉，采之亨之。君子有酒，酌言嘗之。
有兔斯首，炮之燔之。君子有酒，酌言獻之。
有兔斯首，燔之炙之。君子有酒，酌言酢之。
有兔斯首，燔之炮之。君子有酒，酌言醻之。

彼後車謂之載之

緜蠻三章章八句

幡幡瓠葉（幡孚煩反）采之亨之（亨叶鋪郎反）君子有酒酌言嘗之○有兔斯首（兔它故反）炮之燔之（炮白交反 燔音煩叶汾乹反）君子有酒酌言獻之（獻叶虚言反）○有兔斯首燔之炙之（炙音隻叶陟畧反）君子有酒酌言酢之（酢才洛反報也）○有兔斯首燔之炮之（炮叶蒲侯反）君子有酒酌言醻之（醻市周反）

瓠葉四章章四句

漸漸之石（漸士銜反）維其高矣山川悠遠維其勞矣武人

漸漸之石
漸漸之石，維其高矣。
山川悠遠，維其勞矣。
武人東征，不遑朝矣。
漸漸之石，維其卒矣。
山川悠遠，曷其沒矣。
武人東征，不遑出矣。
有豕白蹢，烝涉波矣。
月離于畢，俾滂沱矣。
武人東征，不遑他矣。

苕之華
苕之華，芸其黃矣。
心之憂矣，維其傷矣。
苕之華，其葉青青。
知我如此，不如無生。
牂羊墳首，三星在罶。
人可以食，鮮可以飽。

東征不遑朝矣（遑暇也朝叶直高反）○漸漸之石維其卒矣（卒在律反）山川悠遠曷其沒矣（曷何也沒叶莫筆反盡也）武人東征不遑出矣○有豕白蹢（音的蹄也）烝涉波矣（烝衆也）月離于畢（離月所宿也）俾滂沱矣（滂普郎反沱徒何反）武人東征不遑他矣（他湯河反）

漸漸之石三章章六句

苕之華（苕音條華音花）芸其黃矣（芸音云）心之憂矣維其傷矣○苕之華其葉青青（子零反）知我如此不如無生（叶桑經反）○牂羊墳首（牂子桑反墳扶云反）三星在罶（音柳）人可以食鮮可以飽（鮮息淺反飽叶補苟反）

苕之華芸其黄矣

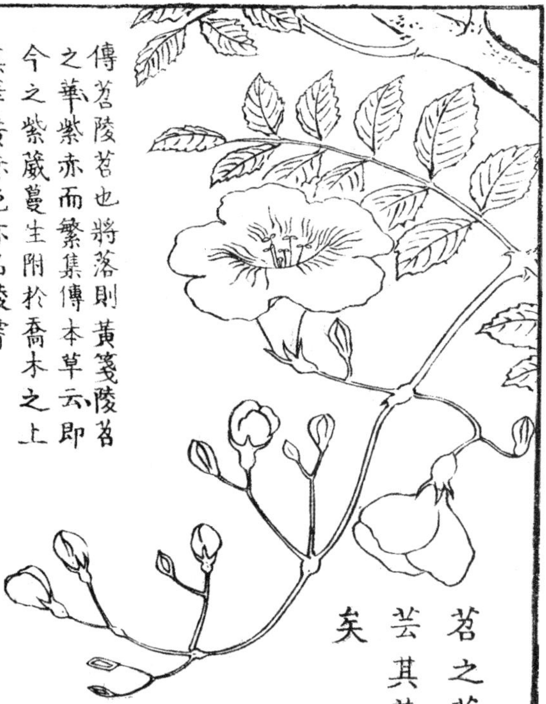

傳苕陵苕也將落則黄箋陵苕之華紫赤而繁集傳本草云即今之紫葳蔓生附於喬木之上其華黄赤色亦名凌霄

何草不黃
何草不黃，何日不行。
何人不將，經營四方。
何草不玄，何人不矜。
哀我征夫，獨爲匪民。
匪兕匪虎，率彼曠野。
哀我征夫，朝夕不暇。
有芃者狐，率彼幽草。
有棧之車，行彼周道。

苕之華三章章四句

何草不黃何日不行（叶戶郎反）何人不將（行也）經營四方○何草不玄（叶胡匀反）何人不矜（古頑反叶居陵反）哀我征夫獨爲匪民○匪兕匪虎（兕徐履反）率彼曠野（叶上與反）哀我征夫朝夕不暇（叶後五反）○有芃者狐（芃薄工反）率彼幽草有棧之車（棧士板反）行彼周道

何草不黃四章章四句

大雅三

文王之什三之一

匪兕匪虎

傳兕虎野獸也集傳兕野牛一角青色重千斤○典籍便覽其皮堅厚可以制鎧或云兕即犀之㹀者一角長三尺又云古人多言兕今人多言犀北人多言兕南人多言犀

大雅

文王之什

文王

文王在上，於昭于天。
周雖舊邦，其命維新。
有周不顯，帝命不時。
文王陟降，在帝左右。

亹亹文王，令聞不已。
陳錫哉周，侯文王孫子。
文王孫子，本支百世。
凡周之士，不顯亦世。

世之不顯，厥猶翼翼。
思皇多士，生此王國。
王國克生，維周之楨。
濟濟多士，文王以寧。

文王在上於（音烏）昭（明也）于天（叶鐵因反）周雖舊邦其命維新有周不顯帝命不時（叶上紙反）文王陟降在帝左右（叶羽已反）○亹亹（音尾）文王令聞（音問）不已陳（猶敷也）錫哉（語辭）周侯文王孫子（侯，維也。子，叶獎里反）文王孫子本支百世凡周之士不顯亦世○世之不顯厥猶（謀也）翼翼思（語辭）皇（美也）多士生此王國（叶于逼反）王國克生維周之楨（音貞，幹也）濟濟（子禮反）多士文王以寧○穆穆文王於緝（七入反）熙敬止假（古雅反，大也）哉天命有商孫子商之孫子其麗（數也）不億上帝既命侯于周服（侯，維也。服，叶蒲北反）○侯服于周天命靡常殷士膚敏祼將穆穆文王，於緝熙敬止。
假哉天命，有商孫子。
商之孫子，其麗不億。
上帝既命，侯于周服。
侯服于周，天命靡常。
殷士膚敏，祼將于京。
厥作祼將，常服黼冔。
王之藎臣，無念爾祖。
無念爾祖，聿修厥德。
永言配命，自求多福。
殷之未喪師，克配上帝。
宜鑒于殷，駿命不易。
命之不易，無遏爾躬。
宣昭義問，有虞殷自天。
上天之載，無聲無臭。
儀刑文王，萬邦作孚。

于京（祼古亂反 京叶居良反）厥作祼將常服黼冔（黼音甫 冔況甫反）王之藎臣（才刃反）無念爾祖○無念爾祖聿修厥德（聿于筆反 發語辭）永言配命（永長也）自求多福（叶筆力反）殷之未喪師（喪息浪反 師衆也）克配上帝宜鑒于殷駿命不易（駿音峻 易以豉反）○命之不易無遏爾躬（遏絶也 躬也）（叶姑弘反）宣昭義問（問聞通）有虞殷自天（有又通 虞度也 天叶鐵因反）上天之載（載事也）無聲無臭（叶初尤反）儀刑文王萬邦作孚（叶居尤反 孚信也）

文王七章章八句

明明在下赫赫在上（叶辰羊反）天難忱斯（忱市林反 信也）不易維王（易以豉反）天位殷適（適音的）使不挾四方（挾子燮反 有也）○摯仲氏任（摯音至 任壬）

大明

明明在下，赫赫在上。
天難忱斯，不易維王。
天位殷適，使不挾四方。

摯仲氏任，自彼殷商，
來嫁于周，曰嬪于京。
乃及王季，維德之行。
大任有身，生此文王。

維此文王，小心翼翼。
昭事上帝，聿懷多福。
厥德不回，以受方國。

天監在下，有命既集。
文王初載，天作之合。
在洽之陽，在渭之涘。
文王嘉止，大邦有子。

大邦有子，俔天之妹。
文定厥祥，親迎于渭。
造舟爲梁，不顯其光。

（音壬）自彼殷商來嫁于周曰嬪于京（嬪毗申反 京叶居良反）乃及王季維德之行（叶戶良反）大任有身（大音泰 身叶尸羊反 懷孕也）生此文王○維此文王小心翼翼昭事上帝（昭明也）聿懷多福（懷來也 福叶筆力反）厥德不回（回邪也）以受方國（叶越逼反）○天監在下有命既集（叶昨合反 就也）文王初載（載年也）天作之合在洽之陽在渭之涘（涘音士 叶羽已反）文王嘉止大邦有子（子叶奬里反）○大邦有子俔天之妹（俔牽遍反 譬也）文定厥祥親迎于渭（迎魚敬反）造舟爲梁（造作也）不顯其光○有命自天命此文王于周于京（叶居良反）纘女維莘（纘子管反 繼也 莘所巾反）長子維行（長丁丈反 行叶戶郎反 嫁也）篤生武王（篤厚也）保右命爾

有命自天，命此文王。
于周于京，纘女維莘。
長子維行，篤生武王。
保右命爾，燮伐大商。
殷商之旅，其會如林。
矢于牧野，維予侯興。
上帝臨女，無貳爾心。
牧野洋洋，檀車煌煌，
駟騵彭彭。
維師尚父，時維鷹揚，
涼彼武王。
肆伐大商，會朝清明。

（右音佑助也）燮伐大商（燮和也）○殷商之旅其會如林矢于牧
野（矢陳也）維予侯興（侯維也 興叶音歆）上帝臨女（女音汝）無貳爾心（貳疑也）○
牧野洋洋檀車煌煌駟騵彭彭（騵音元 彭叶鋪郎反）維師尚父時
維鷹揚涼彼武王（涼音亮 漢書作亮 佐助也）肆伐大商會朝清明（明叶謨郎反）

大明八章四章章六句四章章八句

緜緜瓜瓞（瓞田節反）民之初生自土沮漆（沮七余反 漆音七）古公亶父
（亶都但反 父音甫）陶復陶穴（陶音桃 復音福 穴叶戶橘反）未有家室○古公亶父來
朝走馬（朝早也 馬叶滿補反）率西水滸（滸呼五反）至于岐下（下叶後五反）爰及姜女
聿來胥宇（胥相也）○周原膴膴（膴音武）堇荼如飴（堇音謹 飴音移 餳也）爰始

緜

緜緜瓜瓞。民之初生，自土沮漆。古公亶父，陶復陶穴，未有家室。

古公亶父，來朝走馬。率西水滸，至于岐下。爰及姜女，聿來胥宇。

周原膴膴，堇荼如飴。爰始爰謀，爰契我龜。曰止曰時，築室于茲。

迺慰迺止，迺左迺右，迺疆迺理，迺宣迺畝，自西徂東，周爰執事。

乃召司空，乃召司徒，俾立室家。其繩則直，縮版以載，作廟翼翼。

捄之陾陾，度之薨薨，築之登登，削屢馮馮，百堵皆興，鼛鼓弗勝。

爰謀[叶謀悲反]爰契我龜[契苦計反]曰止曰時築室于茲[叶津之反]○迺慰迺止[慰安也止居也]迺左迺右[叶羽已反]迺疆迺理迺宣迺畝[叶滿彼反]自西徂東周爰執事[周徧也事叶上止反]○乃召司空乃召司徒俾立室家[叶古胡反]其繩則直縮版以載[縮色六反束也載叶節力反]作廟翼翼○捄之陾陾[捄音俱陾耳升反]度之薨薨[度待洛反]築之登登削屢馮馮[削屢削治重複也馮扶冰反]百堵皆興[堵丁古反興起也]鼛鼓弗勝[鼛音皋勝音升]○迺立皋門皋門有伉[伉苦浪反叶苦郎反]迺立應門應門將將[將七羊反]迺立冢土戎醜攸行[行叶戶郎反]○肆不殄厥慍[肆故今也猶言遂也殄田典反絕也慍紆問反怒也]亦不隕厥問[隕韻敏反墜也問聞通]柞棫拔矣[柞子洛反棫音域拔蒲貝反]行道兌矣

迺立皋門，皋門有伉。
迺立應門，應門將將。
迺立冢土，戎醜攸行。
肆不殄厥愠，亦不隕厥問。
柞棫拔矣，行道兌矣。
混夷駾矣，維其喙矣。
虞芮質厥成，文王蹶厥生。
予曰有疏附，予曰有先後，予曰有奔奏，予曰有禦侮。

棫樸

芃芃棫樸，薪之槱之。
濟濟辟王，左右趣之。
濟濟辟王，左右奉璋。
奉璋峩峩，髦士攸宜。
淠彼涇舟，烝徒楫之。
周王于邁，六師及之。
倬彼雲漢，爲章于天。
周王壽考，遐不作人。
追琢其章，金玉其相。
勉勉我王，綱紀四方。

（兌吐外反通也）混夷駾矣（混音昆駾徒對反突也）維其喙矣（喙叶貴反息也）○虞芮質厥成（芮如銳反質正也成平也）文王蹶厥生（蹶居衛反或曰動而疾也生叶桑經反猶起也）予曰有疏附（叶上聲）予曰有先後（先息薦反後胡豆反叶下五反）予曰有奔奏（奏與走通叶宗五反）予曰有禦侮

緜九章章六句

芃芃棫樸（芃薄紅反棫雨逼反樸音卜）薪之槱之（槱音酉積也）濟濟辟王（濟子禮反辟音璧）左右趣之（趣叶此苟反）○濟濟辟王左右奉璋奉璋峩峩（峩叶五歌反）髦士攸宜（宜叶牛何反）○淠彼涇舟（淠匹世反涇音經）烝徒楫之（楫音接叶籍入反櫂也）周王于邁（于往邁行也）六師及之○倬彼雲漢（倬陟角反[illegible]）爲

時維鷹揚

裴氏新書鷹在衆鳥間若睡寐然故積怒而後全剛生焉詩大雅維師尚父時維鷹揚言其武之奮揚也

堇荼如飴

傳堇菜也集傳堇烏頭也○孔疏謂堇即烏頭集傳從之然此堇非烏頭古義辨之唐本草注堇菜野生非人所種葉似蕺花紫色此云思窽列也荼苦菜

旱麓

瞻彼旱麓，榛楛濟濟。豈弟君子，干祿豈弟。

瑟彼玉瓚，黃流在中。豈弟君子，福祿攸降。

鳶飛戾天，魚躍于淵。豈弟君子，遐不作人。

清酒既載，騂牡既備。以享以祀，以介景福。

瑟彼柞棫，民所燎矣。豈弟君子，神所勞矣。

莫莫葛藟，施于條枚。豈弟君子，求福不回。

章于天（叶鐵因反）周王壽考遐不作人（遐與何同）○追琢其章（追對迴反）

（琢陟角反）金玉其相（相質也）勉勉我王綱紀四方

棫樸五章章四句

瞻彼旱麓（麓音鹿）榛楛濟濟（楛音古濟子禮反）豈弟君子干祿豈弟

○瑟彼玉瓚（瑟所乙反瓚才旱反）黃流在中豈弟君子福祿攸降

（攸所也降叶乎攻反下也）○鳶飛戾天（鳶弋專反戾至也天叶鐵因反）魚躍于淵（叶一均反）豈弟君

子遐不作人（遐何也）○清酒既載（叶節力反）騂牡既備（騂息營反備叶蒲北反）

以享以祀（叶逸織反）以介景福（叶筆力反）○瑟彼柞棫民所燎矣

（燎力召反爨也）豈弟君子神所勞矣（勞力報反）○莫莫葛藟（藟力軌反）施于

條枚

條枚（條以豉反 枚莫回反）豈弟君子求福不回（回邪也）

旱麓六章章四句

思齊大任（思語辭 齊側皆反 莊也 大音泰）文王之母（莫後反）思媚周姜（媚美記反 愛也）京室之婦（房九反）大姒嗣徽音則百斯男（叶尼心反）○惠于宗公（惠順也）神罔時怨神罔時恫（恫音通 痛也）刑于寡妻至于兄弟以御于家邦（御牙嫁反 迎也 邦叶卜工反）○雝雝在宮（雝於容反）肅肅在廟（叶音貌）不顯亦臨無射亦保（射音亦 與斁同 厭也 保叶音鮑 猶守也）○肆戎疾不殄（肆故今也 殄絕也）烈假不瑕（假古雅反 瑕過也）不聞亦式（法也）不諫亦入○肆成人有德小子有造（為也）古之人無斁（音亦）譽髦斯士

思齊

思齊大任，文王之母。
思媚周姜，京室之婦。
大姒嗣徽音，則百斯男。

惠于宗公，神罔時怨，
神罔時恫。
刑于寡妻，至于兄弟，
以御于家邦。

雝雝在宮，肅肅在廟。
不顯亦臨，無射亦保。

肆戎疾不殄，烈假不瑕。
不聞亦式，不諫亦入。

肆成人有德，小子有造。
古之人無斁，譽髦斯士。

皇矣

皇矣上帝，臨下有赫。監觀四方，求民之莫。維此二國，其政不獲。維彼四國，爰究爰度。上帝耆之，憎其式廓。乃眷西顧，止維與宅。

作之屏之，其菑其翳。修之平之，其灌其栵。啓之辟之，其檉其椐。攘之剔之，其檿其柘。帝遷明德，串夷載路。天立厥配，受命既固。

帝省其山，柞棫斯拔，松柏斯兌。帝作邦作對，自大伯王季。

思齊五章二章章六句三章章四句

皇矣上帝（皇大也）臨下有赫（臨視也赫叶黑各反威明也）監觀四方求民之莫（定也）維此二國其政不獲（叶胡郭反）維彼四國爰究爰度（究尋也度待洛反）上帝耆之（耆或曰當致也）憎其式廓（憎或曰增當作憎）乃眷西顧此維與宅（叶達各反）○作之屏之（作拔起也屏必領反去之也）其菑其翳（菑莊持反翳一計反）修之平之其灌其栵（栵音例）啓之辟之（辟婢亦反）其檉其椐（檉丑貞反椐羌居反叶紀庶反）攘之剔之（剔他歷反）其檿其柘（檿烏簟反柘章夜反叶都故反）帝遷明德串夷載路（串古患反或曰載遂謂滿路而去）天立厥配受命既固○帝省其山（省息井反）柞棫斯拔（拔蒲貝反）松柏斯兌（兌徒外反）帝作邦作對（對猶當也）自大伯

維此王季，因心則友。
則友其兄，則篤其慶。
載錫之光，受祿無喪，
奄有四方。
維此王季，帝度其心，
貊其德音。
其德克明，克明克類，
克長克君。
王此大邦，克順克比。
比于文王，其德靡悔。
既受帝祉，施于孫子。
帝謂文王，無然畔援，
無然歆羨，誕先登于岸。
密人不恭，敢距大邦，
侵阮徂共。
王赫斯怒，爰整其旅，
以按徂旅，以篤于周祜，
以對于天下。

王季（季音天叶泰）維此王季因心則友（叶羽己反）則友其兄（兄叶虚王反）則篤其慶（篤厚也慶音羌）載錫之光（載則也）受祿無喪（喪息浪反叶平聲）奄有四方○維此王季帝度其心（度待洛反）貊其德音（貊武伯反）其德克明克明克類克長克君王此大邦克順克比（比必里反親也）比于文王（比毗至反比于至于也）其德靡悔（悔叶虎洧反）既受帝祉（祉音止）施于孫子（施以豉反）○帝謂文王無然畔援（援于願反）無然歆羨（羨錢面反）誕先登于岸（岸叶魚戰反）密人不恭敢距大邦（邦叶卜攻反）侵阮徂共（阮魚宛反 共音恭）王赫斯怒（怒叶暖五反）爰整其旅以按徂旅（按音遏）以篤于周祜（祜候五反福也）以對于天下（對答也下叶後五反）○依其在京（京叶居良反）侵自阮疆

依其在京，侵自阮疆，
陟我高岡。
無矢我陵，我陵我阿。
無飲我泉，我泉我池。
度其鮮原，居岐之陽，
在渭之將。
萬邦之方，下民之王。
帝謂文王，予懷明德，
不大聲以色，不長夏
以革。
不識不知，順帝之則。
帝謂文王，詢爾仇方，
同爾兄弟，以爾鉤援，
與爾臨衝，以伐崇墉。
臨衝閑閑，崇墉言言。
執訊連連，攸馘安安。
是類是禡，是致是附。
四方以無侮。
臨衝茀茀，崇墉仡仡。
是伐是肆，是絕是忽。
四方以無拂。

陟我高岡無矢我陵（矢陳也）我陵我阿無飲我泉我泉
我池（叶徒何反）度其鮮原（度待洛反　鮮息淺反）居岐之陽在渭之將（將側也）萬
邦之方（鄉也）下民之王○帝謂文王予懷明德不大
聲以色（以猶與也）不長夏以革（長丁丈反）不識不知順帝之則（則法也）
帝謂文王詢爾仇方同爾兄弟以爾鉤援（援音爰）與爾
臨衝以伐崇墉○臨衝閑閑（叶胡貞反）崇墉言言執訊連
連（訊音信）攸馘安安（馘古獲反　安叶於肩反）是類是禡（禡馬嫁反叶滿補反）是致是附
（叶上聲）四方以無侮臨衝茀茀（茀音弗叶分聿反）崇墉仡仡（仡魚乞反）是伐
是肆是絕是忽（忽叶居屈反　滅也）四方以無拂（拂叶分聿反　戾也）

其檉其椐

傳檉河柳也集傳似楊赤色生河邊〇檉柳今曰御柳處處多種頗易生活然未見至大木者其曰御柳亦是漢名見五雜俎檉柳形狀花鏡詳之

椐傳樻也集傳腫節似扶老可爲杖者○陸疏今靈壽是也漢書孔光年老賜靈壽杖師古註木似竹有枝節自然合杖制不須削治此方未詳何物辨解以呼山繡毬者充椐恐非其類

其檿其柘

傳檿山桑也集傳與柘皆美材可爲弓幹又可蠶也○檿在此方未詳柘呼山桑者即是也

靈臺

經始靈臺，經之營之。庶民攻之，不日成之。

經始勿亟，庶民子來。

王在靈囿，麀鹿攸伏，麀鹿濯濯，白鳥翯翯。

王在靈沼，於牣魚躍。

虡業維樅，賁鼓維鏞。於論鼓鐘，於樂辟廱。

於論鼓鐘，於樂辟廱。鼉鼓逢逢，矇瞍奏公。

皇矣八章章十二句

經始靈臺（叶田飴反）經之營之庶民攻之（攻作也）不日成之經始勿亟（居力反急也）庶民子來（叶六直反）○王在靈囿（叶音郁）麀鹿攸伏（麀音攸）麀鹿濯濯（叶直角反）白鳥翯翯（戶角反）王在靈沼（叶音灼）於牣魚躍（於音烏牣音刃滿也）○虡業維樅（虡音巨樅七凶反）賁鼓維鏞（賁扶云反鏞音庸）於論鼓鐘（論盧門反倫也）於樂辟廱（樂音洛辟音璧）○於論鼓鐘於樂辟廱鼉鼓逢逢（鼉徒何反逢薄紅反）矇瞍奏公（矇音蒙瞍音叟公事也）

靈臺四章二章章六句二章章四句

下武維周（下武下義未詳或曰字當作文）世有哲王三后在天王配于京

鼉鼓逢逢

傳鼉魚屬集傳似蜥蜴長丈餘皮可冒鼓〇物類品隲云

鼉龍鱉產迦阿異埋摸形如守宮蛤蚧有四足頭尾皆鱗甲三尖尾長半身在咬嚁吧暹羅洋中害人

下武

下武維周，世有哲王。
三后在天，王配于京。
王配于京，世德作求。
永言配命，成王之孚。
成王之孚，下土之式。
永言孝思，孝思維則。
媚茲一人，應侯順德。
永言孝思，昭哉嗣服。
昭茲來許，繩其祖武。
於萬斯年，受天之祜。
受天之祜，四方來賀。
於萬斯年，不遐有佐。

文王有聲

文王有聲，遹駿有聲。
遹求厥寧，遹觀厥成。
文王烝哉。

（叶居良反）○王配于京世德作求永言配命成王之孚（叶孚尤反）○成王之孚下土之式（式法也）永言孝思孝思維則（則法也）○媚茲一人（媚愛也）應侯順德（侯維也）永言孝思昭哉嗣服（叶蒲北反 服事也）○昭茲來許（茲哉聲相近古蓋通用也）繩其祖武（繩繼也）於萬斯年受天之祜（祜侯古反）○受天之祜四方來賀於萬斯年不遐有佐（遐何通 佐助也）

下武六章章四句

文王有聲遹駿有聲（遹義未詳疑與聿同尹橘反發語詞 駿音峻大也）遹求厥寧遹觀厥成文王烝哉（烝君也）○文王受命有此武功既伐于

文王受命，有此武功。既伐于崇，作邑于豐。文王烝哉。

築城伊淢，作豐伊匹。匪棘其欲，遹追來孝。王后烝哉。

王公伊濯，爲豐之垣。四方攸同，王后維翰。王后烝哉。

豐水東注，維禹之績。四方攸同，皇王維辟。皇王烝哉。

鎬京辟廱。自西自東，自南自北，無思不服。皇王烝哉。

考卜維王，宅是鎬京。維龜正之，武王成之。武王烝哉。

豐水有芑，武王豈不仕。詒厥孫謀，以燕翼子。武王烝哉。

崇作邑于豐文王烝哉○築城伊淢（洫域反）作豐伊匹（稱也）匪棘其欲（棘居力反急也）遹追來孝（叶許六反或呼侯反）王后烝哉○王公伊濯（直角反著明也）維豐之垣（音袁）四方攸同王后維翰（叶胡田反）王后烝哉○豐水東注維禹之績四方攸同皇王維辟（君也）皇王烝哉○鎬京辟廱自西自東自南自北無思不服（叶蒲北反）皇王烝哉○考卜維王（考稽也）宅是鎬京（宅居也宅叶居良反）維龜正之（正叶諸盈反決也）武王成之武王烝哉○豐水有芑武王豈不仕（仕鉏里反事也）詒厥孫謀（詒遺也）以燕翼子（燕安翼敬也子叶獎里反）武王烝哉

生民之什

生民

厥初生民，時維姜嫄。
生民如何，克禋克祀，
以弗無子。
履帝武敏歆，攸介攸止，
載震載夙，載生載育，
時維后稷。

誕彌厥月，先生如達，
不坼不副，無菑無害。
以赫厥靈，上帝不寧，
不康禋祀，居然生子。

誕寘之隘巷，牛羊腓字之。
誕寘之平林，會伐平林。
誕寘之寒冰，鳥覆翼之。
鳥乃去矣，后稷呱矣，
實覃實訏，厥聲載路。

誕實匍匐，克岐克嶷，
以就口食。
蓺之荏菽，荏菽旆旆，
禾役穟穟，麻麥幪幪，
瓜瓞唪唪。

文王有聲八章章五句

生民之什三之二

厥初生民（人也） 時維姜嫄（時是也嫄音原叶魚倫反） 生民如何克禋克祀（禋音因祀叶養里反） 以弗無子（弗之言祓也子叶奬里反） 履帝武敏（履踐武迹也敏拇也叶母鄙反） 歆攸介攸止（歆動也介大也） 載震載夙（震娠也夙叶相即反肅也） 載生載育（育叶日逼反養也） 時維后稷○誕彌厥月（彌終也） 先生如達（達他末反） 不坼不副（坼敕宅反副孚逼反叶孚迫反坼副皆裂也） 無菑無害（菑音災害叶音曷） 以赫厥靈（赫顯也） 上帝不寧 不康禋祀（叶養里反） 居然生子（叶奬里反）○誕寘之隘巷（隘於懈反） 牛羊腓字之（腓符非反芘也字愛也） 誕寘之平林會伐平林（會值也） 誕寘之

誕后稷之穡，有相之道。
茀厥豐草，種之黃茂。
實方實苞，實種實褎，
實發實秀，實堅實好，
實穎實栗。
卽有邰家室。

誕降嘉種，維秬維秠，
維穈維芑。
恆之秬秠，是穫是畝。
恆之穈芑，是任是負。
以歸肇祀。

誕我祀如何。
或舂或揄，或簸或蹂。
釋之叟叟，烝之浮浮。
載謀載惟，取蕭祭脂，
取羝以軷。
載燔載烈，以興嗣歲。
卬盛于豆，于豆于登。
其香始升，上帝居歆。
胡臭亶時，后稷肇祀，
庶無罪悔，以迄于今。

寒冰鳥覆翼之（覆敷救反 翼叶音異）鳥乃去矣后稷呱矣（呱叶去聲）實覃實訏（覃長也 訏大也 叶去聲）厥聲載路（載滿也）○誕實匍匐（匍音蒲 匐蒲北反）克岐克嶷（嶷魚極反）以就口食（就向也）蓺之荏菽（蓺樹也 荏音壬）荏菽旆旆禾役穟穟（役列也 穟音遂）麻麥幪幪（莫孔反）瓜瓞唪唪（布孔反）○誕后稷之穡有相之道（相息亮反 助也 道叶徒口反）茀厥豐草（茀音沸 治也 草叶此苟反）種之黃茂（茂布也 叶莫口反）實方實苞（叶補苟反）實種實褎（叶徐久反）實發實秀（叶思久反）實堅實好（叶許口反）實穎實栗（穎營井反）卽有邰家室（邰他來反）○誕降嘉種維秬維秠（秬音巨 秠孚鄙反）維穈維芑（穈音門 芑音起）恆之秬秠（恆古鄧反 徧也）是穫是畝（叶滿洧反）恆之穈芑是任是負（任音壬 負叶扶委反）以歸肇祀（肇始也）

蓺之荏菽

傳荏菽戎菽也箋大豆也○管子山戎出荏菽布之天下註即胡豆也胡豆一名戎菽

維秬維秠 黍見前

傳秬黑黍也秠一稃二米也○孔疏秬是黑黍之大名一稃二米是其嘉異者別名爲秠稃音孚穀皮也

維穈維芑 粱見前

傳穈赤苗也芑白苗也集傳穈赤粱粟也芑白粱粟也

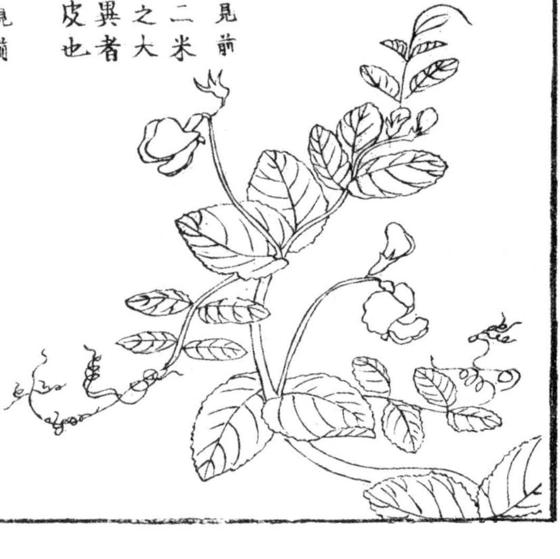

行葦

敦彼行葦，牛羊勿踐履。
方苞方體，維葉泥泥。
戚戚兄弟，莫遠具爾。
或肆之筵，或授之几。

肆筵設席，授几有緝御。
或獻或酢，洗爵奠斝。
醓醢以薦，或燔或炙。
嘉殽脾臄，或歌或咢。

敦弓既堅，四鍭既鈞。
舍矢既均，序賓以賢。
敦弓既句，既挾四鍭。
四鍭如樹，序賓以不侮。

曾孫維主，酒醴維醹。
酌以大斗，以祈黃耇。
黃耇台背，以引以翼。
壽考維祺，以介景福。

（叶養里反）○誕我祀如何或舂或揄（舂傷容反揄音由抒臼也）或簸或蹂（簸波我反蹂音柔）釋之叟叟（所留反）烝之浮浮載謀載惟取蕭祭脂取羝以軷（羝都禮反軷蒲末反叶蒲昧反）載燔載烈（如字叶力制反）以興嗣歲（叶音雪又如字）○卬盛于豆（卬五郎反我也盛音成）于豆于登其香始升上帝居歆（居安也）胡臭亶時（胡何臭香亶誠也時叶上止反）后稷肇祀（叶養里反）庶無罪悔（悔叶呼委反）以迄于今（迄許乙反至也）

生民八章四章章十句四章章八句

敦彼行葦（敦徒端反）牛羊勿踐履方苞方體維葉泥泥（乃禮反）戚戚兄弟（叶待禮反）莫遠具爾（具猶俱也爾與邇同）或肆之筵（肆陳也）或授之

几（叶舉履反）○肆筵設席（叶祥勺反）授几有緝御（緝續也 御叶魚駕反 侍也）或獻或酢（酢才洛反）

洗爵奠斝（斝古雅反 叶居訝反）醓醢以薦（醓他感反 薦叶即略反）或燔或炙（叶陟略反）

嘉殽脾臄（脾婢支反 臄渠略反）或歌或咢（五洛反）○敦弓既堅（敦音彫 堅叶吉因反 猶勁也）

四鍭既鈞（鍭音候）舍矢既均（舍音捨 釋也）序賓以賢（叶下珍反）敦弓既

句（叶古候反 彀通）既挾四鍭（挾子協反）四鍭如樹（叶上主反）序賓以不侮（音武）

○曾孫維主（如字 或叶當口反）酒醴維醹（如主反 或叶如口反 厚也）酌以大斗（叶腫庾反 或如字）

以祈黃耇（祈求也 耇叶果五反 或如字）黃耇台背（台湯來反 背叶必墨反）以引以翼（引導也 翼輔也）

壽考維祺（音其 吉也）以介景福（叶筆力反）

行葦四章章八句

既醉

既醉以酒，既飽以德。君子萬年，介爾景福。

既醉以酒，爾殽既將。君子萬年，介爾昭明。

昭明有融，高朗令終。令終有俶，公尸嘉告。

其告維何，籩豆靜嘉。朋友攸攝，攝以威儀。

威儀孔時，君子有孝子。孝子不匱，永錫爾類。

其類維何，室家之壼。君子萬年，永錫祚胤。

其胤維何，天被爾祿。君子萬年，景命有僕。

其僕維何，釐爾女士。釐爾女士，從以孫子。

既醉以酒既飽以德君子萬年介爾景福(叶筆力反)○既醉以酒爾殽既將(行也)君子萬年介爾昭明(叶謨郎反)○昭明有融高朗令終(令善也)令終有俶(尺六反始也)公尸嘉告(叶姑沃反)○其告維何籩豆靜嘉(叶居何反)朋友攸攝攝以威儀(叶牛何反)○威儀孔時(叶上止反)君子有孝子(叶獎里反)孝子不匱(求位反竭也)永錫爾類(善也)○其類維何室家之壼(苦本反叶苦俊反)君子萬年永錫祚胤(祚才故反胤羊刃反)○其胤維何天被爾祿(被皮寄反)君子萬年景命有僕(附也)○其僕維何釐爾女士(釐力之反予也士鉏里反)釐爾女士從以孫子(叶獎里反)

鳧鷖

鳧鷖在涇，公尸來燕來寧。
爾酒既清，爾殽既馨，
公尸燕飲，福祿來成。
鳧鷖在沙，公尸來燕來宜。
爾酒既多，爾殽既嘉，
公尸燕飲，福祿來爲。
鳧鷖在渚，公尸來燕來處。
爾酒既湑，爾殽伊脯，
公尸燕飲，福祿來下。
鳧鷖在潨，公尸來燕來宗。
既燕于宗，福祿攸降。
公尸燕飲，福祿來崇。
鳧鷖在亹，公尸來止熏熏。
旨酒欣欣，燔炙芬芬，
公尸燕飲，無有後艱。

既醉八章章四句

鳧鷖在涇(鳧音扶鷖於雞反)公尸來燕來寧爾酒既清爾殽既馨公尸燕飲福祿來成○鳧鷖在沙(叶桑何反)公尸來燕來宜(叶牛何反)爾酒既多爾殽既嘉(叶居何反)公尸燕飲福祿來爲(叶吾禾反猶助也)○鳧鷖在渚公尸來燕來處爾酒既湑(息汝反)爾殽伊脯公尸燕飲福祿來下(叶後五反)○鳧鷖在潨(在公反)公尸來燕來宗(尊也)既燕于宗福祿攸降(叶乎攻反)公尸燕飲福祿來崇○鳧鷖在亹(音門)公尸來止熏熏(叶眉貧反)旨酒欣欣燔炙芬芬(叶豐勻反)公尸燕飲無有後艱(叶居銀反)

鳧鷖在涇

傳鷖鳧屬集傳鷖鷗也

假樂

假樂君子，顯顯令德。
宜民宜人，受祿于天。
保右命之，自天申之。
干祿百福，子孫千億。
穆穆皇皇，宜君宜王。
不愆不忘，率由舊章。
威儀抑抑，德音秩秩。
無怨無惡，率由羣匹。
受福無疆，四方之綱。
之綱之紀，燕及朋友。
百辟卿士，媚于天子。
不解于位，民之攸塈。

鳧鷖五章章六句

假樂君子（假，中庸、春秋傳皆作嘉。樂，音洛。子，叶音則）顯顯令德宜民宜人受祿于天（叶鐵因反）保右命之（右，音又。命，叶彌并反）自天申之（申，重也）○干祿百福子孫千億（叶筆力反）穆穆皇皇宜君宜王不愆不忘（愆，過也）率由舊章（率，循也）○威儀抑抑德音秩秩無怨無惡（烏路反）率由羣匹受福無疆四方之綱○之綱之紀燕及朋友（燕，安也。友，叶羽已反）百辟卿士（鉏里反）媚于天子（媚，眉備反。子，叶獎里反）不解于位（解，佳賣反，惰也）民之攸塈（許既反，息也）

假樂四章章六句

公劉

篤公劉，匪居匪康，
迺埸迺疆，迺積迺倉。
迺裹餱糧，于橐于囊，
思輯用光。
弓矢斯張，干戈戚揚，
爰方啓行。

篤公劉，于胥斯原，
既庶既繁，既順迺宣，
而無永嘆。
陟則在巘，復降在原。
何以舟之，維玉及瑤，
鞞琫容刀。

篤公劉，逝彼百泉，
瞻彼溥原。
迺陟南岡，乃覯于京。
京師之野，于時處處，
于時廬旅，于時言言，
于時語語。

篤公劉（篤厚也）匪居匪康（居安也 康寧也）迺埸迺疆（埸音易）迺積迺倉迺裹餱糧（裹音果 餱音侯 糧音良）于橐于囊（橐他洛反 囊乃郎反）思輯用光（輯音集 和也）弓矢斯張干戈戚揚爰方啓行（啓始也 行叶戶郎反）○篤公劉于胥斯原（胥相也）既庶既繁（叶紛乾反）既順迺宣（順安 宣徧也）而無永嘆（叶他安反）陟則在巘（巘魚輦反 叶魚軒反）復降在原何以舟之（舟叶之遙反 帶也）維玉及瑤（音遙）鞞琫容刀（鞞必頂反 琫必孔反 刀叶徒招反）○篤公劉逝彼百泉瞻彼溥原（溥音普）迺陟南岡乃覯于京（京叶居良反 覯見也）京師之野（叶上與反）于時處處于時廬旅于時言言于時語語○篤公劉于京斯依（依叶於豈反 安也）蹌蹌濟濟（蹌七羊反 濟子禮反）俾筵俾几（俾使也）

篤公劉，于京斯依。
蹌蹌濟濟，俾筵俾几。
既登乃依。
乃造其曹，執豕于牢，
酌之用匏。
食之飲之，君之宗之。
篤公劉，既溥既長，
既景迺岡，相其陰陽，
觀其流泉，其軍三單。
度其隰原，徹田爲糧。
度其夕陽，豳居允荒。
篤公劉，于豳斯館。
涉渭爲亂，取厲取鍛。
止基迺理，爰衆爰有。
夾其皇澗，遡其過澗。
止旅迺密，芮鞫之卽。

既登乃依乃造其曹（造七到反）執豕于牢酌之用匏（步交反）食
之飲之（食音嗣飲於鴆反）君之宗之○篤公劉既溥既長（溥廣也）既
景迺岡相其陰陽（相息亮反視也）觀其流泉其軍三單（音丹叶多消反）
度其隰原（度待洛反）徹田爲糧度其夕陽豳居允荒（大也）○
篤公劉于豳斯館（叶古玩反）涉渭爲亂取厲取鍛（厲礪也鍛丁亂反）止
基迺理（止居也定也）爰衆爰有（叶羽已反）夾其皇澗遡其過澗（遡鄉也過古禾反）
止旅迺密芮鞫之卽（鞫居六反）

公劉六章章十句

泂酌彼行潦（泂音迥遠也潦音老）挹彼注兹可以餴饎（餴甫云反饎尺志反叶昌里反）豈

泂酌

泂酌彼行潦，挹彼注茲，可以餴饎。豈弟君子，民之父母。

泂酌彼行潦，挹彼注茲，可以濯罍。豈弟君子，民之攸歸。

泂酌彼行潦，挹彼注茲，可以濯溉。豈弟君子，民之攸塈。

弟君子民之父母（叶滿彼反）○泂酌彼行潦挹彼注茲可以濯罍（濯滌也 罍音雷）豈弟君子民之攸歸（叶古回反）○泂酌彼行潦挹彼注茲可以濯溉（古愛反叶古氣反 溉滌也）豈弟君子民之攸塈（許既反 息也）

泂酌三章章五句

有卷者阿（卷音權 曲也 阿與歌叶）飄風自南（叶尼心反）豈弟君子來游來歌（與阿叶）以矢其音（矢陳也）○伴奐爾游矣（伴音判 奐音喚）優游爾休矣豈弟君子俾爾彌爾性（彌終也）似先公酋矣（酋在由反 終也）○爾土宇昄章（昄符版反 昄章大明也）亦孔之厚矣（厚叶狼口下主二反）豈弟君子

卷阿

有卷者阿，飄風自南。豈弟君子，來游來歌，以矢其音。

伴奐爾游矣，優游爾休矣。豈弟君子，俾爾彌爾性，似先公酋矣。

爾土宇昄章，亦孔之厚矣。豈弟君子，俾爾彌爾性，百神爾主矣。

爾受命長矣，茀祿爾康矣。豈弟君子，俾爾彌爾性，純嘏爾常矣。

有馮有翼，有孝有德，以引以翼。豈弟君子，四方爲則。

俾爾彌爾性百神爾主矣（主叶當口腫庾一反）○爾受命長矣茀祿爾康矣（茀芳弗反）豈弟君子俾爾彌爾性純嘏爾常矣○有馮有翼（馮符冰反）有孝有德以引以翼（引導也）豈弟君子四方爲則○顒顒卬卬（顒魚容反 卬五岡反）如圭如璋令聞令望（聞音問 望叶無方反）豈弟君子四方爲綱○鳳凰于飛翽翽其羽（翽呼會反）亦集爰止藹藹王多吉士（士鉏里反）維君子使媚于天子○鳳凰于飛翽翽其羽亦傅于天（天音除叶鐵因反）藹藹王多吉人維君子命（命叶彌并反）媚于庶人○鳳凰鳴矣于彼高岡梧桐生矣于彼朝陽菶菶萋萋（菶布孔反 萋七西反）雝雝喈

顒顒卬卬，如圭如璋，
令聞令望。
豈弟君子，四方爲綱。
鳳凰于飛，翽翽其羽，
亦集爰止。
藹藹王多吉士，維君
子使，媚于天子。
鳳凰于飛，翽翽其羽，
亦傅于天。
藹藹王多吉人，維君
子命，媚于庶人。
鳳凰鳴矣，于彼高岡。
梧桐生矣，于彼朝陽。
菶菶萋萋，雝雝喈喈。
君子之車，既庶且多。
君子之馬，既閑且馳。
矢詩不多，維以遂歌。

喈（叶居奚反）○君子之車既庶且多君子之馬既閑且馳
（叶唐何反）矢詩不多維以遂歌

卷阿十章六章章五句四章章六句

民亦勞止汔可小康（汔許乞反幾也）惠此中國以綏四方無
縱詭隨（詭居毀反）以謹無良式遏寇虐憯不畏明（憯七感反曾也）（明叶謨郎反）
柔遠能邇（柔安也能順習也）以定我王○民亦勞止汔可小休
惠此中國以爲民逑（聚也）無縱詭隨以謹惛怓（女交反叶尼猶反）
式遏寇虐無俾民憂無棄爾勞以爲王休○民亦
勞止汔可小息惠此京師以綏四國（叶于逼反）無縱詭隨

鳳凰于飛

傳鳳凰靈鳥仁瑞也雄曰鳳雌曰凰

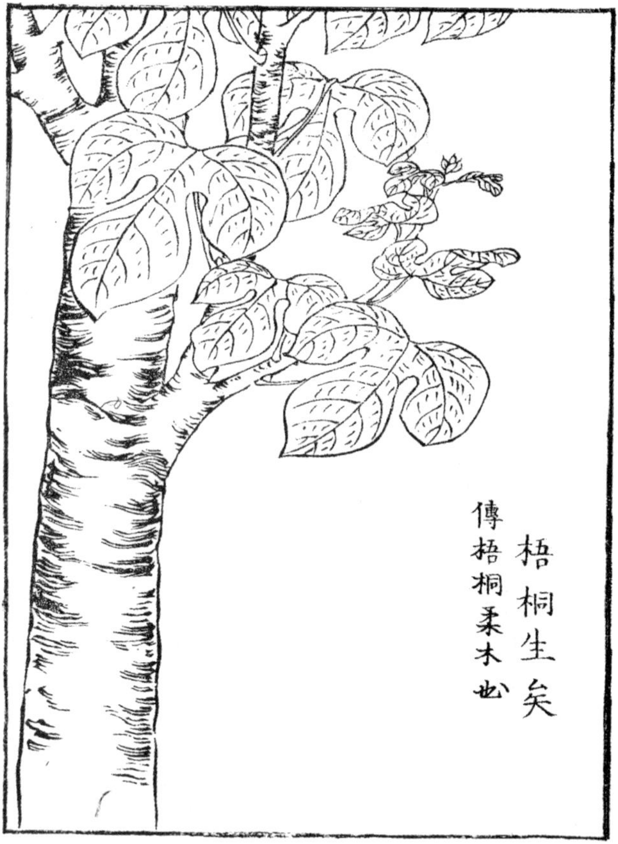
梧桐生矣
傳梧桐柔木也

民勞

民亦勞止，汔可小康。
惠此中國，以綏四方。
無縱詭隨，以謹無良。
式遏寇虐，憯不畏明。
柔遠能邇，以定我王。

民亦勞止，汔可小休。
惠此中國，以爲民逑。
無縱詭隨，以謹惛怓。
式遏寇虐，無俾民憂。
無棄爾勞，以爲王休。

民亦勞止，汔可小息。
惠此京師，以綏四國。
無縱詭隨，以謹罔極。
式遏寇虐，無俾作慝。
敬慎威儀，以近有德。

民亦勞止，汔可小愒。
惠此中國，俾民憂泄。
無縱詭隨，以謹醜厲。
式遏寇虐，無俾正敗。
戎雖小子，而式弘大。

以謹罔極式遏寇虐無俾作慝（吐得反）敬慎威儀以近有德○民亦勞止汔可小愒（起例反）惠此中國俾民憂泄（以世反 去也）無縱詭隨以謹醜厲式遏寇虐無俾正敗（叶蒲寐反）戎雖小子（戎汝也）而式弘大（叶特計反）○民亦勞止汔可小安惠此中國國無有殘無縱詭隨以謹繾綣式遏寇虐無俾正反王欲玉女（音汝）是用大諫（音簡）

民勞五章章十句

上帝板板下民卒癉（卒盡也 癉當簡反病也）出話不然爲猶不遠（猶謀也）靡聖管管不實於亶（亶誠也）猶之未遠是用大諫（叶音簡）

民亦勞止，汔可小安。惠此中國，國無有殘。
無縱詭隨，以謹繾綣。式遏寇虐，無俾正反。
王欲玉女，是用大諫。

板

上帝板板，下民卒癉。出話不然，爲猶不遠。
靡聖管管，不實於亶。猶之未遠，是用大諫。
天之方難，無然憲憲。天之方蹶，無然泄泄。
辭之輯矣，民之洽矣。辭之懌矣，民之莫矣。
我雖異事，及爾同僚。我即而謀，聽我囂囂。
我言維服，勿以爲笑。先民有言，詢于芻蕘。

○天之方難（叶泥涓反）無然憲憲（叶虛言反）天之方蹶（俱衞反 動也）無然泄泄（以世反）辭之輯矣（輯音集 叶徂合反 和也）民之洽矣（洽 合也）辭之懌矣（懌 叶弋灼反 悅也）民之莫矣（莫 定也）○我雖異事及爾同僚我即爾謀（即 就也）聽我囂囂（許驕反）我言維服（事也）勿以爲笑（叶思邀反）先民有言詢于芻蕘（芻 初俱反 蕘 如謠反）○天之方虐無然謔謔（虛虐反）老夫灌灌小子蹻蹻（其畧反）匪我言耄（莫報反 叶毛博反）爾用憂謔多將熇熇（叶許各反）不可救藥○天之方懠（才細反 叶箋西反 怒也）無爲夸毗（夸 苦花反）威儀卒迷善人載尸民之方殿屎（許伊反）則莫我敢葵（揆也）喪亂蔑資（喪 息浪反 蔑 猶滅也 資 與咨同 叶箋西反）曾莫惠我師（惠 順也 師 叶霜夷反 衆也）

天之方虐，無然謔謔。
老夫灌灌，小子蹻蹻。
匪我言耄，爾用憂謔。
多將熇熇，不可救藥。
天之方懠，無爲夸毗。
威儀卒迷，善人載尸。
民之方殿屎，則莫我
敢葵。
喪亂蔑資，曾莫惠我師。
天之牖民，如壎如篪。
如璋如圭，如取如攜。
攜無曰益，牖民孔易。
民之多辟，無自立辟。
价人維藩，大師維垣，
大邦維屏，大宗維翰，
懷德維寧，宗子維城。
無俾城壞，無獨斯畏。
敬天之怒，無敢戲豫。
敬天之渝，無敢馳驅。
昊天曰明，及爾出王。
昊天曰旦，及爾游衍。

○天之牖民（牖開明也）如壎（壎許元反）如篪（篪音池）如璋如圭如取如
攜攜無曰益牖民孔易（以豉反叶夷益反）民之多辟（匹亦反）無自立
辟○价人維藩（价音介藩叶分邅反）大師維垣大邦維屏大宗維
翰（胡田反）懷德維寧宗子維城無俾城壞（叶胡罪胡威二反）無獨斯
畏（叶紆會於非二反）○敬天之怒無敢戲豫敬天之渝（用朱反變也）無
敢馳驅昊天曰明（叶謨郎反）及爾出王（音往叶如字）昊天曰旦（叶得絹反）
（明也）及爾游衍（叶怡戰反）

板八章章八句

蕩之什三之三

蕩之什

蕩

蕩蕩上帝，下民之辟。疾威上帝，其命多辟。天生烝民，其命匪諶。靡不有初，鮮克有終。

文王曰咨，咨女殷商。曾是彊禦，曾是掊克。曾是在位，曾是在服。天降慆德，女興是力。

文王曰咨，咨女殷商。而秉義類，彊禦多懟。流言以對，寇攘式內。侯作侯祝，靡屆靡究。

文王曰咨，咨女殷商。女炰烋于中國，斂怨以爲德。不明爾德，時無背無側。爾德不明，以無陪無卿。

蕩蕩上帝下民之辟（必亦反，君也）疾威上帝其命多辟（匹亦反，邪也）天生烝民其命匪諶（市林反，叶市隆反，信也）靡不有初鮮克有終（叶諸深反，或如字）○文王曰咨咨女殷商（女音汝）曾是彊禦曾是掊克（掊蒲侯反）曾是在位曾是在服（叶蒲北反，事也）天降滔德（滔他刀反）女興是力（興起也）○文王曰咨咨女殷商而秉義類（[illegible]）彊禦多懟（直類反，怨也）流言以對寇攘式內侯作侯祝（侯維也，祝讀爲詛，側慮反，祝周救反）靡屆靡究○文王曰咨咨女殷商女炰烋于中國（炰白交反，烋火交反，國叶于逼反）斂怨以爲德不明爾德時無背無側（背布回反）爾德不明以無陪無卿（陪蒲回反）○文王曰咨咨女文王曰咨，咨女殷商。天不湎爾以酒，不義從式。既愆爾止，靡明靡晦。式號式呼，俾晝作夜。

文王曰咨，咨女殷商。如蜩如螗，如沸如羹。小大近喪，人尚乎由行。內奰于中國，覃及鬼方。

文王曰咨，咨女殷商。匪上帝不時，殷不用舊。雖無老成人，尚有典刑。曾是莫聽，大命以傾。

文王曰咨，咨女殷商。人亦有言，顛沛之揭。枝葉未有害，本實先撥。殷鑒不遠，在夏后之世。

殷商天不湎爾以酒（湎面善反）不義從式（叶式吏反用也）既愆爾止（咨止也）靡明靡晦（叶呼消反）式號式呼（火故反）俾晝作夜（叶羊茹反）○文王曰咨咨女殷商如蜩如螗（音唐）如沸如羹（叶盧當反）小大近喪（息浪反叶平聲）人尚乎由行（叶戶郎反）內奰于中國（奰皮器反怒也）覃及鬼方（覃延也）○文王曰咨咨女殷商匪上帝不時（叶上止反）殷不用舊（叶巨已反）雖無老成人尚有典刑曾是莫聽（湯經反）大命以傾○文王曰咨咨女殷商人亦有言顛沛之揭（紀竭去例二反）枝葉未有害（許曷瑕憩二反）本實先撥（蒲末反叶方吠筆烈二反猶絕也）殷鑒不遠（鑒視也）在夏后之世（叶始制私列二反）

抑

抑抑威儀，維德之隅。
人亦有言，靡哲不愚。
庶人之愚，亦職維疾。
哲人之愚，亦維斯戾。

無競維人，四方其訓之。
有覺德行，四國順之。
訏謨定命，遠猶辰告。
敬慎威儀，維民之則。

其在于今，興迷亂于政。
顛覆厥德，荒湛于酒。
女雖湛樂從，弗念厥紹。
罔敷求先王，克共明刑。

肆皇天弗尚，如彼泉流，
無淪胥以亡。
夙興夜寐，洒掃廷內，
維民之章。
修爾車馬，弓矢戎兵。
用戒戎作，用逷蠻方。

蕩八章章八句

抑抑威儀維德之隅人亦有言靡哲不愚庶人之愚亦職維疾（職主也疾叶集二反）哲人之愚亦維斯戾（反也）○無競維人（競强也）四方其訓之有覺德行（下孟反）四國順之訏謨定命（訏況于反大也謨謀也）遠猶辰告（猶圖也辰時也告叶古得反戒也）敬慎威儀維民之則（法也）○其在于今（叶音經）興迷亂于政（興尚也政叶音征）顛覆厥德荒湛于酒（湛都南反酒子小反）女雖湛樂從（女音汝樂音洛）弗念厥紹（市沼反）罔敷求先王克共明刑（共九勇反執也刑叶胡光反）○肆皇天弗尚（叶平聲）如彼泉流無淪胥以亡夙興夜寐（寐音未）洒埽廷內維民

質爾人民，謹爾侯度，
用戒不虞。
慎爾出話，敬爾威儀，
無不柔嘉。
白圭之玷，尚可磨也。
斯言之玷，不可爲也。
無易由言，無曰苟矣。
莫捫朕舌，言不可逝矣。
無言不讎，無德不報。
惠于朋友，庶民小子，
子孫繩繩，萬民靡不承。
視爾友君子，輯柔爾顔，
不遐有愆。
相在爾室，尚不愧于屋漏。
無曰不顯，莫予云覯。
神之格思，不可度思，
矧可射思。

之章修爾車馬弓矢戎兵（兵，兵也。叶晡芒反）用戒戎作（戒，備。作，起也）用
逷蠻方（逷，他歷反。遠也）○質爾人民（質，成也，定也）謹爾侯度用戒不
虞（叶元具反）慎爾出話（言也）敬爾威儀（叶牛何反）無不柔嘉（叶居何反）白圭
之玷（丁簟反）尚可磨也斯言之玷不可爲也（爲，吾禾反）○無易
由言（易，以豉反。輕也）無曰苟矣莫捫朕舌（捫，音門。持也）言不可逝矣
（逝，音折。與舌叶。去也）無言不讎（叶市又反。答也）無德不報（叶蒲救反）惠于朋友（叶羽已反）庶
民小子（叶奬里反）子孫繩繩萬民靡不承（奉也）○視爾友君
子輯柔爾顔（輯，音集。和也。叶魚堅反）不遐有愆（遐，何。愆，過也）相在爾室（叶式質反）尚
不愧于屋漏（尚，庶幾也）無曰不顯莫予云覯（見也）神之格思

辟爾爲德，俾臧俾嘉。
淑愼爾止，不愆于儀。
不僭不賊，鮮不爲則。
投我以桃，報之以李。
彼童而角，實虹小子。

荏染柔木，言緡之絲。
溫溫恭人，維德之基。
其維哲人，告之話言，
順德之行。
其維愚人，覆謂我僭。
民各有心。

於乎小子，未知臧否。
匪手攜之，言示之事。
匪面命之，言提其耳。
借曰未知，亦旣抱子。
民之靡盈，誰夙知而
莫成。

不可度思矧可射思○辟爾爲
德俾臧俾嘉淑愼爾止不愆于儀不僭
不賊鮮不爲則投我以桃報之以李彼
童而角實虹小子○荏染柔木言緡
之絲溫溫恭人維德之基其維哲人告之話言
順德之行其維愚人覆謂我僭民各有
心○於乎小子未知臧否匪手攜之言
示之事匪面命之言提其耳借曰未知亦旣抱
子民之靡盈誰夙知而莫成○昊天孔昭我

昊天孔昭，我生靡樂。
視爾夢夢，我心慘慘。
誨爾諄諄，聽我藐藐。
匪用爲教，覆用爲虐。
借曰未知，亦聿既耄。
於乎小子，告爾舊止。
聽用我謀，庶無大悔。
天方艱難，曰喪厥國。
取譬不遠，昊天不忒。
回遹其德，俾民大棘。

生靡樂（音洛）視爾夢夢（莫公反）我心慘慘（懆七到反叶七各反）誨爾諄諄（之純反）聽我藐藐（美角反）匪用爲教（叶入聲）覆用爲虐借曰未知亦聿既耄（叶音莫 老也）○於乎小子告爾舊止聽用我謀庶無大悔（庶幸也 悔叶虎委反 恨也）天方艱難曰喪厥國（喪息浪反 國叶于逼反）取譬不遠昊天不忒（他得反 差也）回遹其德（遹于橘反）俾民大棘（急也）

抑十二章三章章八句九章章十句

菀彼桑柔（菀音鬱 與劉憂叶）其下侯旬（徧也）捋采其劉（捋力活反 劉殘也）瘼此下民（瘼音莫）不殄心憂倉兄填兮（倉初亮反 兄與怳同 填未詳 舊說與陳塵同 蓋言久也 或疑與瘨字同 爲病之義）

桑柔

菀彼桑柔，其下侯旬。
捋采其劉，瘼此下民。
不殄心憂，倉兄填兮。
倬彼昊天，寧不我矜。
四牡騤騤，旟旐有翩。
亂生不夷，靡國不泯。
民靡有黎，具禍以燼。
於乎有哀，國步斯頻。
國步蔑資，天不我將。
靡所止疑，云徂何往。
君子實維，秉心無競。
誰生厲階，至今爲梗。
憂心慇慇，念我土宇。
我生不辰，逢天僤怒。
自西徂東，靡所定處。
多我覯痻，孔棘我圉。

倬彼昊天（叶鐵因反）寧不我矜○四牡騤騤旟旐有翩（叶紕賓反）
亂生不夷（平也）靡國不泯（叶彌鄰反滅也）民靡有黎（黑也）具禍以
燼（具俱也燼叶洛辛反）於乎有哀（於音烏乎音呼哀叶音依）國步斯頻（頻急蹙也）○國步蔑
資（蔑滅資洛也）天不我將（叶子兩反養也）靡所止疑（疑魚乞反叶如字定也）云徂何往
君子實維秉心無競（叶其兩反爭也）誰生厲階（厲惡也階叶居奚反）至今爲
梗（古杏反叶古黨反病也）○憂心慇慇念我土宇我生不辰（時也）逢
天僤怒（僤都但反厚也怒叶暖五反）自西徂東（叶音丁）靡所定處多我覯痻
（覯見也痻武巾反病也）孔棘我圉（棘急也）○爲謀爲毖（叶音必慎也）亂況斯削
（況滋也）告爾憂恤誨爾序爵誰能執熱逝不以濯其何

爲謀爲毖，亂況斯削。
告爾憂恤，誨爾序爵。
誰能執熱，逝不以濯。
其何能淑，載胥及溺。
如彼遡風，亦孔之僾。
民有肅心，荓云不逮。
好是稼穡，力民代食。
稼穡維寶，代食維好。
天降喪亂，滅我立王。
降此蟊賊，稼穡卒痒。
哀恫中國，具贅卒荒。
靡有旅力，以念穹蒼。
維此惠君，民人所瞻。
秉心宣猶，考慎其相。
維彼不順，自獨俾臧。
自有肺腸，俾民卒狂。
瞻彼中林，甡甡其鹿。
朋友已譖，不胥以穀。
人亦有言，進退維谷。

能淑載胥及溺（叶奴學反）○如彼遡風（遡鄉也風叶孚音反）亦孔之僾（僾音愛唈也）
民有肅心（肅進也）荓云不逮（荓普耕反使也）好是稼穡（好呼報反）力民代
食稼穡維寶代食維好○天降喪亂（喪息浪反）滅我立王
降此蟊賊稼穡卒痒（痒音羊）哀恫中國（恫音通痛也）具贅卒荒
（贅之芮反屬也卒盡荒虛也）靡有旅力以念穹蒼○維此惠君（惠順也）民人
所瞻（叶側姜反）秉心宣猶（宣徧猶謀也）考慎其相（相息亮反叶平聲補也）維彼不順
自獨俾臧自有肺腸俾民卒狂（狂惑也）○瞻彼中林甡
甡其鹿（甡所巾反）朋友已譖（譖子念反叶子林反不信也）不胥以穀（胥相穀善也）人亦
有言進退維谷（谷窮也）○維此聖人瞻言百里維彼愚

維此聖人，瞻言百里。
維彼愚人，覆狂以喜。
匪言不能，胡斯畏忌。

維此良人，弗求弗迪。
維彼忍心，是顧是復。
民之貪亂，寧爲荼毒。

大風有隧，有空大谷。
維此良人，作爲式穀。
維彼不順，征以中垢。

大風有隧，貪人敗類。
聽言則對，誦言如醉。
匪用其良，覆俾我悖。

嗟爾朋友，予豈不知而作。
如彼飛蟲，時亦弋獲。
既之陰女，反予來赫。

民之罔極，職涼善背。
爲民不利，如云不克。
民之回遹，職競用力。

民之未戾，職盜爲寇。
涼曰不可，覆背善詈。
雖曰匪予，既作爾歌。

人覆狂以喜匪言不能胡斯畏忌（叶巨巳反）○維此良人弗求弗迪（叶徒沃反，進也）維彼忍心是顧是復（顧，念也。復，房六反，重也）民之貪亂寧爲荼毒○大風有隧（音遂，道也）有空大谷維此良人作爲式穀（式，用；穀，善也）維彼不順征以中垢（征，行也；垢，古口反，叶居六反）○大風有隧貪人敗類聽言則對誦言如醉匪用其良覆俾我悖（叶蒲寐反）○嗟爾朋友予豈不知而作如彼飛蟲時亦弋獲（叶胡郭反）既之陰女（之，往也；陰，于鴆反，覆也；女，音汝）反予來赫（叶黑各反）○民之罔極職涼善背（職，專也；涼，鄭讀作諒，信也；背，叶必墨反）爲民不利如云不克（勝也）民之回遹職競用力○民之未戾（定也）職盜爲

雲漢

倬彼雲漢，昭回于天。
王曰於乎，何辜今之人。
天降喪亂，饑饉薦臻。
靡神不舉，靡愛斯牲。
圭璧既卒，寧莫我聽。

旱既大甚，蘊隆蟲蟲。
不殄禋祀，自郊徂宮。
上下尊瘞，靡神不宗。
后稷不克，上帝不臨。
耗斁下土，寧丁我躬。

旱既大甚，則不可推。
兢兢業業，如霆如雷。
周餘黎民，靡有孑遺。
昊天上帝，則不我遺。
胡不相畏，先祖于摧。

旱既大甚，則不可沮。
赫赫炎炎，云我無所。
大命近止，靡瞻靡顧。
羣公先正，則不我助。
父母先祖，胡寧忍予。

寇涼曰不可覆背善詈（力智反） 雖曰匪予既作爾歌

桑柔十六章八章章八句八章章六句

倬彼雲漢昭回于天（昭光也回轉也）（天叶鐵因反） 王曰於乎（於音烏乎音呼） 何辜今之人天降喪亂（喪息浪反） 饑饉薦臻（薦荐通在甸反重也臻至也） 靡神不舉靡愛斯牲（牲叶桑經反） 圭璧既卒（卒盡也） 寧莫我聽（寧叶吐丁反猶何也）○旱既大甚（大音泰） 蘊隆蟲蟲（蘊音也） 不殄禋祀（殄絕也） 自郊徂宮上下奠瘞靡神不宗（宗尊也） 后稷不克（克勝也） 上帝不臨（臨叶力中反享也） 耗斁下土（斁丁故反敗也） 寧丁我躬（丁當也）○旱既大甚則不可推（吐雷反云也） 兢兢業業如霆如雷周餘黎民靡有孑遺（遺叶夷回反）

旱既大甚，滌滌山川。
旱魃爲虐，如惔如焚。
我心憚暑，憂心如熏。
羣公先正，則不我聞。
昊天上帝，寧俾我遯。

旱既大甚，黽勉畏去。
胡寧瘨我以旱，憯不知其故。
祈年孔夙，方社不莫。
昊天上帝，則我不虞。
敬恭明神，宜無悔怒。

旱既大甚，散無友紀。
鞫哉庶正，疚哉冢宰。
趣馬師氏，膳夫左右。
靡人不周，無不能正。
瞻卬昊天，云如何里。

瞻卬昊天，有嘒其星。
大夫君子，昭假無赢。
大命近止，無棄爾成。
何求爲我，以戾庶正。
瞻卬昊天，曷惠其寧。

昊天上帝則不我遺胡不相畏先祖于摧（在雷反 滅也）〇旱既大甚則不可沮（在呂反 止也）赫赫炎炎云我無所大命近止靡瞻靡顧（叶果五反 望也）羣公先正則不我助（叶牀所反）父母先祖胡寧忍予（叶演女反）〇旱既大甚滌滌山川（滌徒歷反 川叶樞倫反）旱魃爲虐（魃蒲末反）如惔如焚（惔音談 燎也 焚叶符勻反）我心憚暑（憚勞也 畏也）憂心如熏（灼也）羣公先正則不我聞（叶微勻反）昊天上帝寧俾我遯（叶徒勻反 逃也）〇旱既大甚黽勉畏去胡寧瘨我以旱（瘨都田反 病也）憯不知其故（憯七感反 曾也）祈年孔夙方社不莫（音暮）昊天上帝則不我虞（叶元具反 度也）敬恭明神宜無悔怒〇旱

既大甚散無友紀鞫哉庶正（鞫居六反窮也）疚哉冢宰（疚病也宰叶獎里反）
趣馬師氏（趣七口反）膳夫左右（右叶羽已反）靡人不周（周救也）無不能止
瞻卬昊天（卬音仰）云如何里（里憂也）◯瞻卬昊天有嘒其星（嘒呼惠反）
大夫君子昭假無贏（昭明也假音格至也贏音盈）大命近止無棄爾
成何求爲我（爲于僞反）以戾庶正（正叶諸盈反）瞻卬昊天曷惠其寧

雲漢八章章十句

崧高維嶽（崧息中反）駿極于天（駿音峻大也天叶鐵因反）維嶽降神生甫及
申維申及甫維周之翰（翰叶胡千反）四國于蕃（蕃叶分邅反蔽也）四方于
宣◯亹亹申伯王纘之事（纘祖管反繼也）于邑于謝南國是

崧高
崧高維嶽，駿極于天。
維嶽降神，生甫及申。
維申及甫，維周之翰。
四國于蕃，四方于宣。
亹亹申伯，王纘之事。
于邑于謝，南國是式。
王命召伯，定申伯之宅。
登是南邦，世執其功。
王命申伯，式是南邦。
因是謝人，以作爾庸。
王命召伯，徹申伯土田。
王命傅御，遷其私人。
申伯之功，召伯是營。
有俶其城，寢廟既成。
既成藐藐，王錫申伯。
四牡蹻蹻，鉤膺濯濯。

王遣申伯，路車乘馬。
我圖爾居，莫如南土。
錫爾介圭，以作爾寶。
往近王舅，南土是保。

申伯信邁，王餞于郿。
申伯還南，謝于誠歸。
王命召伯，徹申伯土疆。
以峙其粻，式遄其行。

申伯番番，既入于謝，
徒御嘽嘽。
周邦咸喜，戎有良翰。
不顯申伯，王之元舅，
文武是憲。

申伯之德，柔惠且直。
揉此萬邦，聞于四國。
吉甫作誦，其詩孔碩，
其風肆好，以贈申伯。

式（叶失吏反）王命召伯（叶逋莫反）定申伯之宅（叶達各反）登是南邦（叶卜工反）（登，成也。邦）
世執其功○王命申伯式是南邦（叶卜功反）因是謝人以
作爾庸（城也）王命召伯徹申伯土田（叶地因反）王命傅御遷
其私人○申伯之功召伯是營有俶其城（俶，尺叔反）寢廟
既成既成藐藐王錫申伯（叶逋各反）四牡蹻蹻（渠略反）鉤膺濯
濯○王遣申伯路車乘馬（乘，繩證反。馬，叶滿補反）我圖爾居莫如
南土錫爾介圭以作爾寶（音補）往近王舅（近，音記，辭也）南土
是保（叶音補）○申伯信邁王餞于郿（餞，淺踐反。郿，音悲反）申伯還南謝
于誠歸王命召伯徹申伯土疆以峙其粻（峙，直理反，積也。粻，音張，糧也）

烝民

天生烝民，有物有則。
民之秉彝，好是懿德。
天監有周，昭假于下，
保茲天子，生仲山甫。

仲山甫之德，柔嘉維則。
令儀令色，小心翼翼。
古訓是式，威儀是力，
天子是若，明命使賦。

王命仲山甫，式是百辟。
纘戎祖考，王躬是保。
出納王命，王之喉舌。
賦政于外，四方爰發。

肅肅王命，仲山甫將之。
邦國若否，仲山甫明之。
既明且哲，以保其身。
夙夜匪解，以事一人。

式遄其行（遄市專反速也 行叶戶郎反）○申伯番番（番音波叶分邅反）既入于謝徒御嘽嘽（吐丹反）周邦咸喜戎有良翰（戎女也 翰叶胡千反）不顯申伯王之元舅文武是憲（叶虛言反法也）○申伯之德柔惠且直揉此萬邦（揉汝又反治也）聞于四國（聞音問 國叶于逼反）吉甫作誦其詩孔碩（大也）其風肆好（肆遂也）以贈申伯

崧高八章章八句

天生烝民有物有則民之秉彝（秉執也 彝音夷常也）好是懿德（好呼報反）天監有周昭假于下（假音格至也 下叶後五反）保茲天子（保祐也）生仲山甫○仲山甫之德柔嘉維則令儀令色小心翼翼

人亦有言，柔則茹之，
剛則吐之。
維仲山甫，柔亦不茹，
剛亦不吐，不侮矜寡，
不畏彊禦。

人亦有言，德輶如毛，
民鮮克舉之。
我儀圖之，維仲山甫
舉之，愛莫助之。
衮職有闕，維仲山甫
補之。

仲山甫出祖，四牡業業，
征夫捷捷，每懷靡及。
四牡彭彭，八鸞鏘鏘。
王命仲山甫，城彼東方。

四牡騤騤，八鸞喈喈。
仲山甫徂齊，式遄其歸。
吉甫作誦，穆如清風。
仲山甫永懷，以慰其心。

古訓是式（法也）威儀是力（勉也）天子是若（順也）明命使賦（若賦叶韻未詳）○王命仲山甫式是百辟（辟音璧無韻未詳）纘戎祖考（戎女也）王躬是保出納王命王之喉舌賦政于外四方爰發（發叶方月反）○肅肅王命仲山甫將之（將奉行也）邦國若否（否音鄙）仲山甫明之（明叶謨郎反）既明且哲以保其身夙夜匪解（解佳賣反怠也）以事一人○人亦有言柔則茹之（茹忍與反納也）剛則吐之維仲山甫柔亦不茹剛亦不吐不侮矜寡（矜音鰥寡叶果五反）不畏彊禦○人亦有言德輶如毛（輶音酉輕也）民鮮克舉之（鮮息淺反）我儀圖之（儀度也圖叶丁五反謀也）維仲山甫舉之愛莫助之

韓奕

奕奕梁山，維禹甸之，有倬其道。韓侯受命，王親命之，纘戎祖考。無廢朕命，夙夜匪解。虔共爾位，朕命不易。榦不庭方，以佐戎辟。

四牡奕奕，孔修且張。韓侯入覲，以其介圭，入覲于王。王錫韓侯，淑旂綏章，簟茀錯衡，玄衮赤舄，鉤膺鏤鍚，鞹鞃淺幭，鞗革金厄。

韓侯出祖，出宿于屠。顯父餞之，清酒百壺。其殽維何，炰鱉鮮魚。其蔌維何，維筍及蒲。其贈維何，乘馬路車。籩豆有且，侯氏燕胥。

（取）叶財五反 袞職有闕維仲山甫補之○仲山甫出祖四牡業業征夫捷捷（在接反）每懷靡及（叶極業反）四牡彭彭（叶鋪郎反）八鸞鏘鏘（七羊反）王命仲山甫城彼東方○四牡騤騤（求龜反）八鸞喈喈（音皆叶居奚反）仲山甫徂齊式遄其歸吉甫作誦穆如清風（叶孚愔反）仲山甫永懷以慰其心

烝民八章章八句

奕奕梁山維禹甸之（甸治也）有倬其道（下與考叶）韓侯受命王親命之纘戎祖考（纘繼戎汝也 考上與道叶）無廢朕命夙夜匪解（音懈叶訖力反）虔共爾位（虔敬也）朕命不易（易改也）榦不庭方（榦古旦反正也）以佐

韓侯取妻，汾王之甥，
蹶父之子。
韓侯迎止，于蹶之里。
百兩彭彭，八鸞鏘鏘，
不顯其光。
諸娣從之，祁祁如雲。
韓侯顧之，爛其盈門。

蹶父孔武，靡國不到。
爲韓姞相攸，莫如韓樂。
孔樂韓土，川澤訏訏，
魴鱮甫甫，麀鹿噳噳，
有熊有羆，有貓有虎。
慶既令居，韓姞燕譽。

溥彼韓城，燕師所完。
以先祖受命，因時百蠻。
王錫韓侯，其追其貊，
奄受北國，因以其伯。
實墉實壑，實畝實籍，
獻其貔皮，赤豹黃羆。

戎辟（辟音璧，君也）◯四牡奕奕，孔修且張（張，長，大也），韓侯入覲，以其介圭，入覲于王。王錫韓侯，淑旂綏章，簟茀錯衡（衡叶戶郎反），玄袞赤舄，鉤膺鏤鍚（鏤音漏，鍚音羊），鞹鞃淺幭（鞹苦郭反，鞃苦弘反，幭莫歷反），鞗革金厄（鞗音條，厄於革反，叶於栗反）。◯韓侯出祖，出宿于屠。顯父餞之（父音甫），清酒百壺。其殽維何？炰鼈鮮魚（炰白交反）。其蔌維何（蔌音速）？維筍及蒲（筍恤尹反）。其贈維何？乘馬路車（乘繩證反）。籩豆有且（且子余反），侯氏燕胥。◯韓侯取妻（取七住反），汾王之甥（汾符云反），蹶父之子（蹶俱衛反，子叶獎里反，父音甫）。韓侯迎止（迎魚敬反），于蹶之里。百兩彭彭（兩音亮，彭叶鋪郎反），八鸞鏘鏘，不顯其光。諸娣從之（娣大計反），祁祁如雲（祁巨移反）。韓侯顧

維筍及蒲

傳筍竹

也箋竹

萌也

江漢

江漢浮浮，武夫滔滔。
匪安匪遊，淮夷來求。
既出我車，既設我旟。
匪安匪舒，淮夷來鋪。
江漢湯湯，武夫洸洸。
經營四方，告成于王。
四方既平，王國庶定。
時靡有爭，王心載寧。
江漢之滸，王命召虎，
式辟四方，徹我疆土。
匪疚匪棘，王國來極。
于疆于理，至于南海。
王命召虎，來旬來宣。
文武受命，召公維翰。
無曰予小子，召公是似。
肇敏戎公，用錫爾祉。

之爛其盈門（叶眉貧反）○蹶父孔武靡國不到為韓姞相
攸（爲于僞反 相息亮反 攸音佶）莫如韓樂（音洛 叶力告反）孔樂韓土川澤訏訏（況甫反）
魴鱮甫甫麀鹿噳噳（愚甫反）有熊有羆有貓有虎（貓苗茅二音）
慶既令居（慶喜也 居叶斤御、斤於二反）韓姞燕譽（叶羊如、羊諸二反 樂也）○溥彼韓城
燕師所完（溥大也 燕因肩反 師衆也）以先祖受命因時百蠻王錫韓
侯其追其貊（毋伯反）奄受北國因以其伯實墉實壑（墉城 壑池也）
實畝實籍獻其貔皮（貔音毗）赤豹黃羆

韓奕六章章十二句

江漢浮浮武夫滔滔（叶他侯反）匪安匪遊淮夷來求既出

釐爾圭瓚，秬鬯一卣。
告于文人，錫山土田。
于周受命，自召祖命。
虎拜稽首，天子萬年。
虎拜稽首，對揚王休，
作召公考，天子萬壽。
明明天子，令聞不已，
矢其文德，洽此四國。

我車既設我旟匪安匪舒淮夷來鋪（陳也）○江漢湯
湯（書羊反）武夫洸洸（音光）經營四方告成于王四方既平
王國庶定（庶幸也定唐丁反）時靡有爭（叶甾陘反）王心載寧○江漢之
滸（音虎）王命召虎式辟四方（辟與闢同）徹我疆土匪疚匪棘
（疚病棘急也）王國來極于疆于理至于南海（叶虎委反）○王命召
虎來旬來宣（旬徧宣布也）文武受命召公維翰（胡干反幹也）無曰
予小子（叶獎里反）召公是似（叶養里反）肇敏戎公（肇開戎汝公功也）用錫爾祉
○釐爾圭瓚（釐力之反賜也瓚才旱反）秬鬯一卣（秬音巨鬯初亮反卣音酉）告于文人
錫山土田（叶地因反）于周受命（叶滿并反）自召祖命虎拜稽首天

常武

赫赫明明，王命卿士，
南仲大祖，大師皇父。
整我六師，以修我戎。
既敬既戒，惠此南國。

王謂尹氏，命程伯休父。
左右陳行，戒我師旅。
率彼淮浦，省此徐土。
不留不處，三事就緒。

赫赫業業，有嚴天子。
王舒保作，匪紹匪遊，
徐方繹騷。
震驚徐方，如雷如霆，
徐方震驚。

王奮厥武，如震如怒。
進厥虎臣，闞如虓虎。
鋪敦淮濆，仍執醜虜。
截彼淮浦，王師之所。

子萬年（叶彌田反）○虎拜稽首對揚王休（叶虛久反）作召公考（叶去久反）
天子萬壽（叶殖酉反）明明天子（叶獎里反）令聞（聞音問）不已矢其文
（成也）德（矢陳也）洽此四國（叶越逼反）
江漢六章章八句
赫赫明明王命卿士（叶音所）南仲大祖（大音泰）大師皇父（音甫）
整我六師以修我戎（叶音汝）既敬既戒（叶訖力反）惠此南國（叶越逼反）
○王謂尹氏命程伯休父左右陳行（叶戶郎反）戒我師旅
率彼淮浦省此徐土不留不處三事就緒（叶象呂反）○赫
赫業業（叶宜劫反）有嚴天子王舒保作匪紹匪遊（紹糾緊也遊遨遊也）徐

王旅嘽嘽，如飛如翰，
如江如漢，如山之苞，
如川之流，緜緜翼翼，
不測不克，濯征徐國。
王猶允塞，徐方既來。
徐方既同，天子之功。
四方既平，徐方來庭。
徐方不回，王曰還歸。

方繹騷（繹連絡也騷叶蘇侯反擾動也）震驚徐方如雷如霆徐方震驚◯
王奮厥武如震如怒（叶暖五反）進厥虎臣闞如虓虎（闞叶檻反虓音哮）
鋪敦淮濆（鋪普吳反布也敦厚也濆符云反）仍執醜虜（仍就也）截彼淮浦王師
之所◯王旅嘽嘽（叶丹反）如飛如翰（羽也）如江如漢如山
之苞（叶鋪鉤反本也）如川之流緜緜翼翼不測不克濯征徐
國（濯大也國叶越逼反）◯王猶允塞（允信塞實也）徐方既來（叶六直反）徐方既同
天子之功四方既平徐方來庭徐方不回（違也）王曰
還歸（叶古回反）

常武六章章八句

瞻卬

瞻卬昊天，則不我惠。
孔填不寧，降此大厲。
邦靡有定，士民其瘵。
蟊賊蟊疾，靡有夷屆。
罪罟不收，靡有夷瘳。

人有土田，女反有之。
人有民人，女覆奪之。
此宜無罪，女反收之。
彼宜有罪，女覆說之。

哲夫成城，哲婦傾城。
懿厥哲婦，爲梟爲鴟。
婦有長舌，維厲之階。
亂匪降自天，生自婦人。
匪教匪誨，時維婦寺。

鞫人忮忒，譖始竟背。
豈曰不極，伊胡爲慝。
如賈三倍，君子是識。
婦無公事，休其蠶織。

瞻卬昊天（卬音仰）則不我惠孔填不寧（填久也舊說古塵字）降此大厲邦靡有定士民其瘵（側界反叶側例反病也）蟊賊蟊疾（蟊音牟疾害也）靡有夷屆（夷平也屆音戒叶居氣反極也）罪罟不收靡有夷瘳（敕留反）○人有土田女反有之（女音汝反覆也有叶羽由二音）人有民人女覆奪之（奪徒活反）此宜無罪女反收之（收叶尸周由二反拘也）彼宜有罪女覆說之（說音脫赦也）○哲夫成城哲婦傾城（傾覆也）懿厥哲婦爲梟爲鴟（梟古堯反鴟處之反）婦有長舌維厲之階（梯也叶居奚反）亂匪降自天（叶鐵因反）生自婦人匪教匪誨（叶呼位反）時維婦寺○鞫人忮忒（鞫窮也忮害也忒變也）譖始竟背（譖子念反竟終也背音佩叶必墨反反也）豈曰不極（已也叶必墨反）伊胡爲慝（慝惡也）如

天何以刺，何神不富。
舍爾介狄，維予胥忌。
不弔不祥，威儀不類。
人之云亡，邦國殄瘁。

天之降罔，維其優儀。
人之云亡，心之憂矣。
天之降罔，維其幾矣。
人之云亡，心之悲矣。

觱沸檻泉，維其深矣。
心之憂矣，寧自今矣。
不自我先，不自我後。
藐藐昊天，無不克鞏。
無忝皇祖，式救爾後。

賈三倍（賈音古）君子是識婦無公事休其蠶織○天何以刺（叶音砌 責也）何神不富（叶方味反）舍爾介狄（舍音捨）維予胥忌（胥相也）不弔不祥（弔閔也）威儀不類人之云亡邦國殄瘁○天之降罔（罟也）維其優矣（優多也）人之云亡心之憂矣天之降罔維其幾矣（幾近也）人之云亡心之悲矣○觱沸檻泉（觱音必 沸音弗 檻胡覽反）維其深矣心之憂矣寧自今矣不自我先不自我後（叶下五反）藐藐昊天無不克鞏（音古 固也）無忝皇祖式救爾後（同上）

瞻卬七章三章章十句四章章八句

召旻

旻天疾威，天篤降喪。
瘨我饑饉，民卒流亡。
我居圉卒荒。
天降罪罟，蟊賊內訌，
昏椓靡共，潰潰回遹，
實靖夷我邦。
臯臯訿訿，曾不知其玷。
兢兢業業，孔塡不寧，
我位孔貶。
如彼歲旱，草不潰茂。
如彼棲苴。
我相此邦，無不潰止。
維昔之富，不如時，
維今之疚，不如茲。
彼疏斯粺，胡不自替，
職兄斯引。

旻天疾威天篤降喪（篤厚也 喪息浪反叶桑郎反）瘨我饑饉（瘨都田反病也）民卒流亡（卒盡也）我居圉卒荒（圉魚呂反）○天降罪罟蟊賊內訌（訌戶工反潰也）昏椓靡共（椓丁角反 共與恭同）潰潰回遹實靖夷我邦（靖治 遹邪也 邦卜工反）○臯臯訿訿（音紫）曾不知其玷（丁險反缺也）兢兢業業孔塡不寧（塡久也）我位孔貶○如彼歲旱草不潰茂（潰遂也）如彼棲苴（棲音西 苴七如反）我相此邦（相息亮反視也）無不潰止（潰亂也）○維昔之富不如時維今之疚不如茲彼疏斯粺（粺蒲賣反）胡不自替（替廢也）職兄斯引（兄況同 引長也）○池之竭矣不云自頻（頻厓也）泉之竭矣不云自中（中叶諸仍反）溥斯害矣（溥廣也）職兄斯弘（弘大也）不

池之竭矣，不云自頻。泉之竭矣，不云自中。溥斯害矣，職兄斯弘，不烖我躬。

昔先王受命，有如召公，日辟國百里。今也日蹙國百里。於乎哀哉，維今之人，不尚有舊。

頌

周頌清廟之什

清廟

於穆清廟，肅雝顯相。濟濟多士，秉文之德。對越在天，駿奔走在廟。不顯不承，無射於人斯。

烖我躬（叶姑弘反）○昔先王受命有如召公日辟國百里（辟音闢開也）今也日蹙國百里（蹙子六反促也）於乎哀哉（於音烏乎音呼）維今之人不尚有舊（叶巨已反）

召旻七章四章章五句三章章七句

頌四

周頌清廟之什四之一

於穆清廟（於音烏）肅雝顯相（相息亮反助也）濟濟多士（濟子禮反）秉文之德對越在天（越於也）駿奔走在廟（駿大而疾也）不顯不承無射於人斯（射音亦與斁同）

維天之命

維天之命，於穆不已。於乎不顯，文王之德之純。假以溢我，我其收之。駿惠我文王，曾孫篤之。

維清

維清緝熙，文王之典。肇禋，迄用有成，維周之禎。

烈文

烈文辟公，錫茲祉福。惠我無疆，子孫保之。無封靡于爾邦，維王其崇之。念茲戎功，繼序其皇之。無競維人，四方其訓之。不顯維德，百辟其刑之。於乎前王不忘。

清廟一章八句

維天之命於穆不已（於音烏）於乎不顯（乎音呼）文王之德之純假以溢我（假春秋傳作何 溢春秋傳作恤）我其收之（收受也）駿惠我文王（駿大 惠順）曾孫篤之（篤厚也）

維天之命一章八句

維清緝熙文王之典肇禋（肇始也 禋音因）迄用有成（迄許乞反至也）維周之禎

維清一章五句

烈文辟公（辟音璧）錫茲祉福惠我無疆子孫保之無封

天作

天作高山，大王荒之。
彼作矣，文王康之。
彼徂矣岐，有夷之行，
子孫保之。

昊天有成命

昊天有成命，二后受之。
成王不敢康，夙夜基
命宥密。
於緝熙，單厥心。
肆其靖之。

靡于爾邦維王其崇之（崇尚也）念茲戎功繼序其皇之（皇大也）無競維人四方其訓之不顯維德百辟其刑之於乎前王不忘（於乎音烏呼）

烈文一章十三句

天作高山大王荒之（大音泰 荒治也）彼作矣文王康之（康安也）彼岨矣岐有夷之行（夷平也 行叶戶郎反 路也）子孫保之

天作一章七句

昊天有成命二后受之成王不敢康夙夜基命宥密於緝熙（於音烏）單厥心肆其靖之（靖安也）

我將

我將我享，維羊維牛，維天其右之。儀式刑文王之典，日靖四方。伊嘏文王，既右饗之。我其夙夜，畏天之威，于時保之。

時邁

時邁其邦，昊天其子之。實右序有周。薄言震之，莫不震疊。懷柔百神，及河喬嶽。允王維后。明昭有周，式序在位。載戢干戈，載櫜弓矢。我求懿德，肆于時夏。允王保之。

昊天有成命一章七句

我將我享（將奉也）維羊維牛維天其右之（右叶音由尊也）儀式刑文王之典日靖四方伊嘏文王（嘏古雅反錫福也）既右饗之（饗叶虛良反）我其夙夜畏天之威于時保之

我將一章十句

時邁其邦（邁行也）昊天其子之實右序有周（右尊也序次也）薄言震之（震動也）莫不震疊（疊懼也）懷柔百神（懷來柔安也）及河喬嶽允王維后（允信也）明昭有周式序在位載戢干戈（戢則立反聚也）載櫜弓矢（櫜古刀反韜也）我求懿德肆于時夏（肆陳也夏戶雅反）允王保之

執競
執競武王，無競維烈。
不顯成康，上帝是皇。
自彼成康，奄有四方，
斤斤其明。
鐘鼓喤喤，磬筦將將，
降福穰穰。
降福簡簡，威儀反反。
既醉既飽，福祿來反。

思文
思文后稷，克配彼天，
立我烝民，莫匪爾極。
貽我來牟，帝命率育。
無此疆爾界，陳常于
時夏。

時邁一章十五句

執競武王（競強也）無競維烈不顯成康上帝是皇自彼成康奄有四方斤斤其明（斤紀勤反明叶謨郎反）鐘鼓喤喤（喤華彭反叶胡光反）磬筦將將（筦音管將七羊反）降福穰穰（如羊反）降福簡簡威儀反反既醉既飽福祿來反（覆也）

執競一章十四句

思文后稷（思語辭）克配彼天立我烝民（立粒通）莫匪爾極貽我來牟（貽遺也）帝命率育（率循也育叶日逼反養也）無此疆爾界（叶訖力反）陳常于時夏

貽我來牟 來 牟

傳牟麥集傳來小麥牟大麥也

豐年多黍多稌

傳稌稻也〇見稻

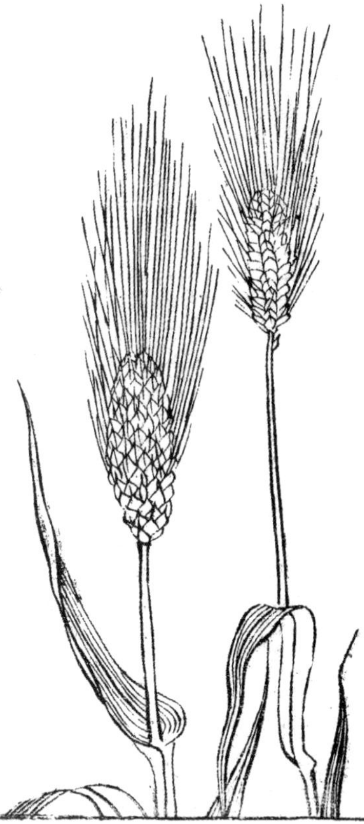

臣工之什

臣工

嗟嗟臣工，敬爾在公。
王釐爾成，來咨來茹。
嗟嗟保介，維莫之春，
亦又何求，如何新畬。
於皇來牟，將受厥明。
明昭上帝，迄用康年。
命我眾人，庤乃錢鎛，
奄觀銍艾。

噫嘻

噫嘻成王，既昭假爾。
率時農夫，播厥百穀。
駿發爾私，終三十里。
亦服爾耕，十千維耦。

思文一章八句

周頌臣工之什四之二

嗟嗟臣工敬爾在公王釐爾成（釐力之反賜也）來咨來茹（茹如預反度也）嗟嗟保介維莫之春（莫音暮）亦又何求如何新畬（畬音余）於皇來牟（於音烏於皇歎美之詞）將受厥明明昭上帝迄用康年（迄至也）命我衆人庤乃錢鎛（庤持耻反具也錢子淺反鎛音博鉏也）奄觀銍艾（銍珍栗反艾音刈）

臣工一章十五句

噫嘻成王既昭假爾（昭明也假音格）率時農夫播厥百穀駿（駿大也）發爾私終三十里亦服爾耕十千維耦（耦叶音擬）

振鷺

振鷺于飛，于彼西雝。
我客戾止，亦有斯容。
在彼無惡，在此無斁。
庶幾夙夜，以永終譽。

豐年

豐年多黍多稌。
亦有高廩，萬億及秭。
爲酒爲醴，烝畀祖妣，
以洽百禮。
降福孔皆。

噫嘻一章八句

振鷺于飛于彼西雝我客戾止亦有斯容在彼無惡（烏路反）在此無斁（叶丁故反）庶幾夙夜（叶羊茹反）以永終譽

振鷺一章八句

豐年多黍多稌（音杜）亦有高廩（亦助語辭 廩力錦反）萬億及秭（咨履反）爲酒爲醴烝畀祖妣（烝進 畀予也）以洽百禮（洽備也）降福孔皆（叶舉里反 徧也）

豐年一章七句

有瞽有瞽在周之庭設業設虡（音巨）崇牙樹羽應田

振鷺于飛

傳鷺白鳥也集傳鷺舂鉏今鷺鷺好而潔白頭上有長毛○鷺步於淺水好自低昻如舂如鋤之狀故曰舂鉏

有瞽
有瞽有瞽，在周之庭。
設業設虡，崇牙樹羽，
應田縣鼓，鞉磬柷圉。
既備乃奏。
簫管備舉。
喤喤厥聲，肅雝和鳴，
先祖是聽。
我客戾止，永觀厥成。

潛
猗與漆沮，潛有多魚，
有鱣有鮪，鰷鱨鰋鯉。
以享以祀，以介景福。

縣鼓鞉磬柷圉（鞉音桃，柷尺叔反，圉魚女反）既備乃奏（叶音祖）簫管備舉（以上叶瞽字）喤喤厥聲（喤音横）肅雝和鳴先祖是聽我客戾止永觀厥成（觀，視也。成以上叶庭字）

有瞽一章十三句

猗與漆沮（猗於宜反，與音余。猗與，歎詞。沮七余反）潛有多魚有鱣有鮪（鱣張連反，鮪叶於軌反）鰷鱨鰋鯉（鰷音條，鱨音常，鰋音偃）以享以祀（叶逸織反）以介景福（叶筆力反）

潛一章六句

有來雝雝（叶與公）至止肅肅相維辟公（相息亮反，辟音璧）天子穆穆於薦廣牡（於音烏）相予肆祀（肆，陳也。祀叶養里反）假哉皇考（假古雅反，大也。考叶音口）綏

鯈 鱨 鰋 鯉

傳鯈白鯈也○古義說文云鯈白條也其形纖長而白故曰白鯈又謂白鯈此魚好游水上故莊子觀於濠梁稱鯈魚出游從容以爲魚樂明遂其性也

雝

有來雝雝，至止肅肅。
相維辟公，天子穆穆。
於薦廣牡，相予肆祀。
假哉皇考，綏予孝子。
宣哲維人，文武維后。
燕及皇天，克昌厥後。
綏我眉壽，介以繁祉。
既右烈考，亦右文母。

載見

載見辟王，曰求厥章。
龍旂陽陽，和鈴央央。
鞗革有鶬，休有烈光。
率見昭考，以孝以享，
以介眉壽。
永言保之，思皇多祜。
烈文辟公，綏以多福，
俾緝熙于純嘏。

子孝子（綏安也子叶獎里反）宣哲維人文武維后燕及皇天（燕安也天叶鐵因反）克昌厥後綏我眉壽（叶殖酉反）介以繁祉既右烈考（右音又尊也烈叶音）亦右文母（叶滿彼反）

雝一章十六句

載見辟王（載則也見賢遍反辟音璧）曰求厥章龍旂陽陽和鈴央央鞗革有鶬（鞗音條鶬七羊反）休有烈光（休美也）率見昭考以孝以享（叶虛良反於良反）以介眉壽永言保之思皇多祜（思語辭皇大也祜後五反）烈文辟公綏以多福俾緝熙于純嘏（叶音古）

載見一章十四句

龍旂陽陽

有客

有客有客，亦白其馬。有萋有且，敦琢其旅。有客宿宿，有客信信。言授之縶，以縶其馬。薄言追之，左右綏之。既有淫威，降福孔夷。

武

於皇武王，無競維烈。允文文王，克開厥後。嗣武受之，勝殷遏劉，耆定爾功。

有客有客亦白其馬（亦語辭 馬叶滿補反）有萋有且（七序反）敦琢其旅（敦都回反）有客宿宿有客信信言授之縶（陟立反）以縶其馬薄言追之左右綏之既有淫威降福孔夷（易也）

有客一章十二句

於皇武王（於音烏 皇大也）無競惟烈允文文王克開厥後嗣武受之勝殷遏劉（遏止 劉殺也）耆定爾功（耆音指 致也）

武一章七句

周頌閔予小子之什四之三

閔予小子（閔病也）遭家不造（叶徂候反 成也）嬛嬛在疚（嬛與煢同 其傾反 疚音救 哀病也）

閔予小子之什

閔予小子

閔予小子，遭家不造，
嬛嬛在疚。
於乎皇考，永世克孝。
念茲皇祖，陟降庭止。
維予小子，夙夜敬止。
於乎皇王，繼序思不忘。

訪落

訪予落止，率時昭考。
於乎悠哉，朕未有艾。
將予就之，繼猶判渙。
維予小子，未堪家多難。
紹庭上下，陟降厥家。
休矣皇考，以保明其身。

於乎皇考（於乎音烏呼 孝叶祛候反）永世克孝（叶呼候反）念茲皇祖陟降庭止（庭叶去聲）維予小子夙夜敬止（敬與庭叶）於乎皇王（於乎同上）繼序思不忘

閔予小子一章十一句

訪予落止（訪問落始也）率時昭考於乎悠哉（於乎音烏呼）朕未有艾（五蓋反 如夜未艾之艾）將予就之繼猶判渙維予小子未堪家多難（乃旦反）紹庭上下陟降厥家休矣皇考以保明其身

訪落一章十二句

敬之

敬之敬之，天維顯思，命不易哉。無曰高高在上，陟降厥士，日監在茲。維予小子，不聰敬止。日就月將，學有緝熙于光明。佛時仔肩，示我顯德行。

小毖

予其懲，而毖後患。莫予荓蜂，自求辛螫。肇允彼桃蟲，拚飛維鳥。未堪家多難，予又集于蓼。

敬之敬之天維顯思（顯明也思叶新齋反）命不易哉（易以豉反哉叶將黎反）無曰高高在上陟降厥士（事也）日監在茲（叶津之反）維予小子（叶獎里反）不聰敬止日就月將（進也）學有緝熙于光明（叶謨郎反）佛時仔肩（佛符弗反又音弼仔音茲）示我顯德行（下孟反叶戶郎反）

敬之一章十二句

予其懲（直升反）而毖後患（毖慎也）莫予荓蜂（荓普經反使也）自求辛螫（施隻反）肇允彼桃蟲（肇始允信也）拚飛維鳥（拚芳煩反）未堪家多難（乃旦反）予又集于蓼（音了）

小毖一章八句

莫予荓蜂

集傳蜂小物而有毒○蜂本作蠭

肇允彼桃蟲

傳桃蟲鷦也鳥之始小終大者集傳桃蟲鷦鷯小鳥也鷦鷯之雛化而爲鵰故古語曰鷦鷯生鵰言始小而終大也〇毛晉云陸疏鴟鴞一條與鷦鷯甚合故先儒援引多及之馮氏名物疏已詳辨矣按鷦鷯生鵰語出焦氏易林不必實然

載芟

載芟載柞，其耕澤澤。

千耦其耘，徂隰徂畛。

侯主侯伯，侯亞侯旅，

侯彊侯以。

有嗿其饁，思媚其婦，

有依其士。

有略其耜，俶載南畝。

播厥百穀，實函斯活。

驛驛其達，有厭其傑。

厭厭其苗，緜緜其麃。

載穫濟濟，有實其積，

萬億及秭。

爲酒爲醴，烝畀祖妣，

以洽百禮。

有飶其香，邦家之光。

有椒其馨，胡考之寧。

匪且有且，匪今斯今，

振古如茲。

載芟載柞（除草曰芟，除木曰柞。柞，側百反，叶疾各反）其耕澤澤（音釋，叶徒洛反）千耦其耘徂隰徂畛（音眞）侯主侯伯侯亞侯旅侯彊侯以有嗿其饁（嗿，他感反。饁，於輒反）思媚其婦（媚，順也）有依其士（依，愛也。士，夫也。與以叶）有略其耜（略，利也。耜，叶養里反）俶載南畝（俶，尺叔反。載，事也。畝，叶滿委反）播厥百穀實函斯活（函，含。活，叶呼酷反。生也）驛驛其達（叶他悅反）有厭其傑厭厭其苗緜緜其麃（表驕反。耘也）載穫濟濟（子禮反）有實其積（子賜反，叶上聲）萬億及秭爲酒爲醴烝畀祖妣以洽百禮有飶其香（飶，蒲節反）邦家之光有椒其馨胡考之寧匪且有且（此也）匪今斯今（叶音經）振古如茲（無韻，未詳）

良耜

畟畟良耜，俶載南畝。
播厥百穀，實函斯活。
或來瞻女，載筐及筥，
其饟伊黍。
其笠伊糾，其鎛斯趙，
以薅荼蓼。
荼蓼朽止，黍稷茂止。
穫之挃挃，積之栗栗。
其崇如墉，其比如櫛。
以開百室。
百室盈止，婦子寧止。
殺時犉牡，有捄其角。
以似以續，續古之人。

載芟一章三十一句

畟畟良耜（畟楚側反 耜叶養里反） 俶載南畝（俶尺叔反 畝叶滿委反） 播厥百穀實函斯活（叶呼酷反） 或來瞻女（音汝） 載筐及筥其饟伊黍（饟式亮反） 其笠伊糾（叶其了反） 其鎛斯趙（鎛音博 趙直了反 刺也） 以薅荼蓼（薅呼毛反 去也） 荼蓼朽止黍稷茂止（茂叶莫口反） 穫之挃挃（音室） 積之栗栗其崇如墉其比如櫛（比毗志反 櫛側瑟反） 以開百室百室盈止（盈滿也） 婦子寧止（寧安也） 殺時犉牡（犉如純反） 有捄其角（捄音求 角叶盧谷反） 以似以續續古之人（無韻未詳）

良耜一章二十三句

以薅荼蓼

傳蓼水草也集傳荼陸草蓼水草一物而有水陸之異也今南方人猶謂蓼爲辣荼或用以毒溪取魚即所謂荼毒也○孔疏蓼是穢草荼亦穢草非苦菜也釋草云荼委葉郭氏引此詩則此荼謂委葉也

絲衣

絲衣其紑，載弁俅俅。
自堂徂基，自羊徂牛。
鼐鼎及鼒，兕觥其觩。
旨酒思柔。
不吳不敖，胡考之休。

酌

於鑠王師，遵養時晦。
時純熙矣，是用大介。
我龍受之，蹻蹻王之造。
載用有嗣，實維爾公允師。

絲衣其紑（紑孚浮反 潔貌）載弁俅俅（載戴也 俅音求）自堂徂基自羊徂牛鼐鼎及鼒（鼐乃代反 鼒叶津之反）兕觥其觩（觩音求）旨酒思柔（思語辭 柔和也）不吳不敖（吳音話 譁也 敖音傲）胡考之休

絲衣一章九句

於鑠王師（於音烏 鑠式灼反 盛也）遵養時晦時純熙矣是用大介我龍受之（龍寵也）蹻蹻王之造（蹻居表反 造叶徂候反 爲也）載用有嗣（載則也 嗣叶音祠）實維爾公允師（公事 允信也）

酌一章八句

綏萬邦屢豐年（屢力注反）天命匪解（解佳賣反）桓桓武王保有厥

桓
綏萬邦，婁豐年。
天命匪解。
桓桓武王，保有厥士。
于以四方，克定厥家。
於昭于天，皇以閒之。

賚
文王既勤止，我應受之。
敷時繹思，我徂維求定。
時周之命，於繹思。

般
於皇時周。
陟其高山，嶞山喬嶽，
允猶翕河。
敷天之下，裒時之對，
時周之命。

士于以四方克定厥家於昭于天（於音烏）皇以閒之
桓一章九句
文王既勤止我應受之（應當也）敷時繹思（敷布也 時是也）我徂維
求定時周之命於繹思（於音烏）
賚一章六句
於皇時周（於音烏）陟其高山嶞山喬嶽（嶞吐果反）允猶翕河（允信也 猶與由同 翕許及反）
敷天之下裒時之對（裒蒲侯反聚也 對答也）時周之命
般一章七句
魯頌四之四

魯頌

駉

駉駉牡馬，在坰之野。薄言駉者，有驈有皇，有驪有黃，以車彭彭。思無疆，思馬斯臧。

駉駉牡馬，在坰之野。薄言駉者，有騅有駓，有騂有騏，以車伾伾。思無期，思馬斯才。

駉駉牡馬，在坰之野。薄言駉者，有驒有駱，有駵有雒，以車繹繹。思無斁，思馬斯作。

駉駉牡馬，在坰之野。薄言駉者，有駰有騢，有驔有魚，以車祛祛。思無邪，思馬斯徂。

駉駉牡馬（駉古熒反，馬叶滿補反）在坰之野（坰古熒反，野叶上與反）薄言駉者（叶章與反）有驈（驈戶橘反）有皇有驪有黃（驪力知反）以車彭彭（叶鋪郎反）思無疆思馬斯臧（善也）○駉駉牡馬在坰之野薄言駉者有騅有駓（騅音隹，駓符悲反）有騂有騏以車伾伾（符丕反）思無期思馬斯才（叶前西反）○駉駉牡馬在坰之野薄言駉者有驒有駱（驒徒河反）有駵有雒（駵音留）以車繹繹（叶弋灼反）思無斁（叶弋灼反，厭也）思馬斯作○駉駉牡馬在坰之野薄言駉者有駰有騢（駰音因，騢音遐，叶洪孤反）有驔有魚（驔音簟）以車祛祛（起居反）思無邪（叶祥余反）思馬斯徂

有駜

有駜有駜，駜彼乘黄。夙夜在公，在公明明。振振鷺，鷺于下。鼓咽咽，醉言舞。于胥樂兮。

有駜有駜，駜彼乘牡。夙夜在公，在公飲酒。振振鷺，鷺于飛。鼓咽咽，醉言歸。于胥樂兮。

有駜有駜，駜彼乘駽。夙夜在公，在公載燕。自今以始，歲其有。君子有穀，詒孫子。于胥樂兮。

駉四章章八句

有駜有駜（蒲必反）駜彼乘黄（鄂繩反）夙夜在公在公明明（叶謨郎反）振振鷺鷺于下（叶後五反）鼓咽咽（烏玄反，與淵同）醉言舞于胥樂兮（樂音洛）○有駜有駜駜彼乘牡夙夜在公在公飲酒振振鷺鷺于飛鼓咽咽醉言歸于胥樂兮○有駜有駜駜彼乘駽（叶縣反）夙夜在公在公載燕自今以始歲其有（叶羽已反）君子有穀（善也）詒孫子（詒遺也，叶獎里反）于胥樂兮

有駜三章章九句

思樂泮水（思發語辭，樂音洛，泮音半）薄采其芹（其斤反）魯侯戾止（戾至也）言觀

泮水

思樂泮水，薄采其芹。
魯侯戾止，言觀其旂。
其旂茷茷，鸞聲噦噦。
無小無大，從公于邁。
思樂泮水，薄采其藻。
魯侯戾止，其馬蹻蹻。
其馬蹻蹻，其音昭昭。
載色載笑，匪怒伊教。
思樂泮水，薄采其茆。
魯侯戾止，在泮飲酒。
既飲旨酒，永錫難老。
順彼長道，屈此羣醜。
穆穆魯侯，敬明其德。
敬慎威儀，維民之則。
允文允武，昭假烈祖。
靡有不孝，自求伊祜。

其旂（叶其斤反）其旂茷茷（蒲害反）鸞聲噦噦（呼會反）無小無大從公
于邁○思樂泮水薄采其藻魯侯戾止其馬蹻蹻（居表反）
其馬蹻蹻其音昭昭（叶之繞反）載色載笑匪怒伊教○
思樂泮水薄采其茆（叶謨九反）魯侯戾止在泮飲酒既飲
旨酒永錫難老（叶魯吼反）順彼長道（叶徒吼反）屈此羣醜○穆穆
魯侯敬明其德敬慎威儀維民之則允文允武昭
假烈祖（假音格）靡有不孝自求伊祜（侯五反）○明明魯侯克
明其德既作泮宮淮夷攸服（叶蒲北反）矯矯虎臣在泮獻
馘（古獲反叶況壁反）淑問如臯陶（淑善也）（叶夷周反）在泮獻囚○濟濟多士

明明魯侯，克明其德。
既作泮宮，淮夷攸服。
矯矯虎臣，在泮獻馘。
淑問如皋陶，在泮獻囚。
濟濟多士，克廣德心。
桓桓于征，狄彼東南。
烝烝皇皇，不吳不揚。
不告于訩，在泮獻功。
角弓其觩，束矢其搜。
戎車孔博，徒御無斁。
既克淮夷，孔淑不逆。
式固爾猶，淮夷卒獲。
翩彼飛鴞，集于泮林，
食我桑黮，懷我好音。
憬彼淮夷，來獻其琛，
元龜象齒，大賂南金。

（濟子禮反）克廣德心桓桓于征狄彼東南（狄他歷反猶遏也爾叶尼心反）烝烝皇
皇不吳不揚（吳音話）不告于訩（音凶）在泮獻功○角弓其
觩（音求）束矢其搜（色留反）戎車孔博徒御無斁（叶弋灼反）既克淮
夷孔淑不逆（叶宜脚反）式固爾猶淮夷卒獲（叶黃郭反）○翩彼飛
鴞（叶驕反）集于泮林食我桑黮（[illegible]）懷我好音憬彼淮夷
（憬九永反覺悟也）來獻其琛（敕金反寶也）元龜象齒大賂南金（賂遺也）

泮水八章章八句

閟宮有侐（閟筆位反侐況域反）實實枚枚赫赫姜嫄（音元）其德不回
（邪也）上帝是依（叶音隈）無災無害彌月不遲（叶陳回反）是生后稷

薄采其茆

傳茆鳧葵也集傳葉大如手赤圓而滑江南人謂之蓴菜者也○本草茆是蓴菜然鳧葵爲荇菜一名

閟宮

閟宮有侐，實實枚枚。
赫赫姜嫄，其德不回。
上帝是依，無災無害。
彌月不遲，是生后稷，
降之百福。
黍稷重穋，稙穉菽麥。
奄有下國，俾民稼穡。
有稷有黍，有稻有秬。
奄有下土，纘禹之緒。

后稷之孫，實維大王。
居岐之陽，實始翦商。
至于文武，纘大王之緒。
致天之届，于牧之野。
無貳無虞，上帝臨女。
敦商之旅，克咸厥功。
王曰叔父，建爾元子，
俾侯于魯。
大啓爾宇，爲周室輔。

降之百福（叶筆力反）黍稷重（重直龍反）穋（穋音六叶六直反）稙（稙徵力反）穉菽麥（麥叶訖力反）奄有下國（叶于逼反）俾民稼穡有稷有黍有稻有秬（求許反）奄有下土纘禹之緒（象呂反）○后稷之孫實維大王（大音泰）居岐之陽實始翦商（翦斷也）至于文武纘大王之緒致天之届（極也）于牧之野（叶上與反）無貳無虞（慮也）上帝臨女（音汝）敦商之旅（敦都回反治之也）克咸厥功（咸同也功叶居古反）王曰叔父（扶雨反）建爾元子（叶子古反）俾侯于魯大啓爾宇爲周室輔（扶雨反）○乃命魯公俾侯于東錫之山川土田附庸周公之孫莊公之子（叶獎里反）龍旂承祀（叶養里反）六轡耳耳春秋匪解（音懈叶訖力反）享

乃命魯公，俾侯于東。
錫之山川，土田附庸。
周公之孫，莊公之子。
龍旂承祀，六轡耳耳。
春秋匪解，享祀不忒。
皇皇后帝，皇祖后稷。
享以騂犧，是饗是宜。
降福既多，周公皇祖，
亦其福女。

秋而載嘗，夏而楅衡。
白牡騂剛，犧尊將將。
毛炰胾羹，籩豆大房。
萬舞洋洋，孝孫有慶。
俾爾熾而昌，俾爾壽
而臧。
保彼東方，魯邦是常。
不虧不崩，不震不騰。
三壽作朋，如岡如陵。
公車千乘，朱英綠縢，
二矛重弓。
公徒三萬，貝冑朱綅。

祀不忒(過差也) 皇皇后帝皇祖后稷享以騂犧(虛宜虛何二反) 是饗是宜(牛奇牛何二反) 降福既多(章移當何二反) 周公皇祖亦其福女(音汝) ○秋而載嘗夏而楅衡(叶戶郎反) 白牡騂剛犧尊將將(七羊反) 毛炰胾羹(炰蒲交反胾側吏反羹叶盧當反) 籩豆大房(此下當脫一句如鐘鼓喤喤之類) 萬舞洋洋孝孫有慶(叶祛羊反) 俾爾熾而昌俾爾壽而臧保彼東方魯邦是常不虧不崩不震不騰三壽作朋如岡如陵○公車千乘(繩證反叶神陵反) 朱英綠縢(徒登反) 二矛重弓(重直龍反弓叶姑弘反) 公徒三萬貝冑朱綅(息廉反叶息稜反) 烝徒增增戎狄是膺(膺當也) 荆舒是懲(艾也) 則莫我敢承(禦也) 俾爾昌而熾俾

烝徒增增，戎狄是膺。
荆舒是懲，則莫我敢承。
俾爾昌而熾，俾爾壽
而富，黃髮台背，壽
胥與試。
俾爾昌而大，俾爾耆
而艾，萬有千歲，眉
壽無有害。
泰山巖巖，魯邦所詹。
奄有龜蒙，遂荒大東。
至于海邦，淮夷來同。
莫不率從，魯侯之功。
保有鳧繹，遂荒徐宅。
至于海邦，淮夷蠻貊。
及彼南夷，莫不率從。
莫敢不諾，魯侯是若。
天錫公純嘏，眉壽保魯。
居常與許，復周公之宇。
魯侯燕喜，令妻壽母。
宜大夫庶士，邦國是有。
既多受祉，黃髮兒齒。

爾壽而富（叶方未反）黃髮台背（叶蒲寐反）壽胥與試俾爾昌而大（叶特計反）俾爾耆而艾（音盖反叶五計反）萬有千歲眉壽無有害（叶暇憩反）○泰山巖巖（叶魚坎反）魯邦所詹（與瞻同）奄有龜蒙遂荒大東（荒奄也）至于海邦（叶卜工反）淮夷來同莫不率從魯侯之功○保有鳧繹（叶弋灼反）遂荒徐宅（叶達各反）至于海邦淮夷蠻貊（叶莫博反）及彼南夷莫不率從莫敢不諾魯侯是若○天錫公純嘏（叶果五反）眉壽保魯居常與許復周公之宇魯侯燕喜令妻壽母（叶滿委反）宜大夫庶士（叶鉏里反）邦國是有（叶羽已反）既多受祉黃髮兒齒○徂來之松新甫之柏（叶逋莫反）是斷是

徂來之松，新甫之柏。
是斷是度，是尋是尺。
松桷有舄，路寢孔碩。
新廟奕奕，奚斯所作。
孔曼且碩，萬民是若。

商頌

那

猗與那與，置我鞉鼓。
奏鼓簡簡，衎我烈祖。
湯孫奏假，綏我思成。
鞉鼓淵淵，嘒嘒管聲。
既和且平，依我磬聲。
於赫湯孫，穆穆厥聲。
庸鼓有斁，萬舞有奕。
我有嘉客，亦不夷懌。
自古在昔，先民有作。
溫恭朝夕，執事有恪。
顧予烝嘗，湯孫之將。

度（斷音短 度待洛反）是尋是尺（叶尺約反）松桷有舄（桷音角 舄叶七約反）路寢孔碩（叶常約反）
新廟奕奕（叶弋約反）奚斯所作孔曼且碩（曼音萬 長也）萬民是若

閟宮九章五章章十七句二章章八句二
章章十句

商頌四之五

猗與那與（猗於宜反 與音余 那多也）置我鞉鼓（置陳也 鞉音桃）奏鼓簡簡衎我烈祖（衎樂也）湯孫奏假（假與格同）綏我思成鞉鼓淵淵（叶於巾反）嘒嘒管聲既和且平依我磬聲於赫湯孫（孫音昷 叶思倫反）穆穆厥聲庸鼓有斁萬舞有奕我有嘉客亦不夷懌自古

烈祖

嗟嗟烈祖，有秩斯祜。
申錫無疆，及爾斯所。
既載清酤，賚我思成。
亦有和羹，既戒既平。
鬷假無言，時靡有爭。
綏我眉壽，黃耇無疆。
約軝錯衡，八鸞鶬鶬。
以假以享，我受命溥將。
自天降康，豐年穰穰。
來假來饗，降福無疆。
顧予烝嘗，湯孫之將。

在昔先民有作溫恭朝夕執事有恪（敬也）顧予烝嘗
湯孫之將（奉也）

那一章二十二句

嗟嗟烈祖有秩斯祜（秩常也祜音古）申錫無疆（疆叶音薑）及爾斯所
既載清酤（叶候五反）賚我思成（賚與也成叶音常）亦有和羹（叶音郎）既
戒既平（叶音旁猶和也）鬷假無言（鬷音宗假音格叶音昂）時靡有爭（叶音章）綏我
眉壽黃耇無疆約軝錯衡（軝祈支反衡叶戶郎反）八鸞鶬鶬（七羊反）以
假以享（假音格享叶虛良反）我受命溥將（溥廣將大也）自天降康豐年穰
穰來假來饗（假音格饗叶虛良反）降福無疆顧予烝嘗湯孫之將

玄鳥
天命玄鳥，降而生商，
宅殷土芒芒。
古帝命武湯，正域彼四方。
方命厥后，奄有九有。
商之先后，受命不殆，
在武丁孫子。
武丁孫子，武王靡不勝。
龍旂十乘，大糦是承。
邦畿千里，維民所止，
肇域彼四海。
四海來假，來假祁祁，
景員維河。
殷受命咸宜，百祿是何。

烈祖一章二十二句

天命玄鳥降而生商宅殷土芒芒（宅居也）古帝命武湯正域彼四方（正治也域封境也）方命厥后奄有九有（叶羽已反）商之先后受命不殆（叶養里反）在武丁孫子（叶獎里反）武丁孫子武王靡不勝（音升）龍旂十乘（繩證反）大糦是承（糦尺志反承奉也）邦畿千里維民所止（居也）肇域彼四海（肇開也海叶虎洧反）四海來假（音格）來假祁祁景員維河殷受命咸宜（叶牛何反）百祿是何（音荷叶如字）

玄鳥一章二十二句

濬哲維商長發其祥洪水芒芒禹敷下土方外大

長發

濬哲維商，長發其祥。
洪水芒芒，禹敷下土方，
外大國是疆。
幅隕既長，有娀方將，
帝立子生商。

玄王桓撥，受小國是達，
受大國是達。
率履不越，遂視既發。
相土烈烈，海外有截。

帝命不違，至于湯齊。
湯降不遲，聖敬日躋。
昭假遲遲，上帝是祗，
帝命式于九圍。

受小球大球，爲下國綴旒。
何天之休，不競不絿，
不剛不柔，敷政優優，
百祿是遒。

國是疆幅隕（隕音員）既長有娀方將（將息容反，將大也）帝立子生商
○玄王桓撥（叶必烈反）受小國是達（叶他悅反）受大國是達率履
不越（率循，越過也）遂視既發（叶方月反）相土烈烈（相息亮反）海外有截（截整齊也）
○帝命不違至于湯齊湯降不遲聖敬日躋（子兮反）昭
假遲遲（假音格）上帝是祗（敬也）帝命式于九圍（式法也）○受小
球大球（音求）爲下國綴旒（綴張衛反，旒音流）何天之休（何音賀，荷也）不競
不絿（競強也，絿音求，緩也）不剛不柔敷政優優百祿是遒（子由反，聚也）○
受小共大共（音恭，叶居勇反）爲下國駿厖（駿音峻，厖莫邦反，叶莫孔反）何天之龍
（叶丑勇反，寵也）敷奏其勇不震不動（叶德總反）不戁不竦（戁奴版反，恐也；竦小勇反，懼也）百

受小共大共，爲下國駿厖。
何天之龍，敷奏其勇，
不震不動，不戁不竦，
百祿是總。
武王載旆，有虔秉鉞。
如火烈烈，則莫我敢曷。
苞有三蘖，莫遂莫達，
九有有截。
韋顧既伐，昆吾夏桀。
昔在中葉，有震且業。
允也天子，降予卿士，
實維阿衡，實左右商王。

殷武

撻彼殷武，奮伐荆楚。
罙入其阻，裒荆之旅。
有截其所，湯孫之緒。

祿是總（子孔反）○武王載旆有虔秉鉞（虔敬也 鉞音越）如火烈烈則莫我敢曷（漢書作遏 阿曷反叶阿竭反）苞有三蘖（五葛反叶五竭反）莫遂莫達（叶他悅反）九有有截韋顧既伐（叶房越反）昆吾夏桀○昔在中葉有震且業（震懼業危也）允也天子（叶獎里反）降予卿士（叶組里反）實維阿衡（叶戶郎反）實左右商王（左音佐 右音又）

長發七章一章八句四章章七句一章九句一章六句

撻彼殷武（撻他達反）奮伐荆楚罙入其阻（罙面規反 冒也）裒荆之旅（裒蒲侯反 聚也）有截其所湯孫之緒（象呂反）○維女荆楚（女音汝）居國

維女荆楚，居國南鄉。
昔有成湯，自彼氐羌，
莫敢不來享，莫敢不
來王，曰商是常。

天命多辟，設都于禹之績。
歲事來辟，勿予禍適，
稼穡匪解。

天命降監，下民有嚴。
不僭不濫，不敢怠遑。
命于下國，封建厥福。

商邑翼翼，四方之極。
赫赫厥聲，濯濯厥靈。
壽考且寧，以保我後生。

陟彼景山，松柏丸丸。
是斷是遷，方斲是虔。
松桷有梴，旅楹有閑，
寢成孔安。

南鄉昔有成湯自彼氐羌（氐都嗁反）莫敢不來享（叶虛良反）莫敢
不來王曰商是常○天命多辟（音璧）設都于禹之績
歲事來辟勿予禍適（直革反）稼穡匪解（音懈叶訖力反）○天命降
監（下與濫叶）下民有嚴（叶五剛反）不僭不濫不敢怠遑命于下國
封建厥福（叶越逼反）（封大也福叶筆力反）○商邑翼翼四方之極赫赫厥
聲濯濯厥靈壽考且寧以保我後生（叶桑經反）○陟彼景
山（叶所旃反）松柏丸丸（叶胡員反）是斷是遷（斷音短遷徙也）方斲是虔（虔正也斲陟角反虔）
（截也）松桷有梴（桷音角梴丑連反）旅楹有閑（叶胡田反）寢成孔安（叶於連反）
殷武六章三章章六句二章章七句一章

五句

詩經終